Os cem anos de Lenni e Margot

2ª edição

Os cem anos de Lenni e Margot

Marianne Cronin

Tradução
Flávia Souto Maior

🜨 Planeta

Copyright © Marianne Cronin, 2020
Copyright © Editora Planeta do Brasil, 2021, 2022
Copyright da tradução © Flávia Souto Maior
Todos os direitos reservados.
Título original: *The One Hundred Years of Lenni and Margot*

Preparação: Mariana Rimoli
Revisão: Laura Folgueira e Andréa Bruno
Diagramação: Márcia Matos
Capa e ilustração de capa: Estúdio Passeio
Projeto gráfico de miolo: Beatriz Borges

Composição da música "How Deep Is The Ocean", citada na p. 75, de Irving Berlin.
Composição da música "Starry Eyed", citada na p. 151, de Earl Shuman e Mort Garson.
Composição da música "I Fought The Law", citada na p. 172, de Sonny Curtis.

Dados Internacionais de Catalogação na Publicação (CIP)
Angélica Ilacqua CRB-8/7057

Cronin, Marianne
  Os cem anos de Lenni e Margot / Marianne Cronin; tradução de Flávia Souto Maior. – 2. ed. – São Paulo: Planeta do Brasil, 2022.
  352 p.

ISBN: 978-65-5535-705-9
Título original: The one hundred years of Lenni and Margot

1. Ficção inglesa I. Título II. Maior, Flávia Souto

22-1392   CDD 823

Índices para catálogo sistemático:
1. Ficção inglesa

Ao escolher este livro, você está apoiando o manejo responsável das florestas do mundo

2022
Todos os direitos desta edição reservados à
Editora Planeta do Brasil Ltda.
R. Bela Cintra, 986 – 4º andar – Consolação
01415-002 – São Paulo-SP
www.planetadelivros.com.br
faleconosco@editoraplaneta.com.br

/ Parte 1

Lenni

Quando as pessoas dizem "terminal", penso em aeroporto.

Imagino uma ampla área de check-in com pé-direito alto e paredes de vidro, os funcionários uniformizados esperando para pegar meu nome e os dados do voo, para me perguntar se eu mesma fiz minha mala, se estou viajando sozinha.

Imagino os rostos inexpressivos dos passageiros olhando para as telas, famílias se abraçando com promessas de que aquela não será a última vez. E me vejo entre eles, puxando a mala de rodinhas com tão pouco esforço sobre o piso encerado que poderia estar flutuando, enquanto olho para a tela para verificar as informações sobre meu destino.

Preciso me arrastar para fora dessa imagem e lembrar que aquele não é o tipo de terminal que se aplica a mim.

Agora, em vez disso, começaram a usar o termo "limitantes da vida". "Crianças e jovens com doenças 'limitantes da vida'..."

A enfermeira explica gentilmente que o hospital começou a oferecer um serviço de orientação psicológica para pacientes jovens com doenças "terminais". Ela hesita, ruborizando.

— Sinto muito, eu quis dizer *limitantes da vida*.

Eu gostaria de me inscrever? A orientadora poderia ir até meu leito ou eu poderia ir à sala especial de orientação para adolescentes. Tem uma TV lá agora. As opções parecem infinitas, mas o termo não é novo para mim. Passei muitos dias no aeroporto. Anos.

Ainda assim, não levantei voo.

Faço uma pausa, observando o relógio de borracha pendurado no bolso em seu peito. Ele balança conforme ela respira.

— Gostaria que eu anotasse seu nome? A orientadora, Dawn, é muito amável.

— Obrigada, mas não. Já faço minha própria terapia.

Ela franze a testa e inclina a cabeça de lado.

— É mesmo?

Lenni e o padre

Fui encontrar Deus porque é uma das únicas coisas que posso fazer aqui. Dizem que quando alguém morre é porque Deus chamou a pessoa de volta para ele, então pensei em me apresentar logo de uma vez. Além disso, ouvi dizer que os funcionários são obrigados por lei a permitir que o paciente vá à capela do hospital se tiver crenças religiosas, e eu não deixaria passar a oportunidade de visitar um espaço em que ainda não havia estado *e* conhecer o Todo-Poderoso de uma só tacada.

Uma enfermeira de cabelo vermelho-cereja que eu ainda não tinha visto me deu o braço e me acompanhou pelos corredores dos mortos e moribundos. Devorei cada nova vista, cada novo cheiro, cada conjunto de pijamas descombinados que passava por mim.

Acho que posso dizer que minha relação com Deus é complicada. Até onde compreendo, ele é como um poço dos desejos cósmico. Já fiz pedidos umas vezes, e, em algumas delas, ele executou bem o serviço. Outras vezes, houve apenas silêncio. Ou, como passei a achar ultimamente, talvez todas as vezes em que *pensei* que Deus estava em silêncio, ele estivesse calmamente inserindo mais absurdos em meu corpo, um tipo de "dane-se" secreto por ousar contestá-lo, que só seria descoberto muitos anos depois. Um tesouro enterrado para que eu encontrasse.

Quando chegamos às portas da capela, não fiquei muito impressionada. Esperava uma elegante arcada gótica, mas o que encontrei foram duas pesadas portas de madeira com vidros quadrados foscos. Fiquei imaginando por que Deus necessitaria que seus vidros fossem foscos. O que ele estaria aprontando lá dentro?

Atrás das portas, a nova enfermeira e eu demos de cara com o silêncio.

* * *

— Ora — disse ele —, olá!

Ele devia ter uns sessenta anos, usava camisa e calça pretas e um colarinho branco. Parecia que não poderia ficar mais feliz do que estava naquele momento.

Eu o cumprimentei:

— Meritíssimo.

— Esta é a Lenni... Petters? — A Enfermeira Nova olhou para mim buscando confirmação.

— Pettersson.

Ela soltou meu braço e acrescentou com delicadeza:

— Ela é da *Ala May*.

Foi a maneira mais gentil que ela encontrou para dizer aquilo. Acho que sentiu que devia alertá-lo, pois ele parecia empolgado como uma criança ganhando um trenzinho embrulhado com um grande laço no Natal, quando, na verdade, o presente que ela estava lhe entregando estava quebrado. Ele poderia se apegar, se quisesse, mas as rodinhas já estavam caindo, e o brinquedo provavelmente não duraria até o Natal seguinte.

Peguei meu soro, que estava preso àqueles suportes com rodinhas, e fui na direção dele.

— Volto em uma hora — disse a Enfermeira Nova, e depois falou mais alguma coisa, mas eu já não estava prestando atenção. Eu estava olhando para cima, para o local de onde vinha a luz, e o brilho de todos os tons imagináveis de rosa e roxo inundava meus olhos.

— Gostou do vitral? — ele perguntou.

Uma cruz de vidro marrom atrás do altar iluminava a capela inteira. Ao redor da cruz, havia pedaços pontiagudos de vidro violeta, ameixa, fúcsia e rosa.

Parecia que o vitral inteiro estava pegando fogo. A luz se dispersava sobre o tapete, sobre os bancos e por nosso corpo.

Ele esperou pacientemente ao meu lado até eu estar pronta para olhar para ele.

— Prazer em conhecê-la, Lenni — disse ele. — Eu me chamo Arthur. — Ele apertou minha mão e ganhou pontos ao não recuar quando seus dedos tocaram a parte em que a agulha do acesso fica enfiada na pele. — Quer se sentar? — perguntou, apontando para a fileira de bancos vazios. — Muito prazer em conhecê-la.

— Você já disse.

— Já? Desculpe.

Arrastei o suporte do soro e, quando cheguei ao banco, amarrei o roupão com mais firmeza na cintura.

— Pode dizer a Deus que sinto muito por estar de pijama? — perguntei enquanto me sentava.

— Você acabou de dizer. Ele está sempre ouvindo — respondeu o padre Arthur, sentando-se ao meu lado.

Olhei para a cruz.

— Então me diga, Lenni, o que a trouxe à capela hoje?

— Estou pensando em comprar uma BMW usada.

Ele não sabia o que fazer com aquela informação, então pegou a Bíblia que estava no banco ao seu lado, folheou-a sem olhar para as páginas e voltou a colocá-la no lugar.

— Percebi que você... hum, gostou do vitral.

Confirmei com a cabeça.

Houve uma pausa.

— Você tem intervalo para o almoço?

— Como?

— É que... Eu estava me perguntando se você precisa fechar a capela e ir ao refeitório como todo mundo ou se pode passar seu intervalo aqui dentro.

— Eu, hum...

— Se bem que parece um pouco descarado você parar para almoçar, se seu dia inteiro é basicamente parado.

— Parado?

— Bem, ficar sentado em uma igreja vazia está longe de ser um trabalho pesado, não é?

— Nem sempre é tão calmo assim, Lenni.

Olhei para ele para ver se não o havia magoado, mas não dava para saber.

— Temos missa aos sábados e domingos, temos leituras da Bíblia para crianças às quartas-feiras à tarde, e recebo mais visitantes do que você imagina. Hospitais são lugares assustadores; é bom ficar em um espaço em que não há médicos ou enfermeiros.

Voltei a analisar o vitral.

— Então, Lenni, há algum motivo para a sua visita de hoje?

— Hospitais são lugares assustadores — respondi. — É bom ficar em um espaço em que não há médicos ou enfermeiros. — Acho que ouvi uma risada.

— Gostaria de ficar sozinha? — perguntou ele, mas não parecia estar magoado.

— Não exatamente.

— Gostaria de conversar sobre algo específico?

— Não exatamente.

O padre Arthur suspirou.

— Gostaria de saber sobre meu intervalo de almoço?

— Sim, por favor.

— Eu paro entre uma da tarde e uma e vinte. Como ovos com agrião no pão branco, cortado em triângulos pequenos por minha funcionária. Tenho uma sala ali. — Ele apontou para uma porta. — E levo quinze minutos para comer meu sanduíche e cinco para tomar um chá. Depois volto para cá. Mas a capela fica sempre aberta, mesmo quando estou em minha sala.

— Você recebe para fazer isso?

— Não recebo nada.

— Então como paga pelos sanduíches de ovos com agrião?

O padre Arthur riu.

Ficamos em silêncio por um tempo, e depois ele começou a falar novamente. Para um padre, ele não ficava tão confortável com o silêncio. Eu achava que o silêncio daria a Deus uma oportunidade de se fazer notar. Mas o padre Arthur não parecia gostar do silêncio, então eu e ele conversamos sobre sua funcionária, a sra. Hill, que mandava um cartão-postal a ele sempre que saía de férias e, quando voltava, ela mesma os pegava na pilha de correspondência e os afixava na porta da geladeira. Conversamos sobre como eram trocadas as lâmpadas que ficavam atrás do vitral (tem uma passagem secreta nos fundos). Conversamos sobre pijamas. E, apesar de parecer bem cansado, quando a Enfermeira Nova voltou para me buscar, ele me disse que esperava que eu retornasse.

Acho, no entanto, que ele ficou surpreso quando cheguei na tarde seguinte com um pijama limpo e livre do cateter intravenoso. A enfermeira-chefe, Jacky, não ficou muito feliz com a ideia de eu ir até lá dois dias seguidos, mas olhei nos olhos dela e disse com a voz fina:

— É muito importante para mim.

Quem consegue dizer não para uma criança à beira da morte?

Quando Jacky pediu a uma enfermeira que me acompanhasse pelos corredores, foi a Enfermeira Nova que apareceu. A de cabelo vermelho-cereja, que contrastava com o uniforme azul como se não houvesse amanhã. Ela estava na Ala May havia apenas alguns dias e ficava nervosa, principalmente perto das crianças do aeroporto, e desesperada para que alguém lhe dissesse que estava fazendo um bom trabalho. No corredor, a caminho da capela, comentei que ela era uma excelente acompanhante. Acho que ela gostou.

A capela estava vazia novamente, à exceção do padre Arthur, que estava sentado em um banco, usando uma túnica branca comprida por cima do terno preto, lendo. Não a Bíblia, mas um livro tamanho A4 com encadernação barata e uma capa de laminado brilhante. Quando a Enfermeira Nova abriu a porta e eu, com gratidão, entrei, Arthur não se virou de imediato. A Enfermeira Nova fechou as portas, e, ao ouvir a batida pesada, ele se virou, colocou os óculos e sorriu.

— Pastor, hum... Reverendo? — A Enfermeira Nova hesitou. — Ela, hum, a Lenni pediu para passar uma hora aqui. Tudo bem?

Arthur fechou o livro que estava em seu colo.

— É claro — ele respondeu.

— Obrigado, hum, vigário...? — disse a Enfermeira Nova.

— Padre — sussurrei. Ela fez uma careta e seu rosto ficou vermelho, o que contrastava com seu cabelo, e saiu sem dizer mais nada.

O padre Arthur e eu nos acomodamos no mesmo banco. As cores do vitral estavam tão adoráveis quanto no dia anterior.

— Hoje está vazio de novo — falei. Minha voz ecoou.

O padre Arthur não disse nada.

— Costumava ser mais movimentado? Sabe, quando as pessoas eram mais religiosas?

— É movimentado — disse ele.

Eu me virei para ele.

— Somos os únicos aqui. — Nitidamente, ele estava em negação. — Não tem problema se não quiser falar sobre isso — continuei. — Deve ser constrangedor. Tipo, é como se você estivesse dando uma festa e ninguém aparecesse.

— É?

— Sim. Quer dizer, você está aqui, com seu melhor vestido de festa, com lindas videiras e coisas bordadas, e...

— São vestes litúrgicas. Não é um vestido.

— Vestes litúrgicas, então. Aqui está você, com suas *vestes litúrgicas de festa*, com a mesa posta para o almoço...

— É um altar, Lenni. E não é almoço, é a eucaristia. O pão de Cristo.

— E daí? Ele não compartilha?

O padre Arthur olhou para mim.

— É para a missa de domingo. Eu não como hóstia no almoço nem almoço no altar.

— Claro, você come ovos e agrião na sua sala.

— Isso mesmo — disse ele, um pouco animado por eu ter lembrado algo sobre ele.

— Então está com tudo pronto para a festa. Tem música... — Apontei para um triste aparelho de CD e fita cassete no canto, ao lado do qual havia alguns CDs empilhados de maneira organizada. — E bastante lugar para todos sentarem. — Apontei para as fileiras de bancos vazios. — Mas ninguém vem.

— Para a minha festa?

— Exatamente. O dia todo, todos os dias, você está dando uma festa para Jesus, e ninguém está vindo. Deve ser uma sensação horrível.

— É... Hum... Bem, é um modo de ver as coisas.

— Desculpe se estou piorando a situação.

— Você não está piorando nada, mas isso não é mesmo uma festa, Lenni. É um local de adoração.

— Sim. Não, eu sei disso, mas o que estou dizendo é que entendo perfeitamente. Fiz uma festa uma vez, quando eu estava com oito anos e havia acabado de me mudar da Suécia para Glasgow. Minha mãe convidou todas as crianças da minha classe, mas ninguém foi. Se bem que, naquela época, o inglês da minha mãe não era muito bom, então é bem possível que todos tenham ido para o lugar errado, levando presentes e balões, esperando a festa começar. Pelo menos foi o que eu disse a mim mesma na época.

Fiz uma pausa.

— Continue — ele pediu.

— Daí, quando estava sentada em uma das cadeiras da sala de jantar que minha mãe havia organizado em círculo, esperando alguém aparecer, eu me senti péssima.

— Sinto muito por você — disse ele.

— É isso que estou dizendo. Sei o quanto magoa quando ninguém vai à sua festa. Só queria dizer que sinto muito. Mas não acho que deveria negar isso. Não dá para resolver um problema antes de encará-lo.

— Mas aqui *é* movimentado, Lenni. É movimentado porque você está aqui. É movimentado com o espírito do *Senhor*.

Olhei para ele.

Ele se mexeu no banco.

— E, além disso, não se deve desprezar uma certa calmaria. Este pode ser um lugar de adoração, mas também é um lugar de paz. — Ele olhou para o vitral. — Gosto de poder falar com os pacientes individualmente; isso significa que posso dar toda minha atenção a eles. E, não leve a mal, Lenni, mas acho que você pode ser uma pessoa a quem o Senhor gostaria que eu dirigisse toda a minha atenção.

Ri daquilo.

— Pensei em você na hora do almoço — eu disse. — Comeu ovo e agrião de novo hoje?

— Comi.

— E?

— Estava ótimo, como sempre.

— E a senhora...?

— Hill, sra. Hill.

— Contou sobre nossa conversa à sra. Hill?

— Não contei. Tudo que você diz aqui é confidencial. É por isso que as pessoas gostam tanto de vir. Elas podem falar o que quiserem sem se preocupar com quem vai ficar sabendo depois.

— Então é como se confessar?

— Não, mas, se você desejar se confessar, ficarei feliz em ajudá-la.

— Se não é uma confissão, então o que é?

— É o que você quiser. A capela está aqui para ser o que você precisar que ela seja.

Olhei para a fileira de bancos vazios, para o piano eletrônico coberto com uma capa bege, o quadro de informações com uma foto de Jesus. O que eu gostaria que esse lugar fosse, se pudesse ser qualquer coisa?

— Eu gostaria que fosse um lugar de respostas.
— E pode ser.
— Pode? A religião pode mesmo responder a uma pergunta?
— Lenni, a Bíblia nos ensina que Cristo pode nos conduzir à resposta de *qualquer* pergunta.
— Mas pode responder a uma pergunta de verdade? Sinceramente? Você pode me responder uma coisa sem dizer que a vida é um mistério, ou que tudo é um plano de Deus, ou que as respostas que busco virão com o tempo?
— Por que não faz a sua pergunta e trabalhamos juntos para ver como Deus pode nos ajudar a encontrar uma resposta?
Recostei no banco, que rangeu. O eco reverberou pela sala.
— Por que eu estou morrendo?

Lenni e a pergunta

Não olhei para o padre Arthur quando fiz a pergunta. Preferi olhar para a cruz. Ouvi seu suspiro lento. Fiquei pensando que ele ia responder, mas ele apenas continuou respirando. Considerei que talvez não soubesse que eu estava morrendo, mas depois lembrei que a enfermeira havia contado que eu estava na Ala May, e ninguém na Ala May tem uma vida longa e feliz pela frente.

— Lenni — disse ele gentilmente depois de um tempo. — Essa pergunta é a mais importante de todas. — Ele recostou, e o banco rangeu novamente. — Sabe, é engraçado, as pessoas me perguntam *por que* com mais frequência do que perguntam qualquer outra coisa. Saber o *porquê* é sempre mais difícil. Posso responder *como*, e *o que*, e *quem*, mas *por que* é uma coisa que não consigo nem fingir que sei. Quando comecei a fazer esse trabalho, costumava tentar responder.

— E não tenta mais?

— Acho que a resposta não está na minha jurisdição. Cabe apenas a Ele responder. — O padre Arthur apontou para o altar como se Deus pudesse estar agachado na parte de trás, escondido, nos ouvindo.

Fiz um gesto na direção dele, como se dissesse: "Está vendo? Eu te disse".

— Mas não significa que não exista uma resposta — ele disse rapidamente. — Apenas que a resposta está com Deus.

— Padre Arthur...

— Sim, Lenni?

— Essa é a maior bobagem que já ouvi. Eu estou morrendo! Vim até um dos porta-vozes designados por Deus com uma pergunta bem importante, e você me diz que tenho que recorrer a Ele? Já tentei falar com Ele, mas não recebi nenhuma resposta.

— Lenni, respostas nem sempre vêm em forma de palavras. Elas podem vir de várias maneiras.

— Bem, então por que disse que aqui era um lugar de respostas? Por que não preferiu ser sincero e me dizer: "Certo, bem, as teorias bíblicas não são irrefutáveis, e não podemos dar a você respostas, mas temos aqui um belo vitral"?

— Se recebesse uma resposta, como acha que seria?

— Talvez Deus me dissesse que está me deixando morrer porque sou impaciente e chata. Ou talvez o verdadeiro deus seja Vishnu e ele esteja irritadíssimo porque nunca nem tentei rezar para ele e fiquei perdendo meu tempo com seu Deus cristão. Ou talvez Deus não exista nem nunca tenha existido, e todo o Universo esteja sendo controlado por uma tartaruga totalmente sem noção.

— Você se sentiria melhor se fosse assim?

— Provavelmente não.

— Já te fizeram uma pergunta que você não sabia responder? — perguntou o padre Arthur.

Tive que admitir, fiquei impressionada com a calma dele. Ele realmente sabia transformar uma pergunta. Ficou claro que eu não era a primeira que chegava questionando: "Por que estou morrendo?". Aquilo, por algum motivo, fez com que eu me sentisse ainda pior.

Fiz que não com a cabeça.

— É horrível, sabe — ele continuou —, ter que dizer às pessoas que eu não tenho a resposta que desejam. Mas não significa que aqui não seja um lugar de respostas; apenas que podem não ser as respostas que você espera.

— Diga-me, então, padre Arthur. Seja bem direto. Qual é a resposta? Por que eu estou morrendo?

Os olhos tranquilos de Arthur fixaram-se nos meus.

— Lenni, eu...

— Não, diga. Por favor. Por que eu estou morrendo?

E, justo quando achei que ele me diria que uma resposta sincera era contra o protocolo da Igreja, ele passou a mão no queixo, na barba grisalha por fazer, e falou:

— Porque sim.

Devo ter franzido a testa ou ele deve ter se arrependido de ter sido levado a dizer algo verdadeiro, porque não conseguia olhar para mim.

— A resposta que eu tenho, a única resposta que tenho — ele disse —, é que você está morrendo porque está. Não porque Deus decidiu te punir ou porque Ele não se importa com você, mas simplesmente porque sim. É uma parte da sua história. — Depois de uma longa pausa, ele se virou para mim. — Pense da seguinte forma: por que você está viva?

— Porque meus pais transaram.

— Eu não perguntei *como*, eu perguntei *por quê*. Por que você existe? Por que está viva? Para que serve a sua vida?

— Não sei.

— Acredito que o mesmo vale para a morte. Não sabemos por que você está morrendo, da mesma forma que não sabemos por que está vivendo. Tanto viver como morrer são mistérios totais, e não dá para saber sobre um deles até passar pelos dois.

— Isso é poético. E irônico. — Esfreguei a área onde a cânula do acesso intravenoso estivera inserida em minha mão no dia anterior. O local estava um pouco dolorido. — Estava fazendo suas leituras religiosas quando entrei?

Arthur pegou o livro que estava ao seu lado. Era amarelo, com encadernação espiral, bordas desgastadas e um título em destaque: *Atlas rodoviário da Grã-Bretanha*.

— Estava procurando seu rebanho? — perguntei.

Quando a Enfermeira Nova chegou para me buscar, achei que Arthur se ajoelharia no chão e beijaria os pés dela ou fugiria gritando pela porta recém-aberta. Mas, em vez disso, ele esperou pacientemente enquanto eu caminhava até a porta, entregou-me um panfleto e disse que esperava que eu voltasse.

Não sei se foi a impertinência de sua recusa em gritar comigo, sua relutância em admitir que eu o estava irritando ou o fato de a capela ser tão agradável e calma, mas, ao pegar o panfleto, eu já sabia que voltaria.

Demorei sete dias. Achei que seria um bom tempo para ele presumir que eu provavelmente não voltaria. Então, assim que ele se acomodou em sua vida solitária naquela capela vazia – *pá!* –, lá estava eu, cambaleando lentamente em sua direção, com meu melhor pijama cor-de-rosa e a rodada seguinte de provocações ao cristianismo carregada e pronta para disparar.

Dessa vez, ele deve ter me visto chegando pelo corredor através daqueles vidros foscos, porque já estava segurando a porta aberta e dizendo:

— Olá, Lenni. Já estava me perguntando quando a veria. — E assim estragou minha reentrada dramática.

— Eu estava me fazendo de difícil — disse a ele.

Ele sorriu para a Enfermeira Nova.

— Por quanto tempo terei o prazer da companhia de Lenni hoje?

— Uma hora. — Ela sorriu. — Reverendo.

Ele não a corrigiu. Ficou segurando a porta enquanto eu avançava pelo corredor. Escolhi um banco na primeira fileira para ter mais chances de ser notada por Deus.

— Posso? — o padre Arthur perguntou, e eu fiz que sim com a cabeça. Ele se sentou ao meu lado. — E então, Lenni, como você está hoje?

— Ah, nada mal, obrigada. E você?

— Não vai fazer nenhum comentário sobre a capela estar vazia? — Ele gesticulou para o salão.

— Não. Vou guardar meus comentários para quando houver mais alguém aqui, além de nós dois. Não quero que se sinta mal com seu trabalho.

— É muita gentileza sua.

— Quem sabe não precisa da ajuda de um profissional de RP? — perguntei.

— Um profissional de RP?
— É, você sabe, para divulgação: pôsteres, anúncios, essas coisas. Precisamos espalhar a palavra. Assim, a casa vai ficar cheia, e você vai conseguir lucrar.
— Lucrar?
— Sim, no momento, você deve estar no prejuízo.
— Não cobro para as pessoas virem à igreja, Lenni.
— Eu sei, mas pense em como Deus ficaria impressionado se você tivesse uma igreja bem movimentada e ao mesmo tempo começasse a ganhar dinheiro para Ele.

Ele abriu um sorriso estranho. Senti o cheiro de velas recém-apagadas, o que me deu a impressão de haver um bolo de aniversário escondido em algum lugar.

— Posso te contar uma história? — perguntei.
— É claro. — Ele juntou as mãos.
— Quando estava na escola, eu costumava sair à noite com um grupo de garotas em Glasgow. Havia uma casa noturna muito cara, que ninguém tinha dinheiro para frequentar. Nunca tinha fila do lado de fora, mas dava para saber pelas cordas de veludo preto e pelas portas prateadas que o lugar era especial. Havia dois seguranças de cada lado das portas, apesar de parecer que nunca entrava ninguém e nunca saía ninguém. Só sabíamos que custava setenta libras para entrar. Concordávamos que era caro demais, mas, cada vez que passávamos por lá, ficávamos mais curiosas. Precisávamos saber por que era tão caro e o que havia lá dentro. Então fizemos um pacto, economizamos, pegamos nossas carteiras de identidade falsas e entramos. E sabe de uma coisa?
— O quê? — ele perguntou.
— Era uma boate de striptease.

O padre Arthur arregalou os olhos e depois, constrangido, abaixou-os como se estivesse preocupado que eu pudesse confundir seu olhar surpreso com um olhar de curiosidade ou excitação.

— Não sei se entendi a moral da história — ele afirmou com cautela.

— O que estou dizendo é que foi o fato de ser *tão* caro que fez com que pensássemos que valeria a pena entrar. Se você cobrasse ingresso, as pessoas poderiam ficar curiosas. Você poderia arrumar uns seguranças também.

Arthur balançou a cabeça.

— Repito, Lenni, que a capela é bem movimentada. Passo muito tempo conversando com pacientes e seus parentes. As pessoas vêm falar comigo com frequência, é só que...

— É só que, por acaso, eu sempre venho quando não tem ninguém aqui?

O padre Arthur olhou para a janela de vitral e quase deu para ouvir seu monólogo interno, pedindo a Deus forças para me tolerar.

— Pensou um pouco mais sobre o que conversamos em sua última visita?

— Um pouco.

— Você fez perguntas muito boas.

— Você me deu umas respostas inúteis. — Houve uma pausa. — Padre Arthur, queria saber se poderia fazer uma coisa por mim.

— O que gostaria que eu fizesse?

— Pode me dizer uma verdade? Uma bela e revigorante verdade? Sem papo de igreja, sem palavras difíceis, apenas algo que você saiba, do fundo do coração, que é verdade, mesmo que seja desagradável, mesmo que você fosse demitido se seus chefes te ouvissem dizendo isso para mim.

— Os meus *chefes*, a quem está se referindo, são Jesus e o Senhor.

— Bem, eles certamente não vão te demitir. Eles amam a verdade.

Achei que ele fosse precisar de mais tempo para pensar em algo verdadeiro. Presumi que tivesse que entrar em contato com um papa ou um diácono para verificar se era permitido sair dizendo a verdade sem nenhuma diretriz oficial. Mas, pouco antes de a Enfermeira Nova chegar, ele se virou para mim meio sem jeito.

Como alguém prestes a entregar um presente que não tem certeza se a outra pessoa vai gostar.

— Vai me dizer uma verdade? — perguntei.

— Vou — ele respondeu. — Lenni, você disse que gostaria que este fosse um lugar de respostas e... Bem, eu também gostaria que aqui fosse um lugar de respostas. Se eu tivesse as respostas, eu as daria.

— Eu já sabia disso.

— Então que tal isto? — ele disse. — Eu realmente espero que você volte.

Quando voltei para a cama, a Enfermeira Nova havia me deixado um bilhete: *Lenni, fale com Jacky – servisso social.*

Corrigi a ortografia com o lápis que ela tinha deixado e fui até o posto de enfermagem. Jacky, a enfermeira com topete de garça, não estava lá. Foi quando algo chamou minha atenção.

Ao lado do posto de enfermagem, o carrinho de reciclagem esperava o retorno de Paul da Manutenção. É um contêiner grande com rodinhas. Costumava ter "supermáquina" escrito em caneta permanente na barra de empurrar, mas pintaram por cima. O carrinho do Paul não é uma coisa que normalmente acho interessante, mas o que havia de interessante nele aquele dia era a senhora com metade do corpo pendurado para fora vasculhando os papéis em seu interior, com os pequenos pés cobertos por chinelos roxos mal tocando o chão.

Parecendo ter encontrado o que quer que estivesse procurando, a senhora endireitou o corpo, os cabelos grisalhos um pouco despenteados pelo esforço. Ela guardou um envelope no bolso do roupão roxo.

A porta da sala fez um barulho quando alguém puxou a maçaneta. Jacky e Paul estavam saindo.

A velhinha notou que eu a observava. Tive a sensação de que ela não queria ser vista fazendo o que havia acabado de fazer.

Quando Jacky e Paul da Manutenção saíram da sala, aparentando cansaço e tédio, respectivamente, dei um gritinho.

Eles ficaram me encarando.

— Ei, Lenni! — Paul sorriu.

— O que foi, Lenni? — Jacky perguntou. A parte do rosto de Jacky onde deveria haver um bico parecia irritada.

Eu não queria que eles tirassem os olhos de mim enquanto, atrás deles, a velhinha roxa descia da borda do contêiner e iniciava sua fuga extremamente lenta.

— Eu... tem uma... aranha — eu disse. — Na Ala May.

Jacky revirou os olhos como se aquilo fosse culpa minha.

— Eu já vou lá olhar, querida — Paul disse, e ambos passaram por mim e seguiram para a Ala May.

No fim do corredor, agora em segurança e tirando o envelope do bolso, a senhora parou e se virou. Então olhou para mim e deu uma piscadinha.

Para minha grande surpresa, Paul realmente conseguiu encontrar uma aranha no canto de uma janela nos fundos da Ala May. Fiquei me perguntando se seria um sinal bíblico. *Buscai e encontrareis*. Ele a capturou em um copo plástico, tampou-o com a mão e nos deixou espiar. Notei que as tatuagens nos ossinhos de seus dedos formavam a palavra "livre". Vendo a aranha, Jacky me disse para *crescer* e que, se eu quisesse ver uma aranha *de verdade*, deveria visitar seu quintal no verão, quando ela faz churrasco. Aparentemente, as aranhas que moram embaixo de seu deque de madeira são tão grandes que, se alguém tentar capturá-las com um copo, as pernas ficam para fora e acabam sendo cortadas. Recusei educadamente o convite e voltei para a cama.

O último panfleto do padre Arthur estava no topo da pilha de ofertas similarmente trágicas em minha mesa de cabeceira. Um Jesus diferente em cada uma delas. Jesus preocupado, Jesus com uma ovelha, Jesus com um grupo de crianças, Jesus sobre uma rocha. Um com mais cara de Jesus que o outro.

Fechei a cortina ao redor da cama e fiquei em minha posição de pensadora. O padre Arthur disse que desejava poder dar respostas às pessoas. Pensei em como devia ser frustrante para ele estar em uma posição em que as pessoas viviam fazendo perguntas a que ele nunca podia responder. Ser um sacerdote sem nenhuma resposta é como ser alguém que não sabe nadar e receber pedidos de aulas de natação. Ele nitidamente era muito solitário. Eu sabia, sempre soube, que não encontraria respostas para nada atrás das portas pesadas daquela capela. O que encontrei, no entanto, foi alguém que precisava da minha ajuda.

Levei alguns dias para traçar meu plano multifacetado para fazer com que mais pacientes visitassem a capela. Eu faria alguns pôsteres chamativos, porém misteriosos. Talvez até conseguisse um pouco de atenção da mídia. A estação de rádio do hospital provavelmente poderia ser coagida a dar uma força para a capela. Em vez de focar a religião, eu enfatizaria a natureza terapêutica de minhas conversas com o padre Arthur e, talvez como um comentário à parte, mencionaria como a capela é fresca. Os outros pacientes gostariam de lá, porque, pelo jeito, existe uma lei que diz que hospitais devem ficar o tempo todo numa temperatura um pouco acima do confortável. Quente o bastante para que a pele fique um pouco pegajosa. Não tão quente que dê para tostar marshmallows.

A Enfermeira Nova me levou à capela e, para garantir que o padre Arthur estivesse com um humor propício a uma reunião de marketing, dei uma espiada pelo vão entre as portas. Mas ele não estava sozinho.

O padre Arthur estava de frente para um homem com vestes idênticas às dele – colarinho branco, camisa social e calça pretas. Enquanto eles trocavam um aperto de mão, o homem envolveu aquela união com a outra mão, como se a protegesse do tempo frio ou de um vento forte que pudesse separá-los e desfazer qualquer acordo que estivesse sendo feito.

O homem tinha sobrancelhas e cabelos escuros. Era difícil saber sua idade. Estava sorrindo. Como um tubarão.

— Tem alguém aí dentro? — a Enfermeira Nova perguntou.

— Tem — sussurrei.

No mesmo instante, o homem sem idade começou a andar na direção da porta. Tive tempo apenas para endireitar o corpo, e a porta se abriu, revelando Arthur e o homem, que ficaram me encarando.

— Lenni, que surpresa! — Arthur exclamou. — Há quanto tempo está esperando aí?

— Você conseguiu! — eu disse. — Alguém entrou aqui.

— Como? — Arthur perguntou.

— Você tem outro cliente. — Eu me virei para o homem sem idade. — Olá, companheiro amigo de Jesus ou do padre Arthur.

— Ah, bem... Na verdade, Lenni, este é Derek Woods.

Derek estendeu a mão.

— Olá — ele disse em tom suave. Enfiei o esquema de meu projeto "Salve a capela" debaixo do braço e apertei a mão de Derek.

— Derek, esta é Lenni — padre Arthur me apresentou. — Uma visitante assídua.

— Lenni, muito prazer. — Derek sorriu para mim e para a Enfermeira Nova, que aguardava sem jeito perto da porta.

— Para ser sincera, estou feliz por saber que alguém, além de mim, vem aqui. Você é a primeira pessoa que vejo em semanas. — Arthur ficou olhando para o chão. — Então, em nome do grupo focal "Salve a capela", gostaria de agradecer por escolher a capela como seu destino religioso.

— Grupo focal? — Derek perguntou, virando-se para Arthur.

— Desculpe, Lenni. Não estou entendendo — Arthur disse, olhando para a Enfermeira Nova.

— Tudo bem. Vou contar tudo sobre isso em nosso próximo encontro. — Eu me virei para Derek. — Espero que esteja se sentindo melhor.

— Derek não é paciente — explicou o padre Arthur. — Ele é da capela do Hospital Lichfield.

— Ei, um bumbum no banco é um bumbum no banco, e tenho um plano para atrair alguns crist...

— Derek acabou de concordar em assumir o cargo aqui.

— Que cargo?

— O meu. Infelizmente. Estou me aposentando, Lenni.

Senti meu rosto ficar quente.

— Mas *eu* gostaria muito de ouvir seus planos para a capela — Derek disse, colocando a mão em meu ombro.

E então me virei.

E saí correndo.

Lenni e a temporária

Em setembro do ano passado, o hospital contratou uma funcionária temporária.

O Departamento de Bem-Estar e Vivência dos Pacientes estava desfalcado depois de duas pessoas pedirem demissão e uma sair de licença-maternidade. A Temporária, qualificada demais como a maioria dos temporários, tinha acabado de se formar em uma Boa Universidade, com um Bom Título, em um Bom Curso. O problema era que o mercado estava saturado com outros Bons Graduados de instituições igualmente respeitáveis, então ela rapidamente aceitou uma oferta para o cargo de Assistente Administrativa Temporária no Glasgow Princess Royal. Não importava que o trabalho não tivesse nada a ver com sua faculdade de Artes Plásticas ou seus objetivos de carreira; ela estava feliz por não estar mais do lado de fora, passando frio com os outros graduados trêmulos da turma de 2013.

A Temporária começou a trabalhar imediatamente e passou vários meses ocupando-se do cadastramento de dados e tirando fotocópias enquanto ficava olhando para o estacionamento do hospital pela janela, desejando voltar a ser universitária. Um dia, conversando com seu chefe, um homem grande que usava imitações de perfumes famosos compradas no mercado, ela mencionou um artigo que havia lido recentemente – e essa foi a parte que provocou o interesse do Chefe a ponto de ele pesquisar em seu smartphone – sobre uma fundação artística beneficente que estava fazendo uma doação consideravelmente grande a hospitais e casas de repouso que quisessem oferecer programas de arteterapia para seus pacientes.

O Chefe disse à Temporária que tiraria as próprias fotocópias naquela tarde, e dentro de algumas semanas as Bobagens Genéricas de Escritório que ocupavam a mesa dela praticamente não existiam mais. Ela escreveu a proposta financeira, organizou cotações de prestadores de serviço, falou com empresas de materiais de arte e preencheu a interminável documentação de saúde e segurança necessária para transitar pelo labirinto que é colocar pessoas com doenças graves em uma sala com tesouras e lápis com os quais podem se empalar acidentalmente.

A apresentação para pleitear o financiamento foi na sede da instituição artística beneficente em Londres. As palmas das mãos da Temporária estavam suando tanto enquanto ela esperava para entrar na sala do conselho que a parte de baixo do documento ficou com mancha de umidade, e ela teve que implorar ao temporário da instituição para lhe fazer outra cópia.

A notícia chegou na manhã de uma quinta-feira, pouco depois das onze. Ela não leu o primeiro parágrafo, que era só enrolação, agradecendo-a por se inscrever no programa. Pulou para o segundo, que começava assim: *A doação vai consistir em...* Ela tinha conseguido. Haveria uma sala de artes no Hospital Glasgow Princess Royal.

A Temporária trabalhou com mais afinco na sala de artes do que em qualquer coisa com que já tivesse trabalhado. Perturbou os amigos nas noites de *quiz* no bar com as últimas novidades sobre artes e medicina. Passou seus fins de semana pintando vasos de plantas para as flores que os pacientes desenhariam. Criou três pôsteres diferentes promovendo a nova sala de artes e garantiu a cobertura de dois jornais locais e de um programa de notícias regional para divulgar a notícia.

Um dia antes da grande inauguração, a Temporária entrou na sala de artes para garantir que tudo estivesse pronto. A junção de duas salas que costumavam servir para armazenar material de informática resultou em uma sala de aula de bom tamanho, com o benefício extra de luz natural entrando por janelas grandes dos dois lados. Havia armários com materiais artísticos, livros sobre arte, um quadro branco para o professor, mesas e cadeiras de alturas variadas para atender às necessidades dos pacientes, uma pia para lavar pincéis e uma parede coberta por painéis de exposição onde havia cordões e prendedores para os pacientes pendurarem seus trabalhos para secar.

Ela deu a volta no espaço. A sala de artes estava pronta, aguardando. Os lápis estavam todos inteiros, as mesas não tinham marcas, a pia ainda era branquíssima, e o chão não tinha nenhum pingo de tinta. Logo, ela pensou, aquela sala estaria viva, cheia de cores e expressões. Seria um lugar para os pacientes acalmarem a alma. Um lugar para serem ouvidos. Um lugar onde poderiam deixar de ser pessoas "doentes" e, por um tempo, ser apenas pessoas. Antes de trancar a porta, ela sentiu o cheiro de tinta fresca das paredes e lembrou que, apenas poucos meses antes, aquilo não passava de um depósito de equipamentos de informática mal gerenciado.

Na manhã da grande inauguração, a Temporária dirigiu até o trabalho com a sensação de que poderia passar mal. Mal podia esperar para contar às pessoas sobre a sala de artes e, o mais importante, mal podia esperar para que os pacientes a vissem. A única coisa que ela não tinha sido capaz de imaginar era como seria quando eles entrassem e começassem a utilizar o espaço. Que histórias aquelas primeiras pinturas contariam?

Quando chegou ao escritório, vestida com roupas compradas especialmente para a ocasião, não entendeu por que o Chefe estava tão reservado, por que não olhava nos olhos dela e por que o clima estava tão... tenso. Ela mostrou a ele em seu celular a repercussão no Twitter e repassou o roteiro para a grande inauguração.

— Olha, eu não queria colocar você nessa situação, principalmente hoje — ele disse, passando os dedos pelos cabelos que lhe restavam —, mas vamos precisar de um professor de artes e, com os cortes no orçamento e funcionários temporários recebendo férias remuneradas...

O coração da Temporária estava acelerado; ela estaria mentindo se dissesse que não esperava que ele pedisse. Afinal, era óbvio que a sala de artes precisaria de um professor, e ele estava relutante em contratar alguém. Ele sabia que ela era formada em Artes Plásticas – quem seria melhor? Ela apertou com força a própria mão.

— Bem, a mulher que eu contratei vai custar mais do que eu imaginava, então não teremos condições de renovar seu contrato no fim do mês. Mas, por favor, fique para a inauguração. E ainda faltam três semanas para seu contrato terminar oficialmente.

A Temporária sorriu por cerca de três ou quatro segundos enquanto seu cérebro aturdido tentava se comunicar com a boca, avisando que não era hora de sorrir.

Então chegou a hora da entrevista para a TV. Ela acompanhou os jornalistas até a sala de artes e os ajudou a organizar fotos com as crianças enfermas que tinham sido convidadas para a grande inauguração. ("Apenas pernas e braços quebrados, por favor, nada muito deprimente, nada de pacientes com câncer", haviam sido as instruções do Chefe.) A apresentadora de TV posicionou a Temporária com as crianças, e a câmera fez uma imagem panorâmica enquanto ela demonstrava como pintar uma estrela e as crianças copiavam com tinta amarela grossa sobre papel preto. Então a câmera se aproximou do Chefe, que tinha chegado com um andar decidido, fedendo a Gucci falsificado e mostrando a todos que era o líder do departamento responsável por aquele projeto. Ele já estava com o microfone de lapela para sua entrevista, que iria ao ar no noticiário noturno, às seis da tarde e às dez e meia da noite. A Temporária levantou-se devagar e saiu da sala.

Conteve as lágrimas até chegar ao escritório. Esvaziando uma caixa de papel da fotocopiadora no chão, rapidamente a encheu com seus pertences: sua caneca, seu porta-retratos, sua caixa de lenços. Tinha muito menos coisas do que pensava, e até mesmo seus documentos pessoais e as amostras de tinta para a sala de artes couberam perfeitamente na caixa. Ela deixou seu crachá em cima da mesa do chefe e fechou a porta.

Sua cabeça estava confusa, repleta de emoções. Ela queria sair do prédio antes que a equipe de TV, as crianças e os repórteres aparecessem no corredor; não suportaria que a vissem. Mas, sem o crachá, tinha que sair pela porta usada pelo público, e não pela dos funcionários, e não conseguia lembrar onde ficava. Ela foi andando pelo labirinto de corredores do hospital e começou a correr.

Não viu a menina de pijama cor-de-rosa até se chocar com ela. A Temporária conseguiu recobrar o equilíbrio, mas a menina de pijama não. Ela tropeçou na Temporária e caiu no chão. Uma pequena pilha de ossos cor-de-rosa.

A Temporária tentou se desculpar, mas só conseguiu soltar um grito abafado. A enfermeira que caminhava com a menina agachou ao seu lado e pediu para o rapaz da manutenção que passava trazer uma cadeira de rodas. A Temporária nem teve a chance de ver o rosto da menina, mas notou seus braços finos enquanto a enfermeira a colocava na cadeira de rodas e a levava embora. Ela tentou gritar um pedido de desculpas.

Aqueles braços finos, enquanto a menina era colocada na cadeira de rodas, eram tudo que a Temporária via quando tentava dormir. Nem mesmo as várias taças de merlot que corriam em seu organismo serviam para acalmar seus pensamentos. Ela não podia voltar lá. Mas precisava.

No dia seguinte, a Temporária telefonou para a ala infantil do hospital para tentar localizar a menina de pijama cor-de-rosa. Só sabia dizer que estimava que ela tivesse cerca de dezesseis ou dezessete anos, era loira e estava de pijama cor-de-rosa. Depois de quase quarenta minutos de espera, sendo transferida de um ramal para outro e interrogada sobre suas intenções, e após várias mentiras sobre ser parente da menina, o hospital deu à Temporária o nome da ala onde ela poderia ser encontrada.

E foi assim que a Temporária acabou sentada na beirada da minha cama, com um olhar de remorso no rosto e um ramalhete de rosas de seda amarelas na mão.

Lenni e a sala de artes

A Temporária é mais bonita do que você deve ter imaginado. Mais alta também. No entanto, estava mais nervosa do que deveria. Parecia surpresa por poder se sentar na beirada da minha cama sem meus ossos se estilhaçarem como vidro. Compartilhamos a ancestralidade, ela crê, já que o pai dela também é sueco. Ou suíço. Ela não conseguia se lembrar. E aquilo importava, é claro. Mas não tanto quanto o que ela me contou em seguida.

A Enfermeira Nova disse que, se eu quisesse ir à sala de artes, ela precisaria pedir a permissão de Jacky. Jacky disse que não dependia *dela*, então a Enfermeira Nova teve que ir atrás de um médico que confirmasse que eu poderia ir à recém-construída sala de artes para pacientes e que não correria o risco de pegar doenças ou infecções ou encontrar lobos raivosos que roeriam o tubo do meu soro.

Mas a Enfermeira Nova não retornou. Enquanto esperava, eu li o jornal desatualizado daquela manhã. Paul da Manutenção às vezes deixa o jornal em minha mesa de cabeceira. Gosto mais dos jornais locais – onde o resto do mundo não existe e tudo que importa é o novo jardim da escola primária da região e uma senhora que tricotou uma colcha para doar para a caridade. Crianças estão ficando um ano mais velhas, adolescentes estão se formando e avós estão sendo enterrados. Tudo é pequeno e gerenciável, e todos esperam sua hora de morrer.

Quando terminei de ler o jornal, aguardei um pouco mais. A princípio, esperei pacientemente, mas depois comecei a pensar melhor no assunto. Existia uma sala, um espaço cúbico ao qual eu nunca havia ido. Haveria tintas, canetas, papéis e (se Vishnu quisesse) purpurina. Eu poderia até colocar as patas em uma caneta permanente para o grafite que estou planejando. Bem acima de minha cabeça, na prateleira feita de tomadas e interruptores, está o gentil lembrete do hospital sobre minha impermanência. Um quadro branco que diz "Lenni Pettersson" em caneta vermelha com um borrão perto do último "n". A questão é que os quadros brancos são muito fáceis de apagar. Foram feitos para serem usados repetidas vezes para escrever o nome dos poucos desafortunados que se encontram na Ala May. Um dia, com a passada rápida de um apagador, eu desaparecerei. Um novo paciente com braços finos e olhos grandes ocupará meu lugar.

Esperei um pouco mais.

Eu tinha um relógio quando cheguei aqui e, mesmo enquanto o usava, passava grande parte do tempo perguntando às pessoas que horas eram, e depois perguntando novamente, porque não acreditava na resposta. Achei que estava na Ala May havia dois meses, mas logo descobri que tinham se passado apenas algumas semanas.

Mas isso foi há muitos anos.

Depois daquela manhã, esperei sete semanas até a Enfermeira Nova me dar um retorno a respeito da sala de artes. Fiquei ansiosa, frustrada, desesperada e, depois, em paz com sua ausência. Nessa ordem. Duas vezes. Na quinta semana de espera, desenhei mentalmente a sala de artes na cabeça, usando a descrição da Temporária. Não esqueci as janelas. A Temporária tinha dito que havia janelas grandes dos dois lados da sala. Nas semanas em que esperei, as janelas foram ficando cada vez maiores, até que toda a parede dos fundos da sala de artes se transformou em uma enorme janela aberta. O outro lado virou uma parede toda feita de pincéis – centenas deles, saindo da parede, apenas esperando serem escolhidos.

Por volta da sexta semana, comecei a ficar empolgada de novo. Ensaiei na cabeça o que eu diria quando a Enfermeira Nova chegasse para me levar até lá. Deliberei sobre qual par de chinelos usaria (Cotidiano Casual ou Especial de Domingo?). Na sétima semana, eu estava calma e preparada. A cada dia que passava, minha confiança aumentava. Eu não precisava mais planejar ou imaginar. Ela viria. A Enfermeira Nova viria me buscar.

***

— Desculpe ter demorado tanto — a Enfermeira Nova disse quando voltou. — Espero que não tenha ficado esperando esse tempo todo.
— Fiquei — respondi. — Mas está tudo bem, você está aqui agora.
A Enfermeira Nova verificou o relógio.
— Meu Deus... Demorei duas horas e meia. Desculpe, Lenni.
Sorri e balancei a cabeça. O hospital é um lugar implacável. A Linha Internacional de Data passa por algum lugar entre o fim da Ala May e o posto de enfermagem. A única forma de combater o Tempo do Hospital é não combater. Se a Enfermeira Nova quisesse alegar que havia demorado duas horas e meia, eu permitiria. As pessoas começam a se preocupar quando alguém vai contra o Tempo do Hospital. Perguntam em que ano o paciente acha que estamos e se ele se lembra do nome do primeiro-ministro.
— Desculpe pela demora, mas trago boas notícias — ela disse. — Posso te levar até lá agora à tarde.
Sem prestar atenção, calcei os chinelos e descobri que meus pés tinham escolhido Cotidiano Casual, não Especial de Domingo. Bem, no fim das contas, a decisão é mesmo deles.
— Vamos? — ela perguntou enquanto eu fechava o roupão.
— Vamos — respondi, dando o braço a ela.
Instintos de sobrevivência são coisas incríveis. Comecei a memorizar o caminho da Ala May até todos os lugares a que vou. Acho que meu subconsciente está preocupado, achando que estou sendo mantida em cativeiro. Então posso dizer que, para ir da Ala May até a sala de artes, é preciso virar à esquerda no posto de enfermagem, seguir por um longo corredor, passar por portas duplas e seguir até o fim de outro corredor, virar à direita e atravessar um longo corredor. Daí chega-se a um cruzamento de corredores, é preciso virar à esquerda e subir um trecho levemente inclinado. A sala de artes fica à direita. É uma porta não identificada, mas,

por mim, tudo bem. As portas menos exibidas costumam guardar as melhores coisas.

A Enfermeira Nova bateu, empurrou um pouco a porta e lá estava ela – a sala de artes dos pacientes, totalmente à espera. As mesas eram brancas, à espera de pingos, arranhões e manchas. Talvez o processo fosse doloroso – como fazer uma tatuagem –, mas tudo aquilo tornaria cada uma das mesas única. E, para os artistas moribundos, seriam lembretes incisivos de mãos que seguraram e coloriram e recortaram e pintaram. As cadeiras estavam à espera dos doentes – de ter uma ou outra perna engessada apoiada nelas. As janelas eram conforme o prometido: duas. A maioria das janelas de hospital tem vidro fosco para evitar que os cativos vejam o lado de fora e proteger os de fora do que há do lado de dentro. Mas as janelas da sala de artes eram transparentes e amplas, e o sol entrava por elas como se, assim como eu, estivesse empolgado para encontrar uma sala nova na qual nunca havia entrado antes.

Sentada à mesa do professor, diante do quadro branco, havia uma mulher. E ela também estava à espera. Tinha à sua frente uma placa de lousa e estava segurando um pincel. Ficou olhando para o objeto. Percebendo que não estava mais sozinha, deu um salto e gargalhou ao mesmo tempo.

— Meu Deus! Desculpe! — ela disse. — Há quanto tempo estão aí?

— Ah, não queríamos interromper, estamos aqui para a aula de artes — disse a Enfermeira Nova.

— Eu sou a Lenni — eu disse.

— Oi. Sou a Pippa. — A mulher apertou a minha mão.

— Acho que você já pode ir — sussurrei para a Enfermeira Nova, que concordou e saiu.

— Ah... hum... ah... — Pippa ficou olhando para a porta. — Ela vai voltar?

— Não, disseram que a aula tem duração de uma hora.

— Tem mesmo — ela disse, puxando uma cadeira para que eu pudesse me sentar ao seu lado, atrás da mesa. — Mas só começa na semana que vem.

Houve um silêncio.

— Mas não tem problema — ela disse em tom alegre. — Você pode me ajudar com isso.

Como posso descrever Pippa? Pippa é o tipo de pessoa que daria trinta centavos para um estranho poder usar o banheiro da estação de trem. O tipo de pessoa que não tem medo de chuva e gosta de comer um assado no domingo. O tipo de pessoa que parece ter um cachorro, mas na verdade não tem. Um cachorro caramelo. Pippa é alguém que faz os próprios brincos para ocasiões especiais e que tem centenas de pinturas incríveis que ainda não foram vistas nem vendidas porque ela não sabe mexer direito no próprio site.

Eu me sentei ao lado dela. A lousa sobre a mesa era atravessada por um pedaço de corda grossa, pronta para ser pendurada.

— O que vai ser isso?

— A placa da sala de artes.

— O que está esperando? — perguntei.

— Inspiração.

— Quanto tempo demora para a inspiração chegar?

— Bem — ela olhou para o relógio —, eu só vim fazer o pedido de algumas tintas e estou aqui há uma hora e meia.

— Posso fazer?

Ela me encarou por um instante. Eu não sabia ao certo o que ela estava procurando, mas deve ter encontrado, pois empurrou a lousa na minha direção e me entregou o pincel.

— Como é o nome?

— Bem, aí é que está. Tecnicamente, o nome é sala B1.11.

— Poético.

— Exatamente — ela disse. — Então eu estava tentando pensar em um nome melhor.

— Existe alguma regra? — perguntei.

Ela respondeu que provavelmente não, portanto levei o pincel à lousa e comecei. Quando terminei, Pippa desenhou algumas flores brancas em volta do nome. Enquanto ela pintava, notei um pelo caramelo na manga de seu cardigã e fiquei me perguntando se pertencia ao cachorro que ela não tem.

— Nada mal — ela disse quando ambas terminamos. — Nada mal mesmo.

Quando a Enfermeira Nova voltou, já tínhamos pendurado a placa e aplaudido a recém-nomeada sala de arteterapia do Hospital Glasgow Princess Royal.

Mesmo que ela nunca mais voltasse, mesmo que passasse muitos anos procurando emprego, mesmo que seu diploma se provasse inútil e ela nunca conseguisse fazer arte, a Temporária sempre saberia que tinha uma amiga aqui e que havia deixado uma marca no hospital. Ela merecia reconhecimento, porque fora ela que criara a Sala Rosa.

Fugitiva

No hospital, o dia normalmente é distorcido – torto como um canudo visto através do vidro. Maior em alguns lugares, desconexo, porém inteiro. No mundo exterior, o dia começa com o nascer do sol. No hospital, o horário mais movimentado pode ser no meio da noite. As pessoas dormem quando o dia está claro, acordam na escuridão e saem para caminhar, para tomar café, para fumar um cigarrinho, e depois descobrem que já se passaram mais dias do que pensavam e, na verdade, são nove e meia da manhã.

O hospital nunca dorme. As luzes do corredor nunca são desligadas, algo que percebi semanas depois de ter vindo para cá. O mesmo acontece com as luzes da entrada principal e todas as outras. Imagino que, de vez em quando, um funcionário da manutenção apareça para trocar uma lâmpada, mas a luz é implacável.

Eu estava acordada desde as duas da manhã, mas parecia o meio da tarde. Eu não conseguia tirar uma lembrança da cabeça. Era a lembrança de um comercial que eu tinha visto na televisão de um hotel em um país estrangeiro cuja língua eu não falava. Era o comercial de uma empresa de aventura e, nele, um grupo de crianças fazia rafting em um rio. As crianças usavam capacetes laranja-neon e remavam na correnteza do rio, gritando de alegria. Eu disse a mim mesma que um dia iria até aquele lugar e faria aquilo.

Então resolvi que era hora de cumprir a promessa e ir fazer rafting. Fechei os olhos e caminhei descalça sobre a grama na direção da beira da água. Subi no bote laranja. Balançava um pouco, mas o instrutor o segurou para mim. Afastei-me da margem do rio e remei. Quando o bote pegou impulso, deixei a mão tocar a superfície da água fria. Ela respingou em minha manga, uma surpresa gelada, porém refrescante. Dava para escutar os pássaros cantando se eu me esforçasse para ouvir além do som da água agitada.

Enquanto eu remava pelo rio, passando por fileiras de coníferas no penhasco acima, percebi que estava sozinha. Tinha me esquecido de imaginar amigos e agora estava sozinha no bote, e era tarde demais para fazer alguém aparecer.

Sonhando acordada, algumas vezes eu navegava com sucesso até o fim do rio. Outras vezes, caía do bote, e, em algumas dessas ocasiões, era resgatada pelo instrutor bonitão. Havia também a versão em que eu batia a cabeça em uma pedra pontiaguda e afundava lentamente na água escura, deixando rastros torvelinhantes de sangue sobre mim.

Em certo momento, o sol começou a nascer na Ala May, e ouvi as amigas da Menina do Canto chegarem. Eram pelo menos cinco, e todas haviam adotado a linguagem gentil e calma que as pessoas reservam aos mortos e moribundos. Independentemente do quanto tentasse, eu não conseguia ignorar as vozes delas e voltar ao meu rafting nas corredeiras. Achei que não haveria problema; eu já estava fazendo aquilo havia horas. Se não tomasse cuidado, minha pele ficaria enrugada.

Elas sabiam de tudo. Compartilhavam histórias e piadas. Traziam presentes que sabiam que ela amaria. Tiravam selfies juntas. Sentiam a falta dela.

As meninas que eu conheci em minha segunda escola em Glasgow não eram como elas.

Foram gentis em me tolerar pelo tempo que toleraram. Deixavam que eu saísse com elas à noite, que fosse às festas. Mas não eram minhas. Eram apenas emprestadas. Eu não entendia suas piadas, elas não entendiam as minhas. Eu não parava de dizer coisas que não estavam certas, mesmo sabendo que falo bem inglês. E, quando parei de ir à escola, foi fácil.

Imagino que tenham ficado aliviadas.

Eu com certeza fiquei.

Fiquei ouvindo as amigas da Menina do Canto tentando falar sem pena na voz, tentando minimizar o significado e a diversão das férias do grupo, que a Menina do Canto tinha perdido. Mas notei que a voz dela tremia quando falava.

Então tentei ignorar suas amigas e fiquei olhando fixamente para as cortinas que cercam minha cama. São verdes e horrorosas. Mas, não importa quanto são horrendas, o que sempre me alegra é pensar que, para alguém, em algum lugar, essas são as cortinas de hospital ideais. Tal pessoa teve a responsabilidade de fazer o pedido de cortinas para todo o hospital e escolheu *estas* cortinas em um catálogo, e o pedido foi aprovado. O pedido foi feito, e o material enviado, as cortinas foram instaladas, e toda a Ala May e grande parte do restante do hospital foram adornadas com cortinas verdes quadriculadas, com flores azuis e número ímpar de pétalas.

— Lenni?

O tecido se agitou quando alguém tomou a decisão sem sentido de bater em minha cortina.

— Oi?

— Está acordada?

— Sempre.

— Está vestida? Você tem visita — a Enfermeira Nova sussurrou.

— Estou vestida — respondi, limpando a boca com as costas da mão para o caso de ter babado um pouco.

Quando a Enfermeira Nova abriu a cortina, fiquei surpresa ao ver que as amigas da Menina do Canto não estavam mais lá. Ela estava sozinha, deitada com as cobertas sobre a cabeça. Ter amigas deve ser um doce sofrimento.

A Enfermeira Nova se aproximou, seguida de meu visitante.

— Olá — ele disse, colocando a mão na beirada de minha cama e logo a retirando, como se tivesse tomado um choque. Provavelmente não queria parecer muito íntimo.

— Está tudo bem, Lenni? — a Enfermeira Nova perguntou.

Ele olhou para mim, e eu olhei para ele. *Estava* tudo bem? Aparentemente, eu que tinha que decidir. Bem, ele não era um grupo de amigas da minha idade que me distrairia com conversas e fofocas e bobagens, mas até meu rafting imaginário era desprovido de amigos.

— Volto daqui a pouquinho, então — disse a Enfermeira Nova. Antes de sair, ela abriu as duas cortinas, de modo que fiquei livre de meu casulo de privacidade quadriculado e exposta para que toda a ala me visse.

O padre Arthur, parado como uma de suas estátuas sacras, permaneceu ao pé de minha cama.

— Pode sentar, se quiser.

— Obrigado — ele respondeu, puxando a cadeira de visitantes que ficava ao lado da cabeceira da cama para que eu pudesse vê-lo direito. — Você está bem? — ele perguntou, e eu ri. — Eu... você... não foi... — Ele pigarreou e tentou de novo: — A capela anda bem calma nos últimos dias.

Concordei com a cabeça.

— Senti falta de seus... — Ele ficou procurando a palavra exata, mas não o ajudei a encontrá-la.

— Qual é o nome daquele cara da Bíblia que tem dois filhos e só ama um deles?

— Como? — Arthur perguntou.

— É um cara que tem dois filhos. Um é obediente o tempo todo e o outro foge. Mas, quando o fugitivo volta, o pai ama mais ele que o bonzinho.

— Ah, sim, a parábola do Filho Pródigo.

— Sempre achei que não fazia sentido. O filho bom faz tudo certo e não ganha nada. O outro preocupa e magoa os pais, mas, quando volta, consegue tudo que queria. — O padre Arthur franziu a testa, mas não disse nada. — Só serve para mostrar — eu disse — que as pessoas adoram um fugitivo.

— É mesmo?

— É claro! Olhe para nós: eu fugi de você, e você está aqui. Nunca me visitou quando eu ia à capela o tempo todo.

— É, pode ser... — Ele olhou para mim com atenção, como se tentasse descobrir exatamente quanto eu já o havia perdoado e quanto faltava.

— Eu acho, Lenni, que a lição dessa parábola específica diz respeito a fazer perguntas. Aqueles que fazem perguntas e retornam a Deus são melhores do que aqueles que nunca fazem perguntas e apenas seguem a religião da boca para fora. — Ele franziu a testa e depois suspirou novamente, como se o primeiro suspiro tivesse servido apenas para ele lembrar do quanto gostava de suspirar. — Sinto muito por ter surpreendido você com o Derek — ele disse depois de um tempo. — Não achei que ficaria... chateada.

— Não fiquei chateada.

— Certo. É claro que não.

— Fiquei zangada.

— Ah. Bem, eu pretendia falar com você sobre Derek e minha aposentadoria. Eu apenas não...

— Ele não deu um peixe para alguém?

— Derek?

— Não, o pai do filho pródigo. Ele não deu um peixe para o filho obediente e todo o seu império para o outro filho?

— Acho que não...

— Acho que sim. Acho que foi um peixe para o filho bom e todos os seus negócios para o fugitivo.

— Hum...

— Por favor, Arthur, você precisa conhecer melhor seu material. O pai pródigo está lá no céu neste instante, segurando seu peixe, abraçando o filho fugitivo e se perguntando por que você não conhece todas as histórias da religião que está vendendo.

— Não estou vendendo nada.

— Bem, mas deveria. É um modelo de negócios terrível dar tudo de graça.

Ele riu, mas logo o sorriso se esvaiu de seu rosto como água.

— Só quero que saiba que eu não quis te enganar. Nem te deixar zangada.

— Eu acredito em você. Ei, essa é sua verdade de hoje?

— É, sim.

— Foi uma boa escolha.

— Obrigado. Sabe, ainda vou ficar na capela por vários meses antes de entregar o cargo e pensei...

— Então fugir pode ser bom?

— Você vai me deixar com dor de cabeça.

— Ir embora. A mensagem do filho pródigo é que, se você fugir quando quiser, será recompensado.

— Não tenho certeza de que...

— Padre Arthur?

— Sim, Lenni?

— Preciso fugir para um lugar.

Há uma diferença entre fugir *para* algum lugar e fugir *de* algum lugar. Os dois estão a oceanos de distância, mas ninguém presta atenção. Só estão interessados em dizer que, se eu continuar *fugindo dali*, vão tirar meu direito a visitas. Mas não é fugir, a menos que eu saia pelas portas do hospital. E eu nunca saí.

Na verdade, eu nem poderia *fugir* de Arthur, porque meu quadril ainda estava dolorido devido ao encontrão com a Temporária. Em vez disso, calcei meus chinelos em versão Cotidiano Casual e arrastei os pés lentamente rumo ao meu destino. Arthur não foi atrás de mim, o que foi gentil da parte dele, pois devia caminhar mais rápido que eu e seria constrangedor se ele me alcançasse antes mesmo de eu sair da Ala May.

Eu não estava fugindo porque queria um império ou porque não estava gostando da conversa com o padre Arthur, mas porque queria estar em outro lugar.

Espiei pela pequena janela na Sala Rosa e vi Pippa segurando um pedaço de papel para um público idoso de três pessoas. Ela apontou para a beirada da tela e abaixou a mão em movimento de varredura. Quando terminou de falar, colocou o papel sobre a mesa e então fez sinal para eu entrar.

Entrei arrastando os pés, sentindo todos os olhos sobre mim e meu pijama cor-de-rosa. Devia ter optado pelo Especial de Domingo ao escolher os chinelos.

— Lenni, oi!

— Oi, Pippa.

— O que a traz aqui?

Esforcei-me para pensar em um modo de dizer exatamente o que havia me levado até lá. Um homem falecido há muito tempo e seus dois filhos amados de maneira desigual. Um peixe. Um padre. Uma vontade de fazer algo além de rafting nas corredeiras do rio... Não fazia sentido verbalizar nada daquilo diante de um público geriátrico.

— Gostaria de pintar um pouco? — ela perguntou.

Fiz que sim com a cabeça.

— Escolha um lugar e eu já levo papel. O tema da semana são estrelas.

Eu me virei para procurar um lugar para sentar e lá estava ela. Sentada sozinha na mesa do fundo. O sol iluminava seus cabelos, que brilhavam como uma moeda de dez centavos. O cardigã era de um tom de roxo intenso, e seus olhos estavam fixos na folha de papel à sua frente, sobre a qual fazia um esboço com um pedaço de carvão. A vilã cor de malva, a criminosa violeta. A velhinha que roubara algo do contêiner.

— É você! — eu disse.

Ela levantou os olhos do desenho e ficou me encarando por alguns instantes até minha imagem entrar em foco. Então, reconhecendo-me, respondeu com alegria:

— É você!

Lenni e Margot

Fui até a mesa dela.

— Oi, sou a Lenni — falei, estendendo a mão.

Ela soltou o carvão e apertou minha mão.

— Muito prazer, Lenni — ela disse. — Eu sou a Margot.

O carvão na ponta de seus dedos deixou várias de suas digitais no dorso de minha mão.

— Obrigada — ela agradeceu. — Você me fez um grande favor.

— Não precisa agradecer. Não foi nada — respondi.

— Foi sim — Margot afirmou. — Gostaria de poder agradecer de verdade, mas tudo que tenho no momento são vários pijamas e metade de um bolo de frutas.

Ela fez sinal para eu me sentar.

— O que está fazendo aqui? — a senhora perguntou. Sabia que estava se referindo à Sala Rosa, mas achei melhor ser sincera, então falei a verdade.

— Disseram que eu vou morrer.

Houve um momento de silêncio entre nós, enquanto Margot analisava meu rosto. Parecia que não estava acreditando em mim.

— Tenho um troço limitante da vida — expliquei.

— Mas você é tão...

— Jovem. Eu sei.

— Não, você é tão...

— Azarada?

— Não — Margot disse, ainda me encarando como se não acreditasse. — Você é tão viva.

Pippa foi até a mesa e colocou alguns pincéis diante de nós.

— Sobre o que vocês estão conversando aqui? — ela perguntou.

— Morte — respondi.

A ruga que aquela palavra fez surgir na testa de Pippa me deu certeza de que ela precisaria fazer alguns cursos sobre como lidar com pacientes moribundos. Porque seu trabalho no hospital não duraria muito se ela não aguentasse nem ouvir aquela palavra. Ela se agachou ao lado da mesa e pegou um dos pincéis.

— É um assunto muito importante — ela disse, depois de um tempo.

— Está tudo bem — falei. — Passei um dia todo fazendo aquele lance dos sete estágios do luto e superei tudo de uma vez só.

Pippa pressionou as cerdas secas do pincel sobre a mesa e elas se abriram, formando um círculo perfeito.

Quando eu estava no ensino fundamental, em Örebro, rasguei acidentalmente o canto da página de um livro. Eu e um menino, cujo nome não lembro, estávamos apostando para ver quem conseguia virar todas as páginas do livro primeiro. Eu estava tentando virar as páginas muito rápido, e o canto de uma delas simplesmente rasgou. A professora gritou comigo e, acho que por eu não parecer arrependida o bastante, me mandou para a sala da coordenadora. Senti como se estivesse sendo levada para a delegacia. Já estava certa de que meus pais seriam avisados e que eu estaria encrencada para sempre. Minhas mãos começaram a suar. Até mesmo caminhar pelo corredor até a sala da coordenadora, enquanto todo mundo estava em aula, parecia errado. Como se eu estivesse em um lugar em que não deveria estar.

A coordenadora era uma mulher robusta, com cabelos prateados e lábios enrugados, sempre cobertos com um batom oleoso. Eu a imaginei gritando comigo e tive que me esforçar muito para não começar a chorar. Quando cheguei à sala, ela estava em uma reunião, e a recepcionista me disse para esperar em uma das cadeiras verdes em frente à porta. Um menino vários anos mais velho do que eu, chamado Lucas Nyberg, já estava sentado na cadeira da esquerda.

— Fez alguma coisa errada? — ele perguntou (e, obviamente, a pergunta foi em sueco).

— Fiz — respondi sentindo meu queixo começar a tremer.

— Eu também — ele afirmou, apontando para a cadeira ao seu lado. Ele não parecia assustado ou intimidado por ser obrigado a ficar na frente da sala da coordenadora. Na verdade, parecia orgulhoso de si mesmo.

Quando me sentei ao lado dele, fiquei aliviada. Era reconfortante saber que mais alguém tinha feito algo errado. Lucas e eu compartilhávamos um destino, e a sensação era muito melhor do que passar por aquilo sozinha.

E foi exatamente como me senti quando Margot rompeu o silêncio, inclinando-se em minha direção e sussurrando:

— Estou morrendo também.

Por um instante, olhei nos olhos azuis de Margot e senti que talvez virássemos companheiras de cela.

— Se você parar para pensar, não está morrendo — Pippa disse, finalmente soltando o pincel.

— Não estou?

— Não.

— Posso ir para casa, então? — perguntei.

— O que quero dizer é que você não está morrendo *neste momento*. Na verdade, neste exato momento, você está vivendo.

Margot e eu a observamos tentando explicar.

— Seu coração está batendo, seus olhos estão vendo e seus ouvidos estão ouvindo. Você está sentada nesta sala, completamente viva. Então não está morrendo. Está vivendo. — Ela olhou para Margot. — As duas estão.

Ao mesmo tempo, aquilo fazia muito sentido e sentido nenhum.

Assim, Margot e eu, ambas vivas, ficamos no silêncio da Sala Rosa e pintamos estrelas. Cada uma em uma pequena tela quadrada, cujas beiradas esqueci de pintar, o que me irritou depois, quando Pippa pendurou todos os trabalhos na parede. A estrela de Margot estava sobre um fundo azul-escuro e a minha sobre preto. A dela era simétrica, a minha não. E, em silêncio, enquanto ela contornava cuidadosamente com dourado a estrela amarela, senti algo que nunca tinha sentido com ninguém. Senti que tinha todo o tempo do mundo. Não precisava me apressar para contar nada a ela, poderíamos apenas ser.

Quando eu era pequena, amava desenhar. Eu tinha uma lata antiga de leite em pó cheia de gizes de cera e uma mesa de plástico. Não importava que o desenho estivesse horrível, eu sempre escrevia meu nome e idade no canto. Tínhamos ido a uma galeria de arte com a escola, e o professor havia apontado os nomes no canto inferior dos quadros. Eu tinha essa ideia de que, por ser muito talentosa, um dia meus desenhos poderiam ser expostos em uma galeria. Portanto, era preciso colocar meu nome e a data. O fato de eu ter apenas cinco anos e três meses quando desenhei um dálmata torto, copiado da capa de uma fita VHS, apenas deixaria o mundo da arte mais surpreso com meu talento. Falariam dos famosos pintores que só passaram a compreender realmente seu talento na casa dos vinte ou dos trinta anos, e então diriam: "Mas Lenni Pettersson tinha apenas cinco anos e três meses quando criou esta obra – como é possível que já fosse *tão* boa?". Em nome de minha própria vaidade, embaixo de minha estrela pintada, escrevi, em tinta amarela e usando o pincel mais fino que encontrei, *Lenni, aos 17 anos*. Ao ver aquilo, Margot fez o mesmo. Ela escreveu *Margot, 83*. E então colocamos as duas pinturas lado a lado, duas estrelas em fundo escuro.

Números não significam muito para mim. Não dou a mínima para divisões longas ou porcentagens. Não sei minha altura nem meu peso e não me lembro do número de telefone do meu pai, embora antes eu soubesse de cabeça. Prefiro palavras. Deliciosas, gloriosas palavras.

Mas havia dois números diante de mim que tinham significado e o teriam pelo resto de meus dias contados.

— Juntando nossas idades — eu disse baixinho —, temos cem anos.

Lenni conhece seus pares

Vários dias depois, uma fatia de bolo de frutas apareceu em minha mesa de cabeceira.

Não sou muito fã de bolo de frutas. O modo como as passas explodem na boca é exatamente como acho que seria comer um tatuzinho-de-jardim. São firmes no início, mas, depois que são furadas e o líquido doce jorra para fora, só resta aquele invólucro com jeito de pele.

Mas um bolo grátis é um bolo grátis.

Pensei em Margot enquanto comia.

Juntando as duas, estávamos vivas havia cem anos. Imagino que seja uma grande conquista.

Eu havia notado isso durante nossa aula de artes, exatamente no mesmo momento em que a Enfermeira Nova, envergonhada, entrou na Sala Rosa, batendo acidentalmente o quadril em uma das mesas perto da porta. A Enfermeira Nova sussurrou que havia encontrado o padre Arthur sentado sozinho em meu cubículo. Disse que, tecnicamente, não era para eu estar na Sala Rosa e que, tecnicamente, se eu não voltasse naquele instante, poderia ter problemas. Eu achei engraçadinho. Para a Enfermeira Nova, problema era tomar uma bronca de Jacky. Um problema não é a mesma coisa quando se está usando pijama no meio do dia e o tubo que manda o jantar para suas veias ganhou um nome. Isso são problemas de verdade. E eu já os tenho.

Eu a acompanhei. Porque é melhor deixar as pessoas querendo mais. O problema que tive foi pequeno. Ouvi com atenção e prometi a Jacky que pararia de ficar perambulando livremente. Ou com a mente livre. Ninguém disse que eu não poderia inverter a ordem da palavra.

***

A cortina ao redor da minha cama se abriu quando eu estava limpando as últimas migalhas de bolo de frutas do lençol.

— Bom dia, Lenni. — Paul da Manutenção me cumprimentou com um sorriso. — Viu mais alguma aranha recentemente?

Quando eu lhe disse que não, ele apontou para a minha mesa de cabeceira.

— Todas essas mesas de cabeceira vão ser substituídas nos próximos meses, porque não têm peso suficiente na base.

Acenei com a cabeça porque o assunto era chato.

— Posso? — ele perguntou.

Ele pegou no puxador da primeira gaveta. Puxou com mais força e depois balançou. As rosas de seda amarelas que a Temporária havia trazido pareciam estar dançando. Finalmente, conseguiu abrir a gaveta com as duas mãos e, quando o fez, uma folha de papel escapou.

— Carta de amor? — ele perguntou.

— Sem dúvida — respondi. — Vou apenas colocar junto com as outras.

Paul pegou o papel e, sem conseguir disfarçar no rosto sua opinião, entregou-o para mim.

Perdão: a luz do Senhor estava impresso em forma de espiral sobre a foto pixelada de uma pomba diante de um céu nublado, com um raio de sol passando entre as nuvens. Sob ela, havia os horários de funcionamento da capela e, embaixo disso, estava escrito em caneta-tinteiro azul:

Lenni, antes que pergunte, não mandei imprimir este panfleto sobre perdão especialmente para você, foi só coincidência.

Estou sempre aqui se precisar conversar.

Arthur

Até seu endereço de e-mail era trágico: arthurcapelaodohospital316@gpr.nhs.uk.

Quando levantei os olhos, Paul sorriu. Se eu fosse dez anos mais velha e pudesse ignorar suas tatuagens tremidas, acho que Paul da Manutenção e eu formaríamos um ótimo casal. Estranho, mas ótimo. O tipo de casal que alguém encontra e pensa: *como será que* eles *acabaram juntos?* Ele fechou a gaveta, fez uma anotação na prancheta e suspirou.

— Se cuida, hein! — ele disse, embora aquilo não fosse algo que eu pudesse controlar.

Naquela tarde, ou várias semanas depois (quem sabe ao certo?), a Enfermeira Nova foi me buscar para a minha primeira ida legítima, devidamente agendada, à Sala Rosa. Eu encontraria pessoas da minha idade – pessoas que Pippa havia descrito anteriormente como meus "pares". Eu não sabia direito o que significava aquela palavra, mas, na minha cabeça, era um grupo de pessoas superiores, mais importantes ou mais legais que eu, que passavam muito tempo *paradas*.

A Sala Rosa estava quase vazia quando eu entrei, e o céu do outro lado das janelas não tinha cor de nada. Não estava cinza, não estava muito branco, apenas uma coisa indiscriminada pairando sobre todos nós.

— Boa tarde, pessoal — Pippa disse, abrindo um sorriso para mim enquanto eu me sentava sozinha à mesa de sempre. — Eu sou a Pippa, e esta é a Sala Rosa. As regras são bem simples: se derramar alguma coisa, por favor, limpe, nada de pegar as coisas dos outros, nada de grosserias. Vocês podem pintar o que quiserem, mas tenho alguns acessórios que podem servir de inspiração, e às vezes temos temas. Por exemplo, esta semana trabalharemos o tema "folhas". — Ela mostrou uma cesta cheia de folhas secas. — Se alguém passar mal ou precisar de cuidados médicos, por favor, me avise e... hum... Acho que é só isso?

Pippa tem o hábito de fazer o fim de qualquer frase parecer uma pergunta. Isso desperta em mim a necessidade de tranquilizá-la.

Havia apenas três outras pessoas na aula de artes naquele dia. Eu era a única de pijama.

À mesa perto da janela, estavam duas meninas mais ou menos da minha idade, vestindo roupas normais e maquiagem com brilho, rindo de alguma coisa que haviam visto no celular da menina mais brilhosa. À frente delas, um menino mais velho. Ele era robusto e vestia calça de moletom e uma camiseta da mesma cor, que pareciam ao mesmo tempo surradas e caras. Estava apoiando a perna engessada na cadeira ao seu lado. Alguém tinha desenhado um pênis enorme no gesso com canetinha preta.

Pippa pediu às meninas que guardassem os celulares. Elas viraram os aparelhos com a tela para baixo, mas não os guardaram. Nem notaram quando Pippa colocou as folhas e as tintas sobre a mesa, ao lado delas.

O menino recusou a folha que Pippa lhe oferecera, tirou uma caneta esferográfica do bolso e começou a desenhar.

Então Pippa foi até minha mesa.

— Quer uma folha? — ela perguntou.

Aceitei, e ela colocou na minha frente. Eu estava inspecionando a folha seca, virando-a para decidir qual parte gostaria de desenhar, quando percebi que Pippa não tinha saído do lugar.

Ela balbuciou algo para mim.

— O quê? — perguntei.

Ela se inclinou e balbuciou mais alguma coisa. Parecia que estava dizendo "vale coelhos".

— O *quê*? — perguntei novamente.

— *Fale com eles* — ela sussurrou.

Depois ela foi se ocupar com algo em sua mesa. Observei meus pares em suas mesas. As meninas já estavam com os telefones na mão novamente, tirando uma foto de si mesmas segurando pincéis e sorrindo de boca aberta. O menino estava colorindo com a caneta esferográfica azul com tanta força que a ponta atravessou a tela. De onde eu estava, parecia que ele estava desenhando uma faca.

Olhei para Pippa. Seu olhar estava tão repleto de incentivo que quase chegava a doer.

— Como machucou a perna? — perguntei. Minhas palavras ficaram pelo ar, em algum lugar entre minha mesa e a deles. E ninguém reconheceu sua jornada.

Olhei novamente para Pippa.

Ela fez sinal para eu tentar de novo.

Eu tentei. Dessa vez, sabia que deviam ter escutado, mas nada aconteceu. Por fim, a menina mais brilhosa bateu na tela do menino.

— O que foi? — ele perguntou.

— Acho que ela está falando com você — a menina disse, apontando, com o mesmo tom de voz constrangido que as garotas que eu conheci na escola costumavam usar. Eu dizia algo que fazia muito sentido e era até um pouco engraçado, e elas olhavam para mim constrangidas. E nós esperávamos aquele momento passar.

Ele se virou, e todos os três me observaram.

— O que foi? — ele me perguntou.

— Perguntei como você quebrou a perna — eu disse.

— Rúgbi — ele afirmou. Depois se virou novamente e continuou colorindo a faca.

— Onde você joga? — a menina menos brilhosa perguntou.

— St. James.

— Meu namorado começou a jogar lá — ela disse.

— Não acredito! Qual é o nome dele?

Por coincidência, para a alegria de todos, o namorado da menina menos brilhosa era um dos jogadores novos preferidos do menino que jogava rúgbi. Naturalmente, tiveram que tirar uma foto de todos juntos e postar, marcando o namorado, com a legenda: "Olha quem encontramos!".

E então passaram, sabe-se lá como, daquela feliz descoberta para a série nova da Netflix a que *todo mundo* estava assistindo. O menino já tinha visto a segunda temporada porque tinha vazado na internet, e a menina mais brilhosa gritou e tampou os ouvidos porque não queria *spoilers*. Mas o menino que jogava rúgbi estava determinado a contar sobre a morte de um personagem que as deixaria literalmente loucas. Nenhum deles voltou a olhar para mim.

Peguei meu lápis e escrevi FODA-SE em letras maiúsculas no meio da folha de papel.

Pippa foi até minha mesa e se sentou na cadeira de Margot.

— Se veio me dizer para ir até lá me sentar com eles e tentar de novo, vou gritar — afirmei.

Pippa ficou sem graça, pois era nitidamente o que estava pensando em fazer.

Deitei a cabeça na mesa.

— O que foi? — Pippa perguntou gentilmente.

Abri os olhos, mas não levantei a cabeça, e olhei para a mesa onde as duas meninas brilhosas de cabeça para baixo estavam rindo muito de alguma coisa que o menino tinha falado, e ele acrescentava manchas de tinta verde ao redor da faca que havia desenhado.

— Eles têm tanto tempo.

— E...?

— Eu não tenho.

Pippa não conseguia olhar em meus olhos.

— Não estou dizendo isso para você se sentir mal — expliquei. — Só quero que entenda o que estou sentindo. Tenho urgência em me divertir.

— Você tem urgência em se divertir?

— Sim. Preciso me divertir. É urgente.

— Certo — ela disse depois de um tempo. — O que posso fazer para ajudar?

— Sabe quando eu estive aqui na hora em que não deveria?

— Sim...

— Quando conheci aqueles idosos.

— O grupo acima dos oitenta anos, sim...

— Eu conheci Margot.

— Sim...

— Quero que me transfira para o grupo dela. O grupo acima de oitenta anos.

— Mas, Lenni, aquela é a aula de artes para pessoas com oitenta anos ou mais — Pippa disse.

— Sim. Eu entendi.

— Então não faria muito sentido eu te colocar naquele grupo.

— Por quê?

— Porque você não tem oitenta anos!

— Mas fora isso?

— Foi assim que decidimos dividir as turmas para que as aulas sejam direcionadas aos interesses e habilidades das pessoas.

— Bem, eu acho que isso é discriminação etária.

Eu esperei. Ela estava hesitante, dava para saber.

— Prometo que vou me comportar.

Pippa sorriu.

— Vou ver o que posso fazer.

Dezessete

Quando Paul da Manutenção abriu a cortina, a senhora de pijama roxo tirou os olhos da revista *Take a Break* e perguntou com aspereza:

— Quem é *você*?

Ela não parecia contente em ter que fazer uma pausa em seu momento de pausa.

— Não é ela — sussurrei para Paul.

— Desculpe! — Paul disse alegremente enquanto a mulher nos olhava com cara feia. — Estamos procurando uma pessoa.

A mulher murmurou alguma coisa. Paul fechou a cortina ao redor da cama dela como se estivesse ocultando um prêmio não desejado no programa *The Price Is Right*.

Quando Paul abriu a cortina seguinte, revelando uma outra velhinha de pijama roxo, ela estava dormindo com um leve sorriso nos lábios, e havia meia fatia de bolo de frutas em um prato de papel sobre a mesa de cabeceira.

— É ela.

— Quer uma cadeira? — ele perguntou e começou a arrastar uma cadeira de plástico pela ala antes mesmo de eu responder. O som da cadeira sendo arrastada não a acordou, mas Paul gritando "tchau!", sim.

Margot abriu os olhos.

— Lenni? — Ela sorriu como se se lembrasse de mim de um sonho.

Ela tinha vários livros de capa dura na mesa de cabeceira. Entre os dois de cima, havia um envelope aberto, e eu tinha certeza de que estava vendo uma carta olhando para mim dentro dele. No miniquadro branco sobre sua cabeça, seu nome havia sido escrito por alguém cuja caligrafia era bem inclinada para a esquerda. *Margot Macrae*.

Atrás da cortina de Margot, dava para ouvir um burburinho baixo de pessoas falando e música clássica saindo de um rádio com estática. Pela abertura da cortina, vimos uma mulher alta com uma mecha de cabelos grisalhos presa com uma tiara. Ela vestia um roupão vermelho-escuro com as iniciais W. S. bordadas em dourado no bolso. Estava saindo da ala com a ajuda de um andador. Seu rosto estava coberto por manchas senis que a faziam parecer um cavalo de corrida apatacado muito lento.

— Como você era quando tinha minha idade? — perguntei a Margot.

— Quando eu tinha dezessete anos? — ela me perguntou de volta.

Confirmei com a cabeça.

— Huum... — Ela apertou os olhos como se em algum lugar entre suas pálpebras abertas e fechadas vivessem as imagens de tantos anos atrás, como se fosse capaz de ver a si mesma se conseguisse ajustar com precisão o espaço entre os cílios.

— Margot?

— Pois não, querida?

— Você disse que estava morrendo.

— E estou — ela respondeu, como se fosse uma promessa que tivesse orgulho de cumprir.

— Não está com medo?

Ela então olhou para mim, com os olhos azuis oscilando para a esquerda e para a direita em pequenos movimentos, como se lesse meu rosto. A estática do rádio desapareceu e restou apenas o som de uma suave canção de ninar.

E aí Margot fez algo incrível. Esticou o braço e pegou na minha mão. Depois me contou uma história.

Glasgow, janeiro de 1948
Margot Macrae tem dezessete anos de idade

No meu aniversário de dezessete anos, minha avó menos preferida chegou para mim e perguntou se eu estava "paquerando" alguém. Seu rosto estava tão próximo do meu que dava para ver a marca violeta em seu lábio inferior. Eu sempre pensara que era uma marca de batom, mas de perto era diferente. Um violeta azulado que parecia uma pedra, porém incrustada profundamente sob a pele. Fiquei imaginando se conseguiríamos encontrar um médico disposto a tirar aquilo, só para ver o que era.

Decepcionada, ela recostou na cadeira, limpou a cobertura da beirada da faca de bolo com o dedo e colocou na boca. Eu precisava me apressar, ela me disse. Havia menos homens que mulheres agora, e "as meninas bonitas podiam escolher".

Uma semana depois, ela anunciou que tinha arranjado para mim um encontro com um bom garoto da igreja. Eu não o conhecia, é claro, já que minha mãe e eu "nunca visitávamos a casa do Senhor". Eu deveria encontrá-lo sob o grande relógio da Estação Central de Glasgow, ao meio-dia em ponto.

Contei aquilo à minha melhor (e única) amiga Christabel enquanto percorríamos com pressa minha rua, rumo à estação.

Ela franziu o rosto e suas sardas se moveram, formando novas constelações.

— Mas nós nunca falamos com garotos — ela disse.

— Eu sei.

— E o que você vai dizer a ele?

Aquela ideia não me havia ocorrido, e eu parei. Christabel parou também, com sua saia cor-de-rosa esvoaçante. Minha avó havia me feito usar um vestido florido engomado e sapatos pretos de bico fino que apertavam meus dedos. Eu me sentia uma criança brincando de se vestir como adulta. Ela havia colocado uma cruz dourada em meu pescoço e me dito para "pelo menos parecer cristã". Eu não fazia ideia do que aquilo significava.

— Você pode estar prestes a conhecer seu marido — Christabel disse e se abaixou para esticar a meia esquerda sobre o joelho magro. Satisfeita, embora as meias ainda estivessem desiguais, ela entrelaçou o braço no meu. — Não é empolgante?

Quando ela disse aquilo, meu estômago revirou, mas deixei Christabel ir me puxando para a estação.

Parei embaixo do relógio às onze e cinquenta e cinco da manhã e fiquei observando Christabel, escondida atrás de uma banca de jornal. Não sei por que estava se escondendo, pois ninguém procurava por ela. Ela puxou a meia direita para cima e trombou com um velho com uma enorme corcunda. Ele resmungou, balançando a bengala na direção dela, e eu ri.

Nos quinze minutos seguintes, vi o rosto sardento de Christabel passar de empolgado a impaciente e depois assumir uma expressão de pena. Do outro lado da estação, dava para eu ver que ela estava mordendo o lábio inferior. Havia duas pequenas fendas no centro de seu lábio por fazer aquilo com muita frequência. Por volta de meio-dia e quinze, eu soube que ele não apareceria. As palmas das minhas mãos estavam quentes, e eu tinha a impressão de que o mundo todo estava olhando para mim com aquele vestido desconfortável. Quis chorar. Quis ir para casa. Mas me vi presa no lugar, incapaz de me mover ou de não seguir a orientação para ficar sob o relógio e esperar.

Procurei Christabel, mas ela também não estava lá. Então as lágrimas vieram. Fiquei vendo as pessoas apressadas pela estação, com seus casacos e maletas. Algumas viram a menina de vestido florido, sem casaco, chorando embaixo do relógio, mas a maioria das pessoas passou rápido, sem notar.

Então senti a mão de alguém em meu ombro e dei um salto, por um instante esperando ver o rosto de um garoto cristão desconhecido. Mas era Christabel. Ela ficou ao meu lado e olhou para a estação.

— Já se perguntou — ela disse, ainda com o braço em meu ombro — se o rapaz com quem se casaria foi morto na guerra?

Perguntei o que ela queria dizer.

— O que quero dizer é que talvez existisse um garoto perfeito para você, que você *deveria* conhecer no futuro e por quem se apaixonaria. Só que ele era soldado e morreu nas trincheiras da França, e agora vocês nunca vão se conhecer.

— Você acha que isso vai acontecer comigo? — perguntei. — Que nunca vou encontrar alguém para amar?

— Não com você *especificamente* — ela disse. — Acho que se aplica a todo mundo. Fico pensando em todas as pessoas que nunca vamos conhecer.

— Bem, agora estou animada — eu disse.

Christabel riu e mostrou duas passagens para Edimburgo.

— Vamos ao zoológico — ela declarou. — Quero ver Wojtek, o urso soldado.

Ela me puxou pela mão até a plataforma, e tomamos o trem do meio-dia e trinta e seis para Edimburgo.

O vagão estava muito cheio, então nos sentamos de frente para um jovem de terno. Estimei que devesse ter uns vinte e cinco anos, e ele pareceu não nos notar até que o vestido cor-de-rosa de Christabel, que tinha camadas e parecia um suflê, encostou em suas pernas. Ele então levantou os olhos, surpreso.

Christabel ajeitou o vestido sob os joelhos, e eu agradeci às estrelas por ela não tentar puxar as meias.

— Seu vestido é bonito — ele disse, e Christabel ficou vermelha.

Eu não disse nada, apenas fiquei olhando para ele. Era bem magro, e eu tive a impressão de que, quando se levantasse, seria alto. Estava usando uma camisa branca que parecia já ter sido usada várias vezes naquela semana, mas o cabelo estava bem penteado de lado, ajeitado com brilhantina.

Ele olhou nos meus olhos.

— Estamos indo para Edimburgo — Christabel disse, animada com o elogio.

— Eu também — ele afirmou, levantando a passagem de trem como se tivesse ganhado um prêmio no bingo.

— Vou levá-la ao zoológico — Christabel disse. — Para animá-la.

— E por que você precisa se animar? — ele perguntou para mim, mas Christabel respondeu rapidamente:

— Margot tinha um encontro hoje, mas ele não apareceu.

— Você é a Margot? — ele perguntou, com um leve sorriso nos lábios.

Confirmei, com o rosto queimando.

— Você estava mesmo dizendo, não estava, Margot? Que talvez nunca encontrasse alguém para amar?

Ele não tirou os olhos dos meus e disse, em voz baixa:

— Eu poderia amá-la, se você quiser.

Ele ofereceu seu amor como uma pastilha para tosse. Como se fosse qualquer coisa.

O enfermeiro estava parado ao lado da cama de Margot, olhando para nós com os olhos apertados. Parecia que ele estava ali havia algum tempo. Margot levantou a manga roxa e esticou o braço.

— É só o antiemético — ele disse gentilmente enquanto tirava a tampa de proteção da agulha e a colocava em seu braço.

— Aah. — Ela fechou os olhos e puxou o ar por entre os dentes.

— Já acabou — ele disse, colocando um curativo redondo em seu braço e a ajudando a desenrolar a manga. — O horário de visita está quase terminando, precisa que alguém venha te buscar? — ele me perguntou.

— Ah, não. Está tudo bem. — Sorri.

Quando ele saiu, eu me virei para Margot.

— O que aconteceu depois? — perguntei.

— Vou ter que contar o resto outra hora — ela disse e apontou para trás de mim.

A Enfermeira Nova estava parada ao pé da cama de Margot.

— Encontrei você! — ela disse, com um olhar que ficava entre o divertido e o irritado.

Enquanto caminhávamos pelo corredor, voltando para a Ala May, perguntei à Enfermeira Nova:

— Como você era quando tinha dezessete anos?

Ela ficou imóvel, pensando por um momento, então sorriu e respondeu:
— Bêbada.

Naquela noite, quando eu normalmente iria para as águas agitadas fazer rafting com o instrutor gato que havia acabado de comprar uma bermuda estampada, senti que fui puxada. Não pela água, mas por Margot. Não fui para o gramado à beira da água, nem deitei no bote com o sol aquecendo minha pele. Em vez disso, fiz uma caminhada até a estação de Glasgow e embarquei no trem do meio-dia e trinta e seis para Edimburgo. Vi uma menina bonita de vestido florido, um homem magro e o início de algo.

Então, no meio do caminho para Edimburgo, eu adormeci, pela primeira vez em anos.

Lenni e Margot ficam felizes

Meu primeiro dia como octogenária foi surpreendente. Minhas pernas não pareciam mais cansadas, e meu cabelo não estava grisalho. Eu ainda precisava desenvolver a paixão pelo cheiro de lavanda e não guardava lencinhos na manga. Nunca havia almoçado no café de uma loja de departamentos ou mostrado fotos de meus netos a estranhos no ônibus. Mas lá estava eu, entre meus pares octogenários, na Sala Rosa, pronta para pintar.

Pippa havia reorganizado as mesas novamente, dessa vez em grupos de quatro. Eu me sentei ao lado de Margot, e à nossa frente sentaram-se Walter, um jardineiro aposentado de cabelo grisalho e bochechas rosadas, que parecia um gnomo de jardim, e Else, que, com sua pashmina preta sobre os ombros e o cabelo chanel prateado, podia ser editora de uma revista de moda francesa.

A mesa ao nosso lado, na minha cabeça, era nossa concorrente, pois era composta de quatro octogenários de verdade, vestindo pijamas em vários tons pastel, enquanto em nossa mesa havia um gnomo, uma editora de revista de moda, uma octogenária falsa e uma Margot. Se houvesse uma competição, e eu esperava que houvesse, certamente venceríamos.

Do outro lado da janela, o estacionamento do hospital estava saturado de cinza, com uma chuva fina que caía sobre as pessoas que corriam para fazer o pagamento nas máquinas, abaixando a cabeça e abrindo guarda-chuvas diante do sutil dilúvio. Tentei me lembrar da última vez que havia sentido a chuva. E me perguntei, rapidamente, se conseguiria convencer a Enfermeira Nova a me levar até o estacionamento da próxima vez que chovesse. Ou, melhor ainda, se eu poderia ficar em um dos vestiários, totalmente vestida, e ela simular a chuva com um ou dois chuveiros com jatos bem suaves.

— Seria muito legal — Pippa disse, arregaçando as mangas da blusa florida — se pudéssemos passar a aula de hoje pensando em felicidade e pintando ou desenhando momentos de lembranças felizes. Vou compartilhar as minhas primeiro. — Ela tentou se sentar na beirada de sua mesa, mas logo teve que se levantar, pois era um pouco alta demais. — Uma de minhas lembranças mais felizes foi uma caminhada que minha família fez com nosso velho cachorro. Foi perto da Páscoa, mas o dia estava surpreendentemente quente. Meu avô também estava lá, e simplesmente passeamos ao sol, por uma estrada do interior.

— Eu sabia que você gostava de cachorro! — exclamei sem querer.

Ela sorriu e tirou a tampa da caneta.

— Então — continuou —, meu desenho sobre a lembrança daquele dia pode ser com as árvores da estrada. Pessoas são mais difíceis, então, se pretendem terminar a pintura hoje, eu evitaria desenhar pessoas. Mas posso fazer a luz do sol passando pelas folhas das árvores.

Ela esboçou tudo no quadro enquanto falava. Mesmo sendo apenas um desenho em um quadro branco, estava muito bom.

— Ou — Pippa disse —, caso o interesse maior seja no estudo de objetos, a guia da coleira de nosso cachorro, talvez com a parte de trás de sua cabeça, seja uma boa.

Ela fez outro esboço ao lado do primeiro, com uma mão segurando a guia e a parte de trás da cabeça de um cachorro de orelhas felpudas. Eu me senti traída. Seus desenhos eram muito bons; os meus nunca chegariam nem perto.

— Gravei um CD para o tema desta semana — ela disse, apertando o play em um aparelho de som. Judy Garland cantando "C'mon Get Happy" atravessou as fronteiras do espaço e do tempo para entrar em nossos ouvidos.

Senti um calor se formar em meu peito quando todos à minha volta começaram a desenhar.

Walter havia pegado um dos lápis e começado a desenhar. Ele claramente tinha mãos de jardineiro. Uma pontinha de pele estava se soltando no ossinho em cima do indicador. E havia manchas esverdeadas sob as unhas. Ele franzia a testa enquanto pressionava com força o lápis na tela. Fiquei imaginando qual de suas lembranças mais felizes ele estaria desenhando. Talvez fosse o dia em que ele desejou deixar de ser gnomo de jardim e se tornar humano. Else estava pintando longas faixas pretas sobre a tela. E Margot segurava o lápis sobre a tela com tanta leveza que as marcas feitas por ele pareciam sombras de um desenho.

Minha tela permaneceu branca. Eu não sabia o que desenhar. Estar ciente de que todos à sua volta estão executando com sucesso a tarefa proposta é uma péssima sensação. É exatamente como na escola e é irritante.

O primeiro olho da lembrança feliz que Margot estava esboçando era extremamente realista. Era claro e, ainda assim, brilhante. Em vez de ficar zangada com ela por desenhar tão bem, fiquei fascinada. Ela estava capturando algo, alguém, cuja visão, em oitenta e três anos de vida, a fizera feliz demais.

As mãozinhas vieram em seguida, uma fechada, formando um pequeno punho, e a outra aberta, esticada, tentando nos alcançar.

A manta cobria a barriguinha e havias tufos de cabelo saindo de baixo de uma touca amarela. O nariz arredondado era tão real que eu mal podia acreditar que ela estava fazendo o desenho de memória. O tempo todo, a expressão no rosto de Margot era suave, como se o bebê que desenhava estivesse deitado sobre a mesa à sua frente e ela o visse balbuciar, mexer as perninhas e olhar para cima com seus olhos grandes e curiosos.

Quando terminou, ficou perfeito. Com apenas lápis de cor sobre tela, ela havia enfatizado o calor das bochechas e do macio cobertor azul com um sombreado.

Depois, soltou o lápis, e eu a vi, embora ache que ela não tenha notado, secar uma lágrima dos cílios inferiores.

— É um menino? — perguntei.
Ela confirmou.
— Qual o nome dele?
— Davey.

Enquanto "Happy", de Pharrell Williams, invadia a sala, peguei um pincel. Foi um grande erro, eu soube depois, começar a pintar antes de fazer o esboço a lápis. Mas não liguei. Tinha me lembrado de algo feliz e precisava botar para fora.

Enquanto pintava aquela lembrança, contei a história a Margot.

Örebro, Suécia, 11 de janeiro de 1998
Lenni Pettersson tem um ano de idade

Essa é uma lembrança que revisito muito.

Meu primeiro aniversário. Minha mãe tinha trançado meus cabelos no alto da cabeça e prendido com uma presilha da Minnie Mouse. Não a vejo com meus próprios olhos, mas da perspectiva da câmera de vídeo que enquadra meu rosto enquanto aponto para coisas e pessoas, fazendo barulhos incompreensíveis que ainda não são palavras.

Estou sentada no colo do meu pai, inclinando a cabeça para olhar para ele, como se ele fosse a Lua. Ele está falando com a pessoa que segura a câmera e ao mesmo tempo me balançando para a esquerda e para a direita sobre o joelho. Minhas gargalhadas de alegria o fazem rir. Ele se vira para mim e diz algo que nunca consegui ouvir no vídeo, que me faz apontar para a mesa e gritar:

— Dá!

Embora a claridade do dia ainda esteja entrando pelas janelas, alguém apaga a luz, e o bolo, com sua única vela, vem brilhando da cozinha para a sala, iluminando o rosto de minha mãe. Ela coloca o bolo na minha frente e me dá um beijo na cabeça. Depois se afasta, posicionando-se atrás de mim e de meu pai, embora pareça não saber direito onde ficar.

— Feliz aniversário, Lenni. — Vejo sua boca me dizendo em inglês, língua que ela só falava quando era estritamente necessário. Meu pai segura minhas mãos para eu não encostar no fogo.

A fita sempre pula nessa hora, quando começamos a cantar juntos:

Ja, må hon leva!
Ja, må hon leva!
Ja, må hon leva uti hundrade år!
Javisst ska hon leva!
Javisst ska hon leva!
Javisst ska hon leva uti hundrade år!

Que significa:

Sim, ela pode viver!
Sim, ela pode viver!
Sim, ela pode viver cem anos!
É claro que ela vai viver!
É claro que ela vai viver!
É claro que ela vai viver cem anos!

Depois que tive idade suficiente para entender a letra, a canção de aniversário sueca sempre me deixou triste. Eu não conhecia ninguém que tivesse vivido até os cem anos e tampouco achava que viveria tudo isso. Então, todo ano, quando meus pais e amigos a cantavam para mim, eu sentia essa tristeza por todos estarem comemorando algo que não aconteceria. Eles esperavam o impossível. Eu os decepcionaria.

No vídeo, logo após apagar minha primeira vela de aniversário e meu pai me dar um pouco da cobertura do bolo em uma colher, ainda não tenho ideia do que diz a música e pareço feliz demais.

Os cem anos de Lenni e Margot

A ideia me ocorreu de repente.

Na ausência de uma caneta na mesa de cabeceira, tive que contar a alguém antes que me escapasse.

A ala dela estava escura e praticamente em silêncio, à exceção de um ronco espetacularmente alto que vinha da cama da mulher do roupão com monograma.

Abri a cortina que envolvia a cama de Margot.

— As histórias — eu disse, respirando fundo. — Suas histórias! — Margot abriu os olhos. — Deveríamos pintá-las! Uma para cada ano!

Apesar de ser entre três e quatro horas da manhã, Margot se levantou da cama e olhou para mim no escuro, estreitando os olhos.

— Temos cem anos, lembra? — eu disse, caso ela tivesse esquecido. — Dezessete mais oitenta e três. Cem pinturas para cem anos.

— Lenni? — ela disse.

— O quê?

— Eu amei essa ideia.

Depois que o enfermeiro da noite, um homem robusto chamado Piotr que usava um brinco brilhante na orelha esquerda, aconselhou-me a voltar para minha cama, fiquei pensando sobre aquilo no escuro.

Ainda não tinha conseguido encontrar minha caneta quando voltei para a Ala May, então fiquei olhando para o teto na esperança de que pelo menos um de nós três – eu, Margot ou Piotr – se lembrasse do plano quando acordasse pela manhã.

* * *

Em alguma parte do mundo lá fora estão as pessoas que nos emocionaram, que nos amaram ou que fugiram de nós. Assim, seguimos vivendo. Quando vamos a lugares em que estivemos, podemos encontrar alguém que passou por nós uma vez num corredor, mas se esqueceu antes mesmo de irmos embora. Aparecemos nas fotografias de centenas de pessoas – andando, falando, mesclando-nos indistintamente ao fundo da foto que dois estranhos têm num porta-retratos em sua sala. Dessa forma, também seguimos vivendo. Mas não é o bastante. Não é o bastante ter sido uma partícula na enorme extensão da existência. Eu quero, nós queremos mais. Queremos que as pessoas nos conheçam, conheçam nossa história, saibam quem somos e quem seremos. E, depois que formos embora, saibam quem fomos.

Então vamos fazer uma pintura para cada ano em que estivemos vivas. Cem pinturas para cem anos. E, mesmo que todas acabem indo para o lixo, o faxineiro que as colocar lá vai pensar: *nossa, são muitas pinturas.*

E teremos contado nossa história, pintando cem quadros com a intenção de dizer:

Lenni e Margot estiveram aqui.

Uma manhã em 1940

A ala estava silenciosa. O horário de visitas da manhã havia terminado, e os visitantes estavam sendo obrigados a ir embora contra sua vontade. Alguém tinha levado um balão para um dos pacientes da Ala May, e eu passara a manhã apreciando a intensa comoção que o presente havia causado. O que resultou, no fim, em um tio irado, zangado porque tanto a "Saúde e Segurança" quanto o "Politicamente Correto" tinham "enlouquecido", saindo da ala irritado, à frente de sua família, levando um balão de gás hélio em forma de ovelha com os dizeres *"Fique bom logo"*. O jovem paciente que ele tinha ido visitar aceitara tudo com um nível de maturidade que o tio provavelmente nunca teria. Mas aquilo me deixou triste, porque a Ala May era especialista em fazer esse tipo de coisa com as crianças. Torná-las calmas, moderadas e indiferentes. Velhas antes da hora.

E eu me perguntei, enquanto caminhava pelo corredor rumo à Sala Rosa, se eu tinha envelhecido antes da hora. Os sete rostos octogenários que me saudaram quando abri a porta me fizeram lembrar que, pelo menos, eu ainda não tinha chegado aos oitenta anos.

— Lenni! — Pippa correu em minha direção. — Veja!

No canto de seu quadro branco, ela havia afixado um pedaço de papel onde estava escrito em dourado: *A grande ideia de Lenni e Margot*. Também estavam lá duas marcas representando a pintura do bebê de Margot e meu terrível desenho da lembrança do vídeo de meu primeiro aniversário.

— Dois já foram. Só faltam noventa e oito! — ela disse, enquanto pegava algumas folhas de papel e me acompanhava até a mesa. Margot já estava esboçando algo que parecia um espelho pendurado em uma superfície coberta com papel de parede.

Eu me sentei ao lado dela e, quando Pippa saiu, sorrimos uma para a outra.

— Quer que eu te conte uma história? — perguntou Margot.

Cromdale Street, Glasgow, 1940
Margot Macrae tem nove anos de idade

Minha avó menos preferida havia chegado à nossa casa em uma tarde de 1939, várias semanas depois de meu pai entrar para o Exército. Minha mãe chegou a soltar um gritinho ao abrir a porta em um domingo nublado e encontrar minha avó ali parada com sua maleta. Minha mãe não conseguia entender como ela tinha ficado sabendo da convocação de meu pai. Ele jurara, em uma carta enviada do campo de treinamento perto de Oxford, que não tinha mencionado a convocação à mãe e não fazia ideia do motivo de ela ter aparecido de repente em nossa porta.

Agora não sei se devo rezar por minha segurança ou pela sua, ele escreveu. *Tem uma garrafa de uísque escondida embaixo da pia.*

Eu já tinha visto outras avós e sabia que eram conhecidas por serem calorosas, doces e gentis. A avó de Christabel fazia lindos vestidos para ela. A mãe de minha mãe, que morrera quando eu tinha cinco anos, havia tricotado um cardigã para mim e outro idêntico para minha boneca para ficarmos combinando.

Minha avó paterna não era assim.

Minha avó menos preferida tinha um perfume especial que guardava para Cristo. Tinha um cheiro forte que pegava no fundo da minha garganta. Todo domingo de manhã, ela parava em frente ao espelho do corredor e se arrumava para Jesus. Era um visual bem específico.

Numa manhã de domingo, em 1940, quando os dias estavam se tornando mais escuros, fiquei escutando atrás da porta do meu quarto. Dava para ouvir o som áspero da escova em sua densa cabeleira. Parecia abrasivo, e eu sempre me perguntava como ela não ficava careca por se pentear com tanta fúria.

Dava para ouvir minha mãe na cozinha, reconhecer o som da frigideira que ela usava para tentar ressuscitar ovos em pó e transformá-los em algo que se parecesse com comida.

Desci a escada com cuidado, esperando que minha avó não me notasse.

Ela estava colocando o chapéu de domingo na cabeça, prendendo-o com grampos. Ela me fitou atentamente.

Terminei de descer a escada e encontrei minha mãe na cozinha. Seu rosto estava pálido e cansado, e ela encarava os ovos em pó na frigideira, imóvel.

— Ele morreu? — perguntei. Meu pai estava na França, e, quando minha mãe ficava com aquela cara, meu estômago se revirava e eu me preparava para o telegrama.

— Não — ela disse em voz baixa, com os olhos fixos na frigideira.

— Está falando sobre seu pai? — minha avó perguntou do corredor, onde agora olhava, sem piscar, para o espelho enquanto curvava os cílios com um terrível instrumento de metal. — Ele pode estar morto, sabia? — ela disse. — Em pedaços em algum campo por aí.

Com isso, minha mãe levantou a cabeça, e eu vi que seus olhos estavam vermelhos.

— E vocês nem se dão ao trabalho de rezar por ele — minha avó continuou falando, apertando os cílios com o instrumento de metal.

Minha mãe abriu a boca como se fosse dizer algo, mas voltou a fechá-la.

— Imagine só — minha avó disse —, uma esposa e uma filha que não arrumam tempo nem para pedir a Deus e a todos os anjos que protejam seu querido pai.

Minha mãe soltou a colher de pau e usou as mãos para secar as lágrimas sob os olhos.

— Só Deus pode ajudar seu pai agora, Margot — minha avó disse, soltando o curvador de cílios e se aproximando mais do espelho para inspecionar seu trabalho. Satisfeita, pegou o pequeno frasco de seu perfume enjoativo na bolsa e começou a passar em si. Três borrifadas no pulso esquerdo, três borrifadas no direito. Três no pescoço, três na cintura. Enquanto o fazia, começou a cantar. Sua voz era fina e sem graça, mas tinha alcance.

— *Soldados de Cristo, levantai-vos e vesti sua armadura.*

Minha mãe foi até o armário pegar sal e pimenta, enquanto mais lágrimas corriam.

— *Com a força provida por Deus.* — Minha avó borrifou perfume em todo o cabelo e depois finalizou com três borrifadas na aba do chapéu, cantando: — *Por meio de Seu filho eterno.*

Minha mãe salpicou sal e pimenta sobre os ovos em pó e fechou os olhos.

— *Com a força do Senhor dos Exércitos e Seu poder supremo.* — A última coisa que minha avó fez foi colocar o broche vermelho do lado esquerdo da blusa.

As lágrimas corriam mais rápido do que minha mãe podia controlar.

Fui até a minha avó.

— A senhora tem um lenço? — perguntei.

Ela mexeu no bolso do longo casaco de lã que vestia, que era o preferido de minha mãe e tinha sido tirado do guarda-roupa dela para manter minha avó menos preferida aquecida enquanto rezava. Pegou um lenço cor-de-rosa e um pedaço de papel amassado. Entregou-me o lenço com desgosto e jogou o papel no cesto de lixo.

— O que você quer com esse lenço? — ela perguntou.

— Minha mãe está chorando.

Ela se aproximou, espiando na cozinha para inspecionar seu trabalho.

Satisfeita, saiu para a igreja.

Quando ela saiu, peguei o papel do lixo e o desamassei. Com a caligrafia borrada de meu pai, estava escrita a letra da música preferida de minha mãe:

How much do I love you?
I'll tell you no lie
How deep is the ocean?
How high is the sky?[1]

Alisei o papel o máximo que pude, levei-o para o quarto dela e o coloquei debaixo do seu travesseiro.

Foi o primeiro que encontramos.

Mais tarde, constatamos que ele tinha deixado bilhetes de amor para ela em todos os lugares. Dentro do pé esquerdo de seu par de sapatos de salto mais bonito, perto dos vidros que ficavam no fundo da despensa, atrás dos livros da estante da sala. Entre os discos preferidos dos dois. Alguns eram letras de música, uns continham piadas, e outros eram pedidos para que ela se lembrasse dele.

Minha mãe recolhia todos os bilhetes e os colocava em um pote que ficava em cima de sua cômoda. Sempre que encontrávamos um novo, ela sorria como eu nunca a via sorrir sem ele. Quando descobri um na última gaveta de minha mesa de cabeceira, eu o mantive escondido só para poder fazê-la sorrir quando não tivesse mais nada para encontrarmos. Ou quando chegasse o telegrama.

---

[1] Em tradução livre: Quanto eu amo você?/ Eu não vou te dizer nenhuma mentira/ Quão profundo é o oceano?/ Quão alto é o céu?. (N.E.)

Lenni e a Enfermeira Nova

— O que você tanto escreve naquele caderno, Lenni?

— Este? — perguntei, pegando-o na mesa de cabeceira e imaginando quando ela tinha me visto escrevendo nele. A Enfermeira Nova estava sentada na beirada da minha cama. Ela tinha tirado os sapatos e suas meias desemparelhadas (uma rosa com cerejas vermelhas, outra listrada com a cara de um pug nos dedos) estavam balançando na lateral de minha cama. Eu sabia que ela queria que eu a deixasse ver o caderno, mas não deixei.

— Estou escrevendo a história.

— De...?

— Da minha vida. E da vida da Margot.

— Seus cem anos?

— Exatamente. Embora eu tenha começado a escrever antes de conhecer a Margot.

— Então é como um diário? — ela perguntou.

Eu o virei em minhas mãos. O lado de fora é brilhante, em vários tons de roxo. Tenho que usar os dois lados da folha, porque não quero ficar sem espaço antes de acabar, então as páginas enrugam quando as viro. Às vezes, eu só fico folheando, porque gosto do som das folhas amassadas.

— Acho que sim — respondi.

— Eu já tive um diário — a Enfermeira Nova disse e tirou um pirulito do bolso de cima do uniforme. Ela o entregou a mim. Eu não me lembrava da última vez que havia chupado um pirulito. Era sabor Coca-Cola.

— Teve?

Ela desembrulhou um pirulito cor-de-rosa e o colocou na boca.

— Aham — ela disse. — Mas era bem chato. *Tal garota disse isso pelas minhas costas, então eu disse aquilo pelas costas dela, então ela tentou me bater, mas eu chutei ela.*

— Chutou?

A Enfermeira Nova parecia um pouco orgulhosa, mas, como se achasse que eu pudesse sair chutando todo mundo com a aprovação dela, disse:

— Chutar é errado.

— Você teve algum problema por isso?

Ela girou o pirulito na boca.

— Provavelmente.

— Eu escrevo quando não consigo dormir — eu disse a ela. — Como não sou muito boa pintora, achei melhor escrever nossas histórias para o caso de as pessoas não entenderem as pinturas.

— Eu apareço nelas? — ela perguntou.

— Se aparecesse, gostaria de ler?

— É claro!

— Então não. Você não aparece nas histórias.

— Eu apareço, não é?

— Quem sabe? — respondi.

Ela desceu da minha cama e calçou os sapatos.

— Se eu estiver nas histórias, pode escrever que sou mais alta?

Apenas olhei para ela.

— Boa noite, Lenni — ela disse.

E me deixou sozinha com meu diário. Para escrever sobre ela.

Uma noite em 1941

— Fiz este no mesmo ano. — Walter estava mostrando para mim e para Margot a foto de um arbusto aparado em forma de cisne em seu smartphone, cujos ícones na tela eram enormes.

— Qual o animal mais estranho que você já fez? — perguntei.

— Um unicórnio. Para uma mulher que estava vendendo a casa, mas queria deixar sua marca.

— Esse é o tipo de mulher que eu gostaria de ser — eu disse.

— Mas do que eu mais gosto são rosas. Consegui cultivar algumas rosas-chá e rosas-orientais quase perfeitas, que praticamente não vemos por essas bandas. Elas ainda crescem num canto do meu jardim, mas não posso cuidar delas como eu gostaria por causa do meu joelho. As brancas, minhas Madame Zoetmans, sempre ficam lindas. São macias como algodão.

— Ah, eu adoro essa variedade de rosas! — Else disse, vindo se sentar conosco em uma explosão de perfume amadeirado. Walter ficou olhando para ela com satisfação. Como se ela fosse um arbusto em forma de unicórnio. Então os deixamos conversando.

Margot retomou seu desenho.

— Para onde vamos? — perguntei, enquanto ela sombreava os cantos externos mais escuros do que parecia ser um balde de metal.

— Você vai gostar dessa — ela afirmou, usando o polegar para esfumar as sombras escuras que o balde projetava sobre o chão. — Vamos voltar para a casa em que eu cresci — ela disse. — Para uma noite em 1941.

Cromdale Street, Glasgow, 1941
Margot Macrae tem dez anos de idade

Eu estava na banheira quando a sirene de ataque aéreo disparou. Minha mãe praguejou em voz baixa e apagou o cigarro na saboneteira.

A água ainda estava quente, e a banheira tinha sido enchida até a linha desenhada com tinta preta que percorria toda a sua volta.

— Como eles vão saber? — eu havia perguntado quando minha mãe pintara a linha tremida no ano anterior.

— Bem — ela respondeu —, eles não vão saber.

— Então poderíamos encher até em cima? — perguntei.

— Não acima da válvula de transbordamento — ela respondeu, tentando passar com o pincel pela corrente do tampão sem pintá-la também.

— Poderíamos encher tudo?

— Sim — ela disse. — Acho que sim.

— E por que simplesmente não fazemos isso?

— Porque — ela disse — *eles* podem não saber, mas *nós* saberíamos. E como você encararia sua turma da escola sabendo que tomou um belo banho quente enquanto todos tiveram que se lavar em poças?

Eu não disse nada, mas senti que provavelmente não me importaria tanto com aquilo quanto minha mãe esperava.

Com a sirene de ataque aéreo gritando, minha mãe me tirou da água morna e esfregou a toalha de qualquer maneira em meus braços e pernas. Reclamei que ela estava me machucando, e ela me disse que estava tentando ser rápida.

— Vamos, Margot — ela disse com aquela voz cantada que usava sempre que tentava disfarçar o medo e me apressou pelas escadas até sairmos para o jardim pela porta da cozinha.

Fazia muito frio; até a grama em que pisávamos estava congelada. Minha respiração dançava no ar, e eu parei de repente.

— Vamos — ela repetiu, começando a deixar transparecer a pressão em sua voz.

Eu estava enrolada em uma toalha, parada no jardim no meio do inverno, e não tinha vontade nenhuma de descer para o frio e úmido abrigo antiaéreo. Comecei a chorar.

Quando a guerra ainda era recente, minha mãe havia transformado os ataques aéreos em um jogo, marcando em um caderno todas as vezes que usávamos o abrigo. "É nossa décima quinta visita", ela dizia, como se estivéssemos nos divertindo, e não nos escondendo do fogo que caía do céu.

Tínhamos construído o abrigo antiaéreo com a ajuda de alguns soldados não combatentes disponibilizados pelo conselho municipal. Eu os vi comprimindo a terra sobre a cobertura, de modo que o que costumava ser um simples jardim havia se transformado em uma toca de coelho humana. Eles falaram para minha mãe mantê-lo seco e quais itens essenciais deveriam ser armazenados nele. Alertaram que não fumasse lá embaixo, pois o ar ficaria denso.

Antes de saírem, o maior dos dois soldados me perguntou se eu tinha alguma pergunta para eles.

— Podemos sair para ir ao banheiro? — perguntei.

Ele riu.

— Vocês não podem sair por motivo nenhum até as sirenes pararem de tocar.

— Então como vamos fazer para ir ao banheiro? — perguntei.

A resposta se revelou ser: *como vocês quiserem*. A solução de minha mãe foi um grande balde de metal. Ele ficava no canto do abrigo, ao lado de algumas revistas e jornais, que eram principalmente para lermos, mas também serviam como papel higiênico.

— Vou ficar muito orgulhosa de você — minha mãe disse quando instalou o balde — se nunca precisar usar este balde. Poderá ficar com minha parte da geleia toda vez que descermos aqui e você não o usar.

Geleia era um grande incentivo para mim naquela época, então nunca usei o balde.

— Rápido, Margot — minha mãe disse. Apenas de toalha naquele vento extremamente frio, fiz cara feia para ela e a segui lentamente. Ela abriu a porta de ferro corrugado e revelou minha avó menos preferida agachada no meio do abrigo, com a calcinha em volta dos tornozelos e as saias levantadas, urinando no balde.

Por um instante, pareceu que a sirene havia cessado e tudo que eu podia ouvir era o chiado da urina de minha avó menos preferida batendo no fundo do balde. Com a iluminação infeliz que vinha de cima, dava para ver as gotas de xixi que espirravam no chão. O rosto de minha avó era a imagem do horror.

Ela terminou de urinar e teve que tatear em busca de um pedaço de jornal. Depois de se secar com um artigo do *Telegraph*, ela saiu de cima do balde e levantou a calcinha. Então pegou o balde, que agora tinha alguns centímetros de xixi balançando de um lado para o outro e uma tira encharcada do *Telegraph* flutuando em cima, e o carregou com muito cuidado até o canto do abrigo. Sem fazer contato visual conosco, ela se sentou recatadamente no banco da direita e alisou a saia pregueada, como se estivesse se sentando no banco da igreja no domingo. Pegou um livro que estava ao seu lado e o abriu. Segurou-o na frente do rosto, mas seus olhos miravam fixamente um ponto ao longe.

Minha mãe e eu, ambas caladas, fomos para o outro banco. Ao me sentar, vi o rubor no rosto da minha avó. O cheiro pungente de urina tinha tomado conta de meu nariz e, imagino, do de minha mãe e de minha avó também. Ele se tornou o quarto ocupante de nosso minúsculo abrigo.

Minha mãe penteou gentilmente meu cabelo molhado e depois colocou em mim o vestido reserva que havia deixado sob o banco para emergências como aquela. Apesar de minha pele estar úmida e de o abrigo ser muito frio, não protestei.

— Achei — minha avó disse no silêncio, enquanto virava mais uma página do livro — que vocês estivessem lá fora.

Eu e minha mãe trocamos olhares, e eu soube que, se eu conseguisse não rir, ganharia a porção de geleia dela por uma semana.

Ri mesmo assim, e ela também.

Lenni e o perdão, parte um

— Sentiu a minha falta?

O padre Arthur soltou um grito não compatível com um clérigo idoso.

— Lenni?

— Eu voltei!

Com um salto, ele se levantou com a mão no coração e saiu do banco sem muita graciosidade. Ofegante, como se tivesse acabado de cruzar a linha de chegada de uma maratona, ele engoliu em seco e depois disse com a voz rouca:

— Sim, estou vendo. Sou velho, sabia? Você não devia surpreender pessoas idosas desse jeito.

— Sentiu a minha falta?

Ele passou o dorso da mão na testa.

— As coisas andam um pouco calmas por aqui ultimamente.

— Precisa de cuidados médicos? — perguntei a ele. — Já estou aqui há um tempo, aprendi umas coisinhas.

— Estou bem, obrigado.

— Tenho quase certeza de que consigo colocar um soro em você.

Ele preferiu não comentar. Em vez disso, perguntou:

— A que devo a honra?

— Bem — eu disse —, posso me sentar?

— É claro. — Ele me ofereceu um banco e ficou ali rondando com nervosismo até eu o convidar para se sentar ao meu lado.

— Você está bem? — ele perguntou.

— É claro que não. — Sorri. — Ando pensando muito em perdão.

— Sério?

— Existem várias histórias sobre perdão na Bíblia, não é? Não tem uma sobre uma vaca leiteira e uma videira? Ou era um rato que não sabia costurar? De qualquer modo, não sou boa em perdoar as pessoas porque acho difícil esquecer. Além disso, quando a gente perdoa, perde a diversão da vingança. E a vingança, eu descobri, é muito mais gratificante que o perdão.

— Entendo. — O padre Arthur cruzou os braços sobre a barriga protuberante.

Fiquei imaginando se Deus, propositalmente, faz todos os seus padres ficarem, pouco a pouco, parecidos com o Papai Noel para cativarem a comunidade local.

— E então? O que acha? — perguntei.

— Sobre o quê?

— Sobre tudo isto: perdão, punição, redenção.

— Acho que você tocou em um ponto interessante: o perdão é uma parte importante do exemplo que Cristo deu a todos nós. Embora eu não concorde muito com a parte sobre a vingança ser mais divertida.

— Mas Deus passa metade da Bíblia se vingando das pessoas. O que me diz das pragas, dos espíritos e daquela coisa com o papagaio?

— Papagaio? Lenni, acho que você não... — Ele pensou, tossiu e depois perguntou: — Onde você leu a Bíblia, Lenni?

— Na escola.

— Na escola — ele repetiu. — Certo.

— Bem, *alguém* lia para nós. Você sabe, no catecismo. Saíamos da igreja, nos sentávamos no tapete, e alguém lia para nós.

— E esses livros eram sempre a Bíblia ou às vezes eram alguma outra coisa?

— Outra coisa como o quê?

— Sei lá. — Ele passou a mão no queixo. — Algo, talvez, como um conto de fadas ou um livro infantil?

— Não, era sempre a Bíblia. Tinha bordas douradas.

— Aham. — O padre Arthur parecia cético.

— Bem, e o perdão? — perguntei, dando uma indireta para ele voltar ao assunto.

Ele continuou:

— Não sei se concordo que o perdão é menos gratificante que a vingança, como você falou. E, devo acrescentar, espero sinceramente que esta conversa não envolva nenhum tipo de vingança que queira aplicar sobre mim. De qualquer modo, talvez no calor do momento possa parecer que a vingança é a única coisa que você pode fazer para satisfazer sua raiva, mas você vai descobrir que, com o tempo, o perdão é o que mais te faz bem, é o que te dá orgulho.

— Mas — eu disse lentamente — posso não ter todos esses meses ou anos para rever minhas ações. Posso nunca ver o dia em que sentirei orgulho de ter perdoado. Estou apenas vivendo no curto prazo, então não deveria me divertir sempre que possível?

— Quando diz *se divertir*, você está se referindo a *se vingar*?

— Sim, de certo modo.

— Posso perguntar, Lenni, quem está pensando em perdoar? — ele disse. — Sei que não sou eu.

— Sabe?

— Sei.

— E como sabe que te perdoei?

— Você voltou — ele disse com um sorriso, gesticulando para a capela vazia.

Não havia nenhuma mudança drástica: era o mesmo tapete manchado, o piano eletrônico coberto com a capa bege no canto, o altar com suas velas tremeluzentes e o quadro de informações com mais tachinhas que folhetos. Talvez eu seja como aquele quadro. Mais tachinhas que mensagens. Mais espaço para contatos na agenda do celular que amigos. Mais crescimento em meus ossos do que poderei ver. Mais vingança que perdão.

— Então... quem está querendo perdoar?

— Prefiro não falar sobre ela — eu disse a ele. — Não a vejo há anos.

— É claro — ele disse, mas deu para notar que estava curioso.

— E, fora as reflexões sobre o perdão, o que mais acha divertido? — ele perguntou.

— Fiz uma nova amizade.

— Que maravilha! — ele exclamou sem inveja. E eu soube que ele era digno de meu perdão. Ele era merecedor da Lenni do Novo Testamento.

— Você vai gostar dela. Ela é... — Fiz uma pausa para examinar bem o rosto dele. — Mais ou menos da sua idade.

Ele riu.

— Vou guardar minha reação a isso até conhecer...

— Margot.

— Margot.

Então contei a ele sobre a Temporária, sobre a aula de artes e a Sala Rosa, sobre Margot e nosso plano de deixar algo para a posteridade antes de morrermos.

— Só tem um problema — afirmei. — E se nós morrermos antes de terminar?

— E se não morrerem?

Entendi o ponto de vista dele: talvez conseguíssemos completar as cem pinturas. É claro que, se batêssemos as botas antes disso, não haveria muito o que fazer.

— Se ajudar — ele disse —, vou dar uma palavrinha com... — Ele apontou para cima.

— Recursos Humanos?

— Estou me referindo a Deus.

Senti o perfume da capela – a doce tristeza do arranjo de flores murchando sobre o altar, o cheiro do bolor do tapete, a poeira nos bancos.

— Padre Arthur?

— Pois não, Lenni?

— Sentiu a minha falta?

— Sim, Lenni. Muito.

Margot e a noite

Cromdale Street, Glasgow, 1946
Margot Macrae tem quinze anos de idade

Estava no meio da noite quando a granada entrou pela janela. Ela estilhaçou o vidro e foi parar no pé da cama de meus pais. Meu pai logo acordou, ativando a memória muscular dos dias de trincheira, e se levantou num salto. Vasculhando os lençóis, ele tateava à procura da granada, mas estava escuro demais para enxergar.

— Helen! — ele gritava. — A granada! Tem uma granada aqui! — Mas minha mãe nem se mexia.

Ele sabia que o pino tinha sido puxado, podia ouvir o tique-taque e conhecia o som terrível que estava por vir, conhecia a imagem de pernas e braços sem dono espalhados pelo chão, conhecia a imagem de rostos queimados, olhos derretidos. Tinha apenas alguns segundos antes da explosão.

Ele saiu da cama e se jogou sobre a bomba, tentando usar seu corpo para conter a explosão. Para proteger do estouro de chamas a esposa adormecida e a filha que estava no quarto ao lado.

E então fez-se a luz.

Quando voltou a respirar, ele estava no chão do quarto, encostado na cômoda, com o corpo coberto de suor e o chinelo de minha mãe nos braços.

Ao ouvir os gritos e pancadas, fiquei na porta do quarto deles e, em silêncio, observei minha mãe observar meu pai e fiquei me perguntando se algum deles sabia como consertá-lo.

Lenni e o perdão, parte dois

Margot estava a postos, pronta para ouvir minha história. À sua frente, havia um esboço a lápis que ela havia começado enquanto eu fazia o meu desenho e pensava nas palavras para contar a história. Minha história tinha acontecido, em grande parte, em sueco, então eu precisava ter certeza de que estava usando as palavras certas para contá-la.

Margot vestia um pulôver roxo. Parecia aquecer e pinicar ao mesmo tempo. Eu queria vesti-lo, mas também nunca ter que tocar nele.

Meu desenho não estava muito convincente, mas mesmo assim desenhei o último prato sobre a mesa torta. A mesa não era torta na vida real; era pesada – de uma madeira escura e polida, nem retangular nem oval, algo entre os dois.

Quando comecei a falar, Margot prestou muita atenção. Gostei daquilo. Ela juntou as mãos, entrelaçando os dedos, e olhou fixamente para mim com seus grandes olhos azuis.

Örebro, Suécia, 2002, 2h42
Lenni Pettersson tem cinco anos de idade

Acordei no meio da noite devido a um forte estrondo. Todas as panelas e frigideiras que estavam no armário bagunçado da cozinha deviam ter caído no chão, mas, na minha cabeça de criança de cinco anos de idade, algo terrível havia acontecido. Uma bomba tinha explodido. Um carro tinha batido na casa. Um estranho tinha quebrado uma janela e estava invadindo a casa, pronto para me oferecer doces e me dizer para entrar em seu carro (tínhamos acabado de aprender sobre estranhos na escola).

Então ouvi sons metálicos, atrito e batidas.

Em todos os filmes e livros, nada bom acontece com crianças curiosas. Mas nem cogitei ficar na cama. Do alto das escadas, dava para ver uma luz acesa em algum lugar distante. O ruído de metais batendo tinha parado, mas agora eu estava ouvindo outra coisa. Um chiado. E algo sendo cortado.

Permaneci no alto das escadas, ouvindo, enquanto, lentamente, o cheiro salgado do bacon subia os degraus dançando para me encontrar. E então algo mais ácido também chegou – laranja e cebola. Fiquei ali sentada e ouvi o estalo da torradeira e o som da faca raspando no pão. Raspando e raspando.

Tentei imaginá-lo lá embaixo. O homem de roupas escuras sobre o qual havíamos aprendido na aula. Ele tentaria se aproximar quando estivéssemos sozinhos, disseram. Ele nos ofereceria doces, ou gatinhos, ou brinquedos e diria que haveria mais em seu carro. Ele tentaria fazer com que o seguíssemos e depois nos colocaria no carro e nos levaria embora. Eu não sabia ao certo o que ele faria em seguida, mas provavelmente seria algo que não queríamos que ele fizesse. Disseram que ele tentaria nos enganar. Mas não falaram nada sobre entrar em nossa casa à noite para preparar uma refeição.

Desci um degrau de bumbum. Depois outro. Ouvi frascos batendo quando ele abriu a geladeira e o farfalhar de um saco plástico. Talvez fosse salada. Continuei em frente, descendo sentada um degrau por vez, como meu pai havia dito para eu não fazer porque estragaria o carpete. Quando cheguei ao fim da escada, a torradeira estalou novamente, mas dessa vez ele abaixou o botão e eu ouvi a torrada voltar para dentro.

Andei até a sala de jantar, pronta para confrontá-lo, e não estava com medo.

Mas era ela. Usando uma camiseta branca suja e calcinha. Minha mãe. Então fiquei com medo.

✳ ✳ ✳

Ouvi mais barulho metálico quando minha mãe colocou outra frigideira no fogão e começou a quebrar ovos diretamente dentro dela. Seus olhos estavam diferentes. Como se os verdadeiros tivessem saído de férias e no lugar tivessem ficado olhos simbólicos que não eram dela, mas que ainda pareciam servir para enxergar. Um pequeno filete de fumaça subia da torradeira. O cheiro de queimado estava ficando mais forte.

Ouvi alguém nas escadas, e meu pai, com a calça desbotada do pijama, desceu e parou ao meu lado. Ele colocou a mão em meu ombro, e nós a observamos. A expressão no rosto dele era de quem via alguém que não sabia nadar ir muito longe no mar. Ele sabia que ela estava se afogando.

E então o alarme de incêndio começou a soar.

Minha mãe se assustou e derrubou a colher de pau. Virando-se para procurar uma toalha para abanar a fumaça, ela nos viu e ficou paralisada.

Na noite seguinte, quando ouvi o barulho das panelas, da faca e da fritura, enfiei meu cobertor no vão embaixo da porta para não ouvir nem sentir o cheiro de nada que acontecia na cozinha, mas ainda assim fiquei acordada.

E o que começou como algo muito estranho rapidamente se tornou uma coisa que a família Pettersson fazia todos os dias. Eu me deitava à noite, tentando pegar no sono antes que ela começasse, porque, uma vez que tivesse começado, ela podia passar horas cozinhando.

Quando amanhecia, meu pai sempre ia me tirar da cama e me pegava no colo mesmo eu já não tendo mais idade para ser carregada. Eu sentia o cheiro da loção pós-barba em seu pescoço e o deixava me carregar pelas escadas.

A mesa estava sempre igual, começando com a toalha branca e passando pelos pratos, que sempre combinavam, e o que havia neles: presunto e queijo, arrumados em forma de leque; frutas de todos os formatos, organizadas por cores; bacon torradinho e disposto em fileiras retas na assadeira; pão de fôrma cortado em formato de coração. O omelete era sempre servido inteiro, revelando apenas um pouco das cores vivas dos pimentões e cebolas na parte de cima. Também havia uma tigela grande de mingau, posicionada ao lado de três tigelas listradas menores empilhadas. Em jarras ficavam o café e suco, e, de cada um dos lados da mesa, cartões com nossos nomes escritos em caligrafia preta.

Então meu pai e eu, ele com seu elegante terno e eu de pijama, nos sentávamos em nossos lugares.

Meu pai fazia sua escolha – um pedaço de omelete, um punhado de uvas, em raras ocasiões, o bacon frio e crocante seguido de uma tigela de mingau e talvez uma fatia fina de queijo no pão em formato de coração. O que quer que ele escolhesse, eu copiava, mesmo que comesse a mesma coisa todos os dias da semana, mesmo que eu não gostasse muito daquilo. Eu precisava de um guia, e era ele. Ele sabia disso, então sempre escolhia suco em vez de café para eu poder copiá-lo.

Ela nunca nos acompanhava, nem uma vez. Ficava na cozinha. No verão, podia ficar olhando para o nosso pequeno jardim pela janela sobre a pia. No inverno, encarava a escuridão, vendo seu próprio rosto refletido no vidro. Lembro-me de tentar fazer com que se juntasse a nós algumas vezes e não reconhecer a expressão em seus olhos enquanto olhava pela janela. Um professor uma vez me disse que eu tinha bolsas escuras sob os olhos, e me convenci de que aquilo significava que eu tinha a mesma doença de minha mãe, cujas olheiras escuras eram verdes nas beiradas, de acordo com a luz. Elas assombravam seus belos olhos. Eu tinha certeza de que um dia estaria na cozinha com ela, muito antes de o sol nascer, preparando comida para um evento desconhecido, para pessoas que estavam ficando cada vez com mais medo de mim.

Às vezes, quando ele achava que eu não estava olhando, meu pai a observava com a mesma expressão daquela primeira manhã. Como se quisesse salvar sua alma do afogamento, mas ela já estivesse longe demais. Aquilo o deixava triste.

Depois de um tempo, ela deve ter ido ao médico. Talvez por escolha ou talvez porque alguém – seus pais ou meu pai – obrigou-a a ir. Provavelmente meu pai. Ele nunca foi muito bom nesse tipo de coisa. Uma manhã, quando eu tinha quase seis anos, descemos as escadas e a mesa estava vazia – sem toalha, sem bufê de café da manhã. Vazia, à exceção de minha mãe, que estava caída sobre a mesa com a cabeça apoiada nos braços. Seus cabelos escuros se misturavam com a madeira do tampo. Pensei que ela estivesse morta e comecei a chorar, mas meu pai me disse que ela estava apenas dormindo. Soube, pelo tom de sua voz, que aquilo era uma coisa boa.

— Venha, baixinha — ele disse e pegou um pouco de cereal e uma tigela para mim. E, comigo sentada no balcão da cozinha e ele perto da janela, tomamos nosso primeiro café da manhã normal.

— Você precisa perdoar sua mãe — ele disse.

Eu não sabia como responder, então disse:

— Está bem.

— Ela estava doente — ele afirmou.

— Ela já está melhor? — perguntei.

— Deve estar. — Ele afundou a colher nos flocos de cereal. — Ela te ama, docinho.

O primeiro beijo de Margot Macrae

Paul da Manutenção e eu achamos que seria engraçado fazer outra visita àquela senhora furiosa que estava lendo a revista *Take a Break* quando fôssemos visitar Margot. Mas, quando chegamos lá, Paul abriu a cortina e a cama estava vazia.

E não foi engraçado.

Paul fechou a cortina e não conseguimos olhar nos olhos um do outro pelo restante da caminhada até Margot.

E se ela também não estiver mais lá?, fiquei pensando sem parar enquanto ziguezagueávamos pelos corredores até a Ala Newton.

Eu podia ver, sem enxergar, sua cama vazia. Seu nome apagado do quadro branco, seus velhos livros empilhados e embalados para serem doados. Seu pijama roxo cuidadosamente dobrado e os chinelos sem mais jornadas pela frente.

O crachá de funcionário de Paul acrescentava certa facilidade às andanças pelo hospital. Não precisávamos pedir pelo interfone para entrar nos lugares. Bastava ingressar direto na ala desejada. Anotei mentalmente que deveria tentar arranjar um para mim. Ele fez um sinal amigável, e não correspondido, para um dos rapazes que estava no posto de enfermagem e logo entramos no pequeno quarto cheio de camas.

— Não — eu disse baixinho para ninguém em particular, preparando-me para o impacto de sua ausência.

Mas ela estava lá, desenhando à caneta no verso de um pedaço de papel arrancado de um livreto de palavras cruzadas. Ela estava desenhando uma porta. Então me sentei ao seu lado e esperei.

Cromdale Street, Glasgow, 1949
Margot Macrae tem dezoito anos de idade

O homem magro do trem que havia me oferecido seu amor como uma pastilha para tosse era muito mais jovem do que parecia. Tinha apenas vinte anos, mas à primeira vista pensei que tivesse vinte e cinco ou vinte e seis. Talvez fosse o terno. Ele estava viajando para uma entrevista de estágio em uma fábrica de vidros na cidade.

Era diferente do homem que eu achei que tivesse conhecido, que eu suspeitava que pudesse ser um pouco grosseiro. Ele era calmo. Atencioso. Levava as coisas a sério. Quando eu lhe disse no trem sobre minha avó menos preferida ter lamentado que eu nunca havia ganhado flores de um garoto, ele se lembrou e apareceu para nosso primeiro encontro com um adorno de flores cor-de-rosa presas a uma fita, que amarrou em meu pulso.

Caminhamos lado a lado pelo parque Glasgow Green, mas sem nos tocar. Quando chegamos ao Arco McLennan, ele me contou que sua mãe sempre dizia para ele e seu irmão Thomas fazerem um pedido quando passassem por ali. Então passamos sob o arco e fizemos um pedido, e fiquei imaginando se ele tinha desejado o mesmo que eu. Deve ter sido, porque, na semana seguinte, ele me telefonou e me convidou para jantar no sábado. Ele me pegaria em casa às oito.

Com as palavras "livros, música e Natal" coladas ao espelho do guarda-roupa como sugestões de assuntos para puxar conversa, algo que senti que poderia precisar, eu me esforçava para passar o batom bordô da minha mãe.

Ela estava na porta do meu quarto, observando.

— Vai levar um casaco? — ela perguntou. — Está frio.

Tirei o excesso de batom dos lábios com um lenço de papel como tinha visto minha avó menos preferida fazer e fiz que não com a cabeça.

— Será que eu devia ter conhecido os pais dele? — minha mãe perguntou. — Será que devia tê-los convidado para tomar chá? Você estará em segurança com ele, desacompanhada?

— Mãe, pare!

Seu nervosismo despertou o meu, e descobri que estava tremendo quando abri a porta de casa.

Johnny estava ali parado, mas havia algo diferente. Seu sorriso parecia estranho. Os sapatos estavam desamarrados, e ele estava com uma mancha grande de tinta na camisa.

Eu sabia que minha mãe o estava avaliando. Mas eu também estava, e algo me fazia ter a impressão de estar em um sonho. Atrás dele, Johnny chegou correndo.

— Margot! — Ele estava sem fôlego. — Sinto muito.

O rapaz que estava na porta sorriu, e ele era Johnny, mas não era. A semelhança era alarmante. Eles tinham os mesmos olhos, o mesmo nariz, o mesmo cabelo, mas o sorriso do garoto que estava na porta era torto.

— Este é o meu irmão, Thomas — Johnny disse e, alcançando-o na altura da porta, deu um soco forte no braço de Thomas. Minha mãe ficou surpresa, mas Thomas gargalhou. Agora que Johnny e Thomas estavam lado a lado, dava para ver que Johnny era pelo menos trinta centímetros mais alto, talvez mais.

— Sinto muito — Johnny disse. — Eu disse ao Thomas que viria buscar você, e ele achou que seria engraçado chegar aqui primeiro.

Johnny olhou para minha mãe e sorriu, mas não falou nada, e nem ela.

— Muito prazer — Thomas disse, com o sorriso ainda iluminando seu rosto enquanto estendia a mão para mim. — Você é muito bonita — ele disse.

— Saia daqui! — Johnny ralhou com ele. Thomas desviou da tentativa de Johnny de acertar sua cabeça e saiu correndo pela rua com as mãos nos bolsos, rindo.

— Sinto muito — Johnny se desculpou novamente.

Então, com minha mãe atrás de nós no corredor, Johnny se inclinou para a frente e me beijou. Foi rápido, mas senti a estranha sensação de seus lábios mornos junto aos meus e o sabor do que parecia um pouco de bebida alcoólica para dar coragem.

— Podemos ir? — ele perguntou. E eu concordei, porque não conseguia falar. Ele pegou na minha mão, e fechei a porta sem olhar para minha mãe, porque eu estava muito, muito constrangida.

Margot vai se casar

— Seus pais eram casados? — Margot perguntou.
— Sim, eu participei da cerimônia de dentro do útero.
— E... onde eles estão agora?
— Quer uma minhoca de goma?
— Como?
— A Enfermeira Nova comprou para mim na lojinha de presentes. — Mostrei o pacote, mas ela recusou.
— Essas coisas vão grudar na minha dentadura. — Ela riu e, acrescentando áreas mais claras na aliança de casamento que tinha pintado, perguntou se eu gostaria que ela me contasse uma história.

Cromdale Street, Glasgow, fevereiro de 1951
Margot Macrae tem vinte anos de idade

— Margot vai se casar.
Minha mãe sussurrou as palavras para si mesma enquanto estávamos sentados à mesa da cozinha – Johnny e eu de um lado e ela do outro. Entre lágrimas, ela nos disse que estava feliz. Contou que tínhamos muita, *muita* coisa para viver.

Ofereceu-nos um prato de biscoitos, dispostos em um semicírculo. Enquanto mastigávamos com a boca seca, ela pediu para Johnny convidar a mãe dele para o chá para que elas pudessem se conhecer. Perguntou se o irmão mais novo dele, Thomas, seria o padrinho e qual igreja sua família preferiria. Perguntou se gostaríamos que o casamento fosse no verão ou no outono e se ela deveria fazer sanduíches para a recepção.

Depois que Johnny respondeu a tudo da melhor forma possível, ela me ofereceu o vestido de casamento de sua mãe. Precisaria ser lavado, mas me serviria muito bem, ela disse. Eu aceitaria me casar usando um saco de papel se aquilo a deixasse feliz.

— Eu poderia fazer umas luvas de renda. — Ela pegou na minha mão. Eu tinha esquecido a sensação de ter a mão dela na minha. De como sua pele era macia e seu toque era sereno.

Ela virou a mão e passou o dedo em minha aliança dourada. Havia uma pequena esmeralda quadrada no centro. A sensação de tê-la no dedo era estranha.

— É um anel tão bonito — ela disse.

Olhei para minha mão e tentei imaginar um segundo anel ali. Uma aliança permanente.

— É da minha mãe — Johnny disse. Então, como se tivesse cometido um erro, corrigiu: — Bem, *era* da minha mãe. Agora é da Margot.

— Sua mãe foi muito gentil em dá-lo para Margot — minha mãe disse.

Johnny sorriu para mim. Às vezes eu perdia o fôlego ao pensar que, em pouco tempo, aquele jovem me veria nua.

— Vamos tomar o chá? — perguntou minha mãe.

Ela pegou o bule e serviu com êxito o chá em suas melhores xícaras de porcelana. Eram as que ela usava quando queria impressionar alguém. Eu tinha receio das xícaras, associava-as a visitas de médicos, a "tias" desagradáveis, sem nenhuma relação biológica de parentesco, e à minha avó menos preferida que, incapaz de continuar procurando por seu filho dentro de meu pai, havia voltado para sua casa na praia.

Minha mãe sorveu o chá, e senti uma onda de culpa tomar conta de mim. Eu estava fazendo aquilo com ela. Eu a estava deixando sozinha, apenas na companhia de meu pai. Mas era o que as pessoas *faziam*. Conheciam alguém e se casavam. Era o que nos ensinavam a fazer. Meu namoro com Johnny foi longo para a época. Enquanto estávamos sentados à mesa da cozinha de minha mãe, Christabel já tinha quase um ano de casada e morava na Austrália com um soldado que tinha conhecido em um baile. No fim das contas, seu futuro marido não tinha morrido na França. Ou pelo menos ela tinha encontrado outra pessoa.

— Talvez possamos morar aqui depois de casados — eu disse para minha mãe.

Nem aquilo adiantou.

— Não, querida. — Ela deu um tapinha gentil em minha mão e a esmeralda brilhou, refletindo a luz. — Um casal precisa ter a própria casa.

Assenti, sem esperança de que ela sorrisse naquele momento.

Ela estava se levantando para levar a bandeja do chá para a pia quando um rangido no quinto degrau anunciou uma quarta presença entre nós.

Minha mãe parou, olhou para o corredor e voltou a se sentar. Johnny apertou minha perna.

Meu pai, sem camisa, cansado, entrou na cozinha com a barriga caída sobre o cós da calça de pijama listrada e manchada.

— Margot vai se casar — minha mãe disse, tentando fazer contato visual com meu pai, mas descobrindo que não era possível.

Ele pegou um copo sujo de dentro da pia e encheu de água.

— Eu sei — ele disse.

— Sabe? — minha mãe perguntou.

— O garoto pediu a mão dela. — Ele acenou na direção de Johnny, mas sem se virar para olhar para nós.

Minha mãe abriu um sorriso fraco.

— Ah, é claro — ela disse. — Que gentil de sua parte pedir a mão dela em casamento. Tradicional. Nem me passou pela cabeça.

O olhar apático e dissociado era uma das coisas a respeito das quais li no livro sobre o que chamam de "reação aguda ao estresse". Meu pai sentava e ficava encarando o nada por horas. Era o que estava fazendo naquele momento. Olhando fixamente para o jardim, para a área de terra marrom onde ficava o abrigo. Onde minha mãe, eu e minha avó menos preferida ficávamos esperando a morte ou o amanhecer.

Vendo-o na janela da cozinha, fiquei surpresa com a ideia de que aquele homem cujo pijama *não podíamos lavar*, aquele homem que não saía de casa havia semanas e que estava dormindo no sofá desde que a granada entrara pela janela, era responsável por conceder minha mão em casamento. E agora aquela mão usava uma aliança.

Padre Arthur e o sanduíche

O padre Arthur estava em sua mesa comendo um sanduíche de ovo com agrião completamente em silêncio.
— Você come primeiro a casca? — perguntei.
— Jesus!
O padre Arthur empurrou a cadeira para trás, surpreso, e se engasgou com a casca do pão.
— Lenni! — Ele estava ofegante, o rosto ficando vermelho. Tossiu e abaixou a cabeça entre as pernas.
— Vou chamar a Enfermeira Nova! — gritei.
Eu estava quase na porta da sala quando ele disse com a voz fraca:
— Não, eu estou bem. — Ele continuou ofegante, abriu a tampa da garrafa térmica vermelha e se serviu de um pouco de chá.
— Sinto muito — eu disse. E ele fez sinal para eu voltar para a sala, como se estivesse tudo bem.
Enquanto ele tomava mais chá e secava as lágrimas dos olhos, inspecionei sua sala. Havia duas prateleiras de madeira escura com Bíblias, cancioneiros e arquivos. Uma imagem de Jesus parecendo exausto na cruz, em uma moldura com restos da etiqueta de preço no canto do vidro. Uma foto de um cachorro preto e branco e uma foto de Arthur com *outras pessoas*, na qual está usando um pulôver excessivamente colorido.
A janela da sala de Arthur era pequena e havia uma camada cinza de poeira nas ripas da persiana semiaberta. Quando puxei uma delas, deu para ver o estacionamento. Mas não parecia certo. Como o estacionamento podia estar do lado de fora da janela da salinha da capela e também da Sala Rosa e da janela que ficava no quarto de Margot? Quando cheguei ao hospital, o estacionamento ocupava apenas um lado do prédio.
— Outro dia eu li — Arthur disse ao notar que eu estava olhando para o estacionamento — que há mais carros no mundo que pessoas.

— Você precisa tirar o pó das persianas. — Desenhei um L na poeira.

Arthur deu um mordida hesitante no sanduíche, e eu me obriguei a tentar não o assustar pela segunda vez.

Desenhei um E ao lado do L.

— Acha que, se Jesus tivesse carro, ele teria dirigido para toda parte?

Arthur franziu a testa e sorriu quase simultaneamente.

— Quer dizer... Isso o teria poupado do trabalho de aparecer em todos os lugares.

— Eu não...

— É estranho ele não ter falado sobre carros para o pessoal de Jerusalém. Você sabe... como um aviso do que estaria por vir. Uma pista que levaria à invenção de um veículo motorizado. Para ajudá-los a criar mais rápido.

— Como sabe que ele não fez isso?

Dei um sorriso para Arthur para que ele soubesse que aquela havia sido uma boa resposta.

Esperei que falasse novamente, mas, agora que tinha a chance de não ser interrompido, não disse nada. Desenhei dois Ns na poeira da persiana.

— Para falar a verdade, Lenni — ele disse —, não consigo imaginar Jesus atrás do volante de um carro. Parece estranho.

— Mas, quando ele voltar, se voltar, não vai querer dirigir por aí?

— Eu...

— Acho que ele pode simplesmente pedir carona. Ninguém vai recusar carona a Jesus.

Desenhei o I na persiana e me virei.

— Mas e se não souberem que é Jesus porque ele está vestido como uma mendiga velha, e ninguém o ajudar, porque ninguém mais dá carona a estranhos, e ele ficar plantado na estrada por horas? E, quanto mais desgrenhado estiver, com aquela barba e tudo, mais ele vai parecer um sem-teto. Então ele vai simplesmente sair andando e a polícia vai pará-lo por achar que é um viciado em drogas. E, quando tentarem colocá-lo numa clínica de reabilitação, ele vai dizer algo como "sou o filho de Deus". Mas ninguém vai acreditar, pois por que acreditariam? E ele vai ser levado para um centro de detenção com muitas outras pessoas, todas alegando serem Jesus, e ninguém vai saber qual é o verdadeiro.

Uma pequena migalha de pão havia ficado presa no canto da boca do padre Arthur. Ele a tirou.

— Por que Jesus estaria vestido como uma mendiga velha?

— Para ver se as pessoas são mesmo boas ou se estão sendo gentis com ele apenas por ser Jesus.

— E ele precisaria se vestir como uma velha para descobrir?

— Sim, e então entregaria uma rosa para quem for bom.

— Esse não é o enredo de *A Bela e a Fera*?

— Ei, você é o padre, você que tem que me dizer.

O primeiro inverno

Church Street, Glasgow, dezembro de 1952
Margot Docherty tem vinte e um anos de idade

Jonathan Edward Docherty e eu nos casamos ao meio-dia e meia do primeiro dia de setembro de 1951, com as pernas trêmulas e uma aliança emprestada. Minha mãe chorou pelos motivos errados. E depois nos mudamos para um apartamento minúsculo perto da Church Street.

Eu trabalhava em uma loja de departamentos, e o estágio de Johnny havia resultado em um emprego na Dutton, uma fábrica de vidros especializada em janelas e espelhos, o que era perfeito, pois Johnny era uma janela e um espelho para mim. Às vezes, sentia que podia enxergar através dele; em outras ocasiões, quando procurava Johnny ou olhava para ele, tudo que via era um reflexo de mim mesma.

Ele ainda era alto, ainda era esguio, ainda era atencioso, mas parecia diferente para mim agora que eu sabia que ele ficava de boca aberta quando estava quase dormindo. Agora que eu conhecia a música que ele sempre assobiava repetidas vezes. Ele estava menos interessante para mim agora que eu sabia que ele podia ficar sentado ao meu lado por horas e não dizer uma palavra. Ele era menos charmoso agora que eu o havia visto xingando quando não conseguia enroscar a lâmpada da sala no soquete. Ele era mais bobo para mim agora que o havia visto na igreja aos domingos com seu terno de caimento estranho, o cabelo dividido ao meio, chutando as canelas de seu irmão Thomas por ter roubado seu hinário.

A mãe de Johnny insistia que a família inteira fosse à igreja todos os domingos: a mãe de Johnny, sua tia, Thomas, Johnny e eu. Sempre ocupávamos o mesmo banco, o da direita, próximo à imagem do menino Jesus nos braços de Maria. Tínhamos que estar sentados até as oito e vinte para garantir o banco para a missa das nove.

Para o nosso primeiro aniversário de casamento, ele economizou para uma viagem de trem às Highlands. Preparamos tudo para fazer um piquenique perto do lago e, embora tivéssemos saído de viagem como um casal, voltamos como um trio. Tudo estava acontecendo conforme o previsto. Eu estava casada e teria um filho.

Não contei a Johnny até dezembro. Na verdade, nem cheguei a contar. Deixei que a roupinha contasse. Uma roupinha branca, com barquinhos bordados na barra. Era de seda, macia e delicada. Perfeita para menina ou menino. Na véspera do Natal, enquanto a envolvia com papel de seda e colocava cuidadosamente o pacote dentro da caixa, comecei a ficar triste porque o bebê e eu estávamos prestes a perder a confidência da existência um do outro. No mundo todo, apenas eu sabia que meu bebê existia. E, para o meu bebê, eu era o mundo todo. Cada som e sensação dele eram meus.

Na manhã do dia vinte e cinco, Johnny abriu o papel de seda e ficou olhando para dentro da caixa. Achei que tivesse visto um sorriso, achei que tivesse visto empolgação, mas pode ter sido apenas reflexo de meus próprios sentimentos.

Então, o bebê e eu ficamos aguardando sua reação. Por fim, ele soltou a roupinha branca, aproximou-se de mim e me pegou nos braços. Disse que aquilo era maravilhoso e depois insistiu que vestíssemos os casacos e fôssemos contar para sua mãe.

Lenni se muda para Glasgow

De Örebro para Glasgow, fevereiro de 2004

Lenni Pettersson tem sete anos de idade

Tem vídeo disso também.

Estou ao lado de minha mãe, vestindo um pijama com estampa de dinossauros e um casaco. Em uma das mãos, levo meu porco de pelúcia, Benni, e na outra está meu passaporte, que pude carregar durante a viagem por já ser uma menina crescida.

— Dê tchau para a casa, Lenni! — meu pai diz por trás da câmera.

Eu o faço sem grande entusiasmo.

— Diga: "Tchau, casa!" — ele pede.

Nessa parte, estou olhando para a câmera.

Minha mãe se agacha ao meu lado, coloca o braço em volta do casaco fofo e participa.

— *Hej då huset!*

Nós acenamos para a porta da frente trancada.

Então a câmera nos acompanha quando todos entramos no banco de trás de um táxi. O motorista parece incomodado com a espera. Meu pai passa a câmera para minha mãe, que se esforça para travar meu cinto de segurança.

Então, blecaute.

A câmera volta à vida no saguão de embarque do aeroporto. Bancando o cineasta, meu pai filma as lojas fechadas – perfume, artigos para surfe, doces e lanches caros. Estão todas fechadas porque são quatro horas da manhã e nenhum ser humano quer comprar perfume ou bermudas superfaturados a essa hora. Minha mãe está dormindo em uma cadeira; ela é quase transparente. Estou sentada ao lado dela, chorando.

— Não chore, querida! — meu pai diz e olha para a câmera. Então, blecaute.

Há uma gravação extremamente tremida do avião decolando, feita pela janela. Devido à escuridão, tudo que se pode ver são pontos vermelhos e brancos se mexendo, e depois desaparecendo na parte inferior da tela.

— Decolamos — meu pai diz baixinho para a câmera, como se compartilhasse um segredo. Então ele vira a câmera para mim. Estou segurando Benni com força. Meu nariz está colado ao focinho de pelúcia.

— Vai ficar tudo bem, docinho — meu pai afirma calmamente.

Filmando da porta da frente e dando a volta na sala, onde estão caixas e malas e uma distinta falta de mobília, meu pai narra:

— Bem, aqui estamos!

E ele vai mostrando a casa – a cozinha, com apenas uma lâmpada funcionando, o banheiro, onde os donos anteriores deixaram papel higiênico cor de pêssego e um rádio à prova d'água em forma de cavalo-marinho, o quarto com uma cama de casal, onde minha mãe está tirando as roupas da mala. Depois ele vai para o meu quarto onde, agarrada a Benni, estou finalmente dormindo.

A câmera volta a ser ligada cerca de uma semana mais tarde, quando entro correndo pela porta da frente da casa usando meu novo uniforme escolar. Como não usava uniforme em Örebro, estou estranhamente orgulhosa do pulôver azul e da saia pregueada da cor da tristeza.

— Lenni está sorrindo! — meu pai narra para a câmera de vídeo. — Como foi seu primeiro dia?

Mostro um pirulito para a câmera – é um daqueles mastigáveis, cor-de-rosa e amarelo, e eu estou sorrindo como se nada no mundo pudesse superar aquele momento.

— Fez novos amigos? — ele pergunta. Abro a boca para responder e, então, blecaute.

Flores de maio

Else e Walter estavam desenhando os manequins de madeira que Pippa tinha colocado sobre nossa mesa. Ao lado de Else havia uma única rosa branca de caule longo, amarrada com uma fita preta. Era macia. Como algodão-doce em um palito. Ela e Walter estavam evitando olhar um para o outro, e eu tinha quase certeza de que, sob sua elegante maquiagem, Else estava corada.

Pippa sorriu quando viu a rosa, mas não disse nada. Em vez disso, colocou um manequim na minha frente e explicou que artistas usam os manequins para ter uma noção melhor das proporções do corpo humano. Ela me deixou desenhar um rosto de canetinha em meu manequim – dei a ele um par de olhos arregalados e um sorriso. Posicionei-o com os braços para cima, acenando para os manequins da outra mesa. Depois desenhei sapatos nele, com os cadarços amarrados com um laço. Dei a ele uma camisa elegante e uma gravata. Imaginei que ele estava flertando com um manequim da outra mesa.

Em silêncio, Margot estava pintando. Ela preencheu a tela com flores amarelas. Não sei o nome delas, nem em inglês, nem em sueco, mas eram lindas. Era como se ela tivesse acesso a um campo particular de flores amarelas que apenas ela podia ver. Estavam tão juntinhas que restavam poucos espaços em branco na tela. Eram tão vivazes que pareciam gerar a própria luz.

Hospital St. James, Glasgow, 11 de maio de 1953
Margot Docherty tem vinte e dois anos de idade

Ele era tão gorduchinho quando nasceu que nenhuma das roupas que havíamos levado para o hospital serviu. Minha mãe tinha tricotado todo um guarda-roupa para ele. O preferido dela era um macacão (em particular, Johnny havia me dito: "Como essa criança vai usar um macacão de lã no verão?"), mas a única coisa que conseguimos colocar nele foi um gorro amarelo e, ainda assim, ele só ficava no lugar por um tempo, pois logo começava a subir e acabava escapando de sua cabeça.

Johnny tinha pegado uma câmera emprestada com seu chefe, o sr. Dutton, naquele dia. Na fábrica de vidros, eles tiravam fotografias de todas as instalações que faziam e tinham um mural para os clientes examinarem serviços anteriores. Johnny disse que aquilo ajudava a conquistar confiança. A câmera era quadrada e muito mais pesada do que parecia. Tinha botões e discos nos quais Johnny havia prometido ao sr. Dutton que não mexeria.

— Sorria — ele disse. E eu sorri. Com o humano que havíamos feito nos braços. Enrolado em cobertas e usando apenas fralda e um gorro amarelo.

Nós o chamamos de David George, o primeiro nome em homenagem ao pai de Johnny e o segundo em homenagem ao rei, que havia morrido no ano anterior. Bons modelos, pensamos na época. Tive muitos anos para pensar nisso e me pergunto se não era um nome muito turbulento – os dois homens estavam mortos, ambos fortemente ligados à guerra. David tinha morrido em 1941 e foi pelo rei George que ele lutara.

Davey estava no mundo havia cerca de três horas quando minha mãe chegou ao hospital com um buquê de cravos amarelos.

— *As chuvas de abril trazem as flores de maio* — ela disse ao me dar um beijo no rosto, com as flores pressionadas entre nós emanando um brilho de doçura e luz do sol.

Meu pai não estava com ela. Ele havia se internado em um centro de tratamento voluntário para homens com fadiga de combate. Ele escrevia esporadicamente, e me senti culpada ao ficar aliviada quando sua última carta não mencionou nenhum plano iminente de voltar para casa.

— Sorriam — Johnny disse novamente, e minha mãe me abraçou. Olhei para Davey adormecido, ainda sonhando. O amor que eu sentia por ele, aquela coisinha cor-de-rosa, era celestial. E também por minha mãe, que já tinha feito tudo aquilo antes, e havia feito a maior parte sozinha.

— Sua vez — minha mãe disse, e Johnny assumiu o lugar dela ao lado de minha cama. Eu lhe entreguei o bebê, e ele o segurou de maneira hesitante, como eu o havia visto segurar placas de vidro, com suas beiradas cortantes, antes de serem instaladas nas janelas. E nós sorrimos.

— Vou tirar mais uma, só para garantir — ela disse.

Dessa vez, estávamos apenas eu e Davey na foto. Afundei o gorro de tricô na cabeça de meu filho. Meu menino. Ainda achava estranho pensar que ele era meu, que tínhamos feito ele. Enquanto eu sorria para a câmera preta e quadrada nas mãos inexperientes de minha mãe, podia ver de canto de olho que o gorro amarelo de Davey estava subindo cada vez mais. Logo depois do flash, ele escapou.

Na foto, estou sorrindo, e os olhos de Davey, talvez surpresos com tantos flashes, aparecem abertos pela primeira vez.

E aquela fotografia ainda está em minha bolsa.

O primeiro e único beijo de Lenni Pettersson

Um pôster de O *beijo*, de Klimt, estava sobre nossa mesa na Sala Rosa. Eu já tinha visto a obra antes, provavelmente na escola, mas era a primeira vez que a *via* de verdade. Mesmo a gravura não sendo brilhante, o dourado era tão quente que parecia emitir luz. Pippa nos contou sobre os escândalos envolvendo Klimt e suas obras mais antigas, e como aquela, em contraste, havia sido bem recebida. "Representa um abraço romântico", ela disse.

Mas eu discordo totalmente e não acredito que mais ninguém vê. A mulher na pintura está morta.

Ela tem flores no cabelo e está de olhos fechados. E, embora o homem a esteja beijando e puxando-a em sua direção, a expressão dela é vazia. As folhas a seus pés estão se enrolando em seus tornozelos, puxando-a para dentro das flores, na terra, onde agora é seu lugar. A terra está exigindo que ela seja enterrada, e ele está desesperado para ela não ir. Seu beijo é um desejo. Um desejo de que ela ainda esteja viva para ele amar.

Então, pensando em beijos, comecei a desenhar usando canetinhas hidrográficas, porque pareciam irresistíveis no porta-lápis, e, enquanto isso, contei a história a Margot.

Escola de Ensino Médio Abbey Field, Glasgow, 2011
Lenni Pettersson tem catorze anos de idade

Eu tive um professor de Literatura Inglesa que, diz a lenda escolar, beijou uma aluna na festa de formatura. Vejo esses boatos com certa desconfiança, porque outro boato em uma escola vizinha dizia que um professor de Ciências tinha transado com uma aluna no armário de equipamentos de Biologia. Enquanto o esqueleto observava. Nunca consegui tirar a imagem da cabeça – os dois amantes apaixonados se agarrando loucamente sob o sorriso oco e chocado do esqueleto.

Se eu tinha suspeitas a respeito de nosso professor de Inglês, elas aumentaram instantaneamente quando, no meio da aula sobre *Romeu e Julieta*, ele se sentou, fingindo espontaneidade, na beirada da mesa que eu compartilhava com uma menina que nem conhecia, e perguntou à turma:

— Quando sabemos que é certo beijar alguém?

A pergunta foi recebida com um silêncio confuso.

— Quando sabemos que é certo beijar alguém? — ele continuou perguntando durante o ano, como se tivesse algum ressentimento relativo a uma avaliação passada sobre a adequação de um beijo. Sempre que ele perguntava aquilo, meu rosto queimava. Em parte porque eu achava engraçado que os boatos pudessem ser verdadeiros, mas principalmente porque eu não sabia a resposta. Eu nunca tinha beijado ninguém.

Acho que todos têm ideias sobre como será seu primeiro beijo. Por alguma razão, sempre imaginei o meu acontecendo sob uma árvore, com um menino cujo rosto, cabelo e aparência não importavam. A árvore sempre era verde e viçosa, e a grama sob nossos pés era fresca e úmida, e eu sempre estava descalça.

Mesmo tendo essa imagem vívida de como seria, nunca tentei de verdade fazer a visão se realizar; não ficava passeando em parques exuberantes, procurando garotos para beijar.

Então fiquei surpresa quando meu primeiro (e único) beijo não aconteceu como em minha imaginação. Não havia nenhuma árvore nem grama viçosa.

Voltando para casa depois de uma festa que havia terminado quando os vizinhos chamaram a polícia, o grupo de meninas que aceitava minha presença por razões que até hoje não entendo completamente achou que seria divertido invadir a escola. Decidimos que queríamos visitar, naquele momento – em nosso tempo livre e embriagadas de rum roubado do pai de alguém –, o exato lugar do qual normalmente mal podíamos esperar para escapar. Uma festa começou a acontecer embaixo da saída de emergência (se é que se pode chamar de "festa" doze adolescentes ouvindo *drum and bass* no alto-falante de um celular).

Eu não tinha interesse nenhum por ele. Ele não me causava aversão, mas eu sentia por ele a mesma atração que sinto por, digamos, uma cadeira ou uma mesa. No entanto, quando minhas amigas e eu estávamos dançando, ele ficou dançando ao meu lado, colocou as mãos em minha cintura e me perguntou se eu queria ir com ele a um lugar. Então eu fui. Em frente à sala de Ciências, longe dos amigos e da música baixa que ainda podíamos ouvir, ele colocou sua boca molhada sobre a minha, e eu fiz o possível para acompanhar.

Voltei da "festa" caminhando com os pés descalços. Uma das meninas tinha me emprestado sapatos de salto alto, e eu não consegui andar com eles. Ouvi alguém rindo disso. Quando o beijo terminou, tirei os sapatos de salto e os devolvi a ela.

— Pode me devolver segunda-feira na escola — ela disse, mas respondi que ela já podia ficar com eles, pois eu iria para casa descalça de qualquer maneira. Voltei sozinha pelo chão de cascalho, sem nada entre meus pés e o concreto. Na verdade, o chão frio era agradável. Calmante.

Entrei pela porta dos fundos.

Ela estava adormecida à mesa da cozinha.

— Mamãe?

Ajeitei seu cabelo atrás da orelha e tirei a ponta de seus cachos de cima do prato cheio de migalhas de torrada. Seu chá estava frio. O leite tinha formado uma pequena ilha no meio da caneca.

Tentei fazer barulho para ela acordar. Joguei seu chá frio na pia e as migalhas de torrada no cesto de lixo.

Ela nem se mexeu. Respirou fundo.

Guardei a manteiga na geladeira e fechei o vidro de geleia. Depois me virei e olhei para ela por um instante. Ela ergueu os ombros delicadamente. Parecia em paz, mas as sombras sob seus olhos estavam de volta. Haviam começado a assombrá-la novamente depois que ela pedira o divórcio e saíramos da casa do meu pai. Eram como hematomas.

— Beijei um garoto esta noite — eu disse a ela.

Ela não acordou.

— Foi meu primeiro beijo.

Ela continuou dormindo.

— Não foi como eu pensei que seria.

Fui verificar se havia trancado a porta da cozinha. Coloquei o prato e a caneca na pia.

— Achei que sentiria alguma coisa, sabe? Mas foi só estranho. Ele tinha lábios muito molhados.

Ela respirou fundo novamente. Seus sonhos deixavam os cílios agitados.

— Achei que significaria alguma coisa. — Apaguei a luz da cozinha e peguei minha bolsa. — Mas não significou nada.

Ela se mexeu um pouco, ajeitando a cabeça sobre os braços.

— Só achei que você devia saber — eu disse. — Que eu beijei pela primeira vez hoje à noite.

Eu me senti melhor por ter contado a ela.

Fechei a porta da cozinha e subi para dormir.

Agora, meu primeiro beijo vive para sempre no desenho de uma sala de Ciências iluminada pelo luar (acrescentei o esqueleto na janela – mas ele não estava realmente observando... até onde eu sei) feito com canetinha hidrográfica. E, na manhã seguinte, quando meu professor de Literatura colocou a perna sobre minha mesa e perguntou:

— Quando sabemos que é certo beijar alguém?

Minha resposta continuou sendo:

— Eu não sei.

Margot e o homem na praia

Paul da Manutenção começou com uma cobra e depois, passando por alguns personagens da Disney desenhados com muita imprecisão e uma grande cruz celta, chegou ao ás de espadas.

— Desta aqui eu não me lembro — ele disse. — Eu estava em uma despedida de solteiro, e, quando saímos para o restaurante, eu não tinha nenhuma tatuagem no ombro, mas, quando voltamos ao hotel, eu tinha o ás de espadas.

— Você gosta dele?

— Não. Ainda bem que é no ombro, porque não preciso ver. A não ser que esteja olhando minhas costas no espelho.

— O que, imagino, não acontece com muita frequência — eu disse.

— Não. Agora, esta outra — ele disse, puxando a manga da camisa polo para baixo — é minha preferida. — Ele virou o braço esquerdo e, na dobra, havia um bebê de olhos castanhos e apenas uma covinha. — É minha menina — ele disse. — Embaixo da bebê, em caligrafia cursiva, estava o nome "Lola May".

— Parece tão real! — exclamei.

Ele sorriu, pegou a carteira e mostrou uma foto quase idêntica.

— Eu disse para o Sam...

— Sam?

— Ele que fez todos os da Disney.

— Eca.

Paul riu.

— Bem, eu disse para ele: *Você não pode fazer merda desta vez. Quero seu melhor trabalho!*

— E ele acertou em cheio.

— Acertou. Acho que está entre os melhores que ele já fez. — Paul estava extremamente orgulhoso.

— Quantos anos tem a Lola?

— Três. Ela nasceu aqui, sabia? — ele disse. — Foi o melhor dia da minha vida. Ela quer que eu faça uma tatuagem do ursinho Pooh, então pretendo fazer para seu aniversário de quatro anos. Provavelmente na panturrilha, porque estou ficando sem espaço nos braços.

Seu walkie-talkie fez um zumbido alto de estática e alguém disse algo abafado, mas que parecia urgente.

— Ops! — ele exclamou e se levantou. — Vamos, dona encrenca, vou te deixar na Sala Rosa.

Quando nos acomodamos na Sala Rosa, Margot subiu as mangas do cardigã roxo e fixou os olhos no estacionamento, do outro lado da janela.

— É tão estranho, Lenni, pensar que seus pais provavelmente nem tinham nascido quando eu estava naquela praia, e muito menos você.

Ela começou a desenhar. Carvão preto sobre branco.

Praia de Troon, Escócia, novembro de 1956
Margot Docherty tem vinte e cinco anos de idade

Ele sugeriu que saíssemos para caminhar na praia de tal modo que nem pensei em discutir, mesmo que algo entre chuva e neve dançasse diagonalmente do lado de fora.

A praia estava deserta. Para além da areia, a grama alta lutava contra o vento forte. Ficamos em silêncio por um tempo, observando as ondas violentas varrerem areia para o mar.

— Estou indo embora — ele disse.

Achei que fosse brincadeira, mas logo vi que ele estava chorando.

— Estou indo — ele disse. — Preciso sair daqui.

O vento gritava através de mim. Procurei seu rosto em busca de luz do sol. Mas não encontrei.

Ainda morávamos no apartamento, que era apertado e barulhento. Os vizinhos tinham cachorros e brigavam. Mas, o pior de tudo, tinham uma bebê. Os gritos da menina ultrapassavam as paredes e chegavam ao nosso quarto, e nós ficávamos em silêncio, lutando contra o ímpeto de confortar uma pequena vida que não era nossa.

Caminhamos pela praia, não de mãos dadas, mas próximos o bastante para nos tocarmos. Minhas botas afundavam na areia. O ar estava muito mais frio, mas não menos claustrofóbico do que o do nosso apartamento; o vento que nos cercava era forte, jogando meu cabelo no rosto, enchendo minha boca e meus ouvidos com o estrondo dos elementos. Meus dedos haviam se fechado sobre a palma das mãos em um ato de autopreservação. De qualquer modo, não podia mais senti-los. Tínhamos que gritar para nos ouvirmos, e aquilo não combinava comigo e com Johnny. Não éramos gente que grita. Deve ter sido ainda mais difícil para ele gritar ao dizer:

— Simplesmente não consigo, Mar, você... — Ele se conteve.

— Não posso ficar aqui. — Ele secou lágrimas do rosto, e meus dedos se esticaram no instinto de alcançá-lo.

— Por que não? — gritei sobre o barulho das ondas.

Todo o vento do mundo parecia rodopiar à nossa volta e cair no nada. E, por um instante, tudo ficou paralisado.

— Ele tinha seus olhos — Johnny disse em voz baixa.

Margot sorriu com tristeza.

Fechei os olhos e me transportei para lá – para ficar com Margot na praia, tendo a pele cortada pelo ar congelante de novembro que açoitava por meu roupão chegando ao pijama enquanto eu observava a jovem Margot, de casaco marrom, sentada na areia, chorando como se o vento levasse todo o som. Afundei meus chinelos cor-de-rosa na areia molhada e os arrastei para o lado, formando um arco. Um círculo ao meu redor. Margot estava tão diferente, com os cabelos escuros que esvoaçavam. Ela afundou a cabeça na saia e recolheu as pernas, e eu quis tocar nela...

— Vai ficar tudo bem — eu disse.
— Obrigada. — Ela sorriu, e estávamos de volta à Sala Rosa. O restante da turma nos ignorava solenemente. Fiquei me perguntando se Walter e Else haviam nos escutado enquanto desenhavam e pintavam.

Margot pegou o carvão e escureceu a grama no alto das rochas. Então tirou um lenço da manga, mas, em vez de assoar o nariz ou secar os olhos, usou-o para esfumar cuidadosamente as bordas do desenho de Johnny, alto e magro, de costas na pintura, sem rosto.

— Então ele simplesmente deixou você sozinha com o bebê? Eu ficaria furiosa.
— Não, não foi nada disso.
— Mas ele foi embora?
— Foi.
— E onde estava o bebê?

Padre Arthur e a motocicleta

O padre Arthur estava sentado diante do piano eletrônico no canto da capela. Ele pressionou uma tecla e tocou uma nota entediante. Pressionou outra. Depois pressionou as duas juntas. O som não era agradável. Ele suspirou e se levantou.

— Não pare, estava lindo.

— Meu Deus! — Arthur cambaleou e voltou a se sentar no banco do piano, com a mão no peito. — Nunca vou entender como você consegue entrar por aquela porta sem fazer nenhum barulho.

Eu me aproximei do piano.

— Você toca? — perguntei.

— Não. Só estava tirando o pó e resolvi tentar. Nem sei bem por que isso está aqui, na verdade, porque não temos nenhum organista na capela.

Eu me sentei ao lado dele na banqueta do piano e pressionei uma tecla. Parecia uma nota abafada por um cobertor. Pressionei mais algumas.

— Quando se aposentar, pode fazer umas aulas — eu disse.

Ele puxou a capa e cobriu as teclas do piano.

— Talvez — respondeu.

— É para isso que serve a aposentadoria, não é? Para fazer as coisas que você sempre quis, mas nunca teve coragem.

— Então eu devia aprender a andar de moto?

— Você conseguiria subir em uma moto usando esses seus vestidos?

— Não são vestidos, Lenni.

— Não?

— Não! Eu já disse antes. São vestes litúrgicas.

Houve uma pausa, e eu lutei com a imagem do padre Arthur tentando subir em uma motocicleta com suas longas vestes litúrgicas sem mostrar muito as pernas. Depois, a túnica agitando-se absurdamente enquanto ele andava de moto pela cidade usando óculos antiquados, com uma gangue de clérigos montados em Harley-Davidsons atrás dele.

O padre Arthur parecia um pouco triste.

— Na verdade, não vou precisar das vestes litúrgicas depois que eu me aposentar — ele afirmou.

— Você poderia começar a fazer jardinagem. Essas túnicas seriam ótimas para isso. Elas protegem do sol, mas ainda permitem que entre uma boa brisa.

— Não posso cuidar do jardim com minhas vestes litúrgicas!

— Não pode?

— São trajes sagrados.

— São?

— Sim! Não posso usá-las para nada além das obrigações religiosas.

— É uma pena, porque aposto que dariam umas camisolas bem confortáveis.

— Eu prefiro pijamas — ele disse.

O padre Arthur se levantou da banqueta do piano e atravessou a capela – os roxos e rosas do vitral lançavam-se sobre o tapete e, quando ele pisou em uma área roxa e rosa, ficou roxo e rosa por um instante também.

— Então, Lenni — ele começou enquanto pegava uma Bíblia que alguém havia deixado em um banco —, conte-me sobre os seus cem anos.

Levantei a capa do piano e toquei a nota mais aguda e a mais grave ao mesmo tempo.

— Já expomos quinze na parede da Sala Rosa — eu disse.

— Isso é maravilhoso — ele falou. — E Margot?

Pressionei três teclas seguidas, da esquerda para a direita, de modo que as notas foram subindo. O som até que era agradável.

— Ela está bem — respondi. — Ela pinta muito bem. Se eu soubesse que era tão boa, talvez não tivesse concordado em colocar meus desenhos ao lado dos dela para todos verem.

— Lenni — ele disse com suavidade, de alguma parte da capela atrás de mim.

— Então estou escrevendo as histórias. Para compensar minha falta de talento artístico.

Pressionei mais três das teclas pretas.

— Como ela é? — Arthur perguntou.

— Diferente de todos que já conheci — respondi.

Pressionei as teclas rapidamente, de modo que pareciam sinos badalando.

— Acho que o bebê dela morreu — falei.

O segundo inverno

Hospital St. James, Glasgow, 3 de dezembro de 1953
Margot Docherty tem vinte e dois anos de idade

— Não conseguimos falar com o seu marido — disse a enfermeira, sem fôlego ao parar na porta. Não ouvi simplesmente suas palavras, pude vê-las cintilando diante de meus olhos em pontos brancos e pretos. Dava para sentir seus movimentos também. Quando a enfermeira veio em minha direção, o formigamento em meu rosto moveu-se junto com ela.

Cobri um dos olhos com a mão e balancei a cabeça.

— Você está bem? — ela perguntou, chegando mais perto. Depois, hesitou: — Eu quis dizer... Seu olho está bem? — Fiz que sim com a cabeça, ainda com a mão sobre o olho, e desejei que ela saísse, mas ela chegou ainda mais perto. — Tem algo errado com seu olho? — ela perguntou novamente.

Eu me virei de costas para ela, esperando que aquilo a fizesse ir embora, mas não adiantou, e eu não conseguia lembrar as palavras para pedir que saísse.

Ela se ajoelhou na minha frente e senti as reverberações de seu movimento em todo o rosto.

— Olhe para mim — ela disse, e eu obedeci. Sua boca e seu queixo tinham desaparecido, substituídos por um nada cinzento. — Pisque — ela disse, e eu pisquei. Embora ela estivesse na minha frente, parecia muito distante. — Acompanhe a ponta da caneta — ela pediu, e eu tentei, mas a caneta ficava desaparecendo.

— Doutor? — ela disse em tom calmo, mas eu sabia que havia um quê de preocupação em sua voz.

A silhueta de um homem entrou e parou ao lado dela.

— Ela não consegue enxergar — a enfermeira afirmou.

— Estou bem — tentei dizer, mas minha voz saiu arrastada e lenta. Não consegui pronunciar o T, acabei usando um Z. "Ezô ben." Sabia que estava errado, mas não me parecia claro como corrigir. Queria dizer mais alguma coisa, mas não sabia o que era.

O médico fez um ruído interessado e repetiu os passos da enfermeira. Da mesma forma, partes de seu rosto estavam faltando; havia espaços cinza onde sua testa e queixo deveriam estar. E o pouco que eu podia ver piscava como o flash de uma fotografia que ninguém havia tirado.

Ele me mandou abrir e fechar a boca, virar a cabeça. Pediu que eu dissesse meu nome. Eu sabia, estava na minha cabeça, mas não conseguia encontrar formas compatíveis. Queria dizer para eles me deixarem sozinha, que eu estava bem, que meu tempo era precioso, mas não consegui.

De alguma parte, a palavra "isquemia" rastejou como uma cobra sibilante até o meu ouvido.

O S de "isquemia" sibilava como uma cobra, mas eu nunca tinha notado isso antes. Eu me apeguei àquilo e fiquei repetindo o pensamento várias vezes na minha cabeça. Como se estivesse tentando lembrar meu número de telefone. Senti que precisaria daquilo depois. O sibilo da cobra em *issssquemia*. Tão parecido.

— Está sentindo náuseas? — ele perguntou.

Fiz que não com a cabeça. Era mentira. O gosto doce do ácido estomacal já estava preenchendo minha boca. Eu teria pedido um copo d'água se conseguisse me lembrar como fazer.

"Isquemia" rastejou novamente para meus ouvidos como um chiado. *Issssquemia, issssquemia*.

— Não — o médico disse com firmeza. — É mais provável que seja enxaqueca. — As palavras não significaram nada para mim, como se as ouvisse em língua estrangeira. Tentei separá-las em partes para encontrar o sentido. *Encha-a-cueca*.

— E o prognóstico da criança? — o médico perguntou.

— O clínico disse que é uma questão de horas — a enfermeira respondeu.

— Senhora — o médico disse, e eu senti o peso de algo em meu ombro esquerdo, aparentemente uma mão. — Acredito que esteja tendo uma enxaqueca ocular. Já apresentou esses sintomas antes?

Neguei com um aceno de cabeça.

— Pode ser resultado de estresse. Posso administrar algo para a dor, mas vai causar sonolência, e é possível que você durma. Dadas as, hum, atuais circunstâncias, quer que eu faça isso?

— Não — consegui responder. "Não" era uma palavra parecida com "mão". Eram quase a mesma palavra. Talvez fossem a mesma palavra.

— Compreendo — ele disse. — Se sentir vontade de vomitar, tem um recipiente aqui. Os sintomas podem incluir aversão à luz, dor de cabeça intensa e confusão mental. É preciso que nos avise se os sintomas mudarem ou piorarem.

Concordei.

— Vou pedir para a equipe continuar procurando seu marido.

Ele tirou a mão do meu ombro e falou rapidamente com a enfermeira, mas o esforço para decodificar os sons em significados era grande demais.

— Estarei aqui se precisar de mim — a enfermeira disse, e eu a ouvi puxar a cortina ao redor da cama. As pontas de meus dedos estavam formigando quando me inclinei para a frente e senti as beiradas do colchão.

Na minha frente, havia um bebê. Meu bebê. E era hora de dizer adeus.

— Davey — eu disse. Minha língua foi capaz de se lembrar dele quando nenhum outro som parecia certo. Com o que restava de minha visão, pude ver que seus olhinhos estavam abertos. Ele ainda estava pálido, com o corpo todo envolvido com o macacão e a manta. Ele olhou para mim. Que bela visão deve ter sido. Sua mãe cobrindo o olho esquerdo com a mão. Fiquei me perguntando se ele se lembrava das brincadeiras de esconder e se achava que era isso que eu estava fazendo.

Não sei como se diz adeus a uma criança. Não sabia naquela época e não sei agora. Então, em vez disso, conversei com ele. Contei sobre a vida que levaria, o uniforme escolar que usaria, os dias de sol no verão, em que eu o levaria para o parque. Disse que ele trabalharia meio período em uma quitanda e depois se tornaria dono do estabelecimento. Que conheceria uma jovem que entraria para comprar abacaxi, e eles se apaixonariam. Eles se casariam, e eu usaria um chapéu amarelo no casamento. Contei sobre seus três filhos barulhentos e como ele envelheceria com eles ajudando no comércio, usando maçãs para ensiná-los a fazer contas. E seus olhos ficaram fixos nos meus enquanto eu lhe dizia, calmamente, que ele seria incrivelmente feliz e que iria me visitar quando eu ficasse velha e grisalha.

Eu me deitei na cama ao lado dele e beijei seu rosto. Era macio e suave. Aquela havia se tornado uma de suas brincadeiras preferidas, quando eu beijava sua bochecha e fazia cócegas debaixo do queixo. Então fiquei ali, beijando sua bochecha repetidas vezes. E falei sobre meu amor eterno por ele. Que eu o amaria para sempre. Pelo resto de meus dias e mais.

A ausência cinza que dançava em meus olhos ficou mais ampla, até tomar conta de tudo. Onde devia estar o rosto doce de Davey adormecido, não havia nada. Fechei os olhos e fiz um apelo para todos os deuses do Universo que estivessem ouvindo.

Acariciei a cabeça de Davey para que ele tivesse certeza de que eu ainda estava lá e para que eu tivesse certeza de que ele ainda estava lá também. Apoiei a mão em seu pequeno peito e senti o suave movimento de subida e descida de sua respiração. Como podia haver algo errado com seu coração se eu podia senti-lo batendo mais forte do que o meu? Com relutância, fechei os olhos. Deixei as lágrimas caírem em meu braço e na manga da blusa, e acariciei os cabelos de Davey, beijei seu rosto e contei mais histórias sobre o mundo, sobre florestas, e animais, e estrelas.

Quando acordei, a enxaqueca tinha ido embora.

Davey tinha ido embora também.

Lenni

— Lenni, está me ouvindo?
— Lenni, fale conosco, querida.
— Lenni?
Havia uma cama sob mim; ouvi mais vozes.
— Está tudo bem, Lenni, estamos aqui. Fique calma.

Parte 2

Lenni

Sempre que tomo anestesia geral, tenho os sonhos mais vívidos. São tão vívidos que, no passado, fui acusada de inventá-los. Lembro que contei a uma menina em outro hospital, em outro país, sobre meu sonho, e ela não acreditou. Este sonho, no entanto, é incrível e parece estar durando muitos dias. Tem um polvo e somos melhores amigos. Ele é roxo, e tudo é radiante e extraordinário. E consigo ouvir uma música maravilhosa.

Margot e o diário

Olá, Lenni, é a Margot.

Senti a sua falta.

Sua enfermeira de cabelo vermelho veio à minha ala ontem. Ela disse que você havia pedido, antes de te levarem para a cirurgia, que me entregassem seu diário. Disse que você escreve nele o tempo todo e suspeita de que pode haver alguma história sobre ela. Ela disse que você queria que eu escrevesse algo.

Estou honrada por me confiar seu diário, mas você deveria saber que o aceitei apenas como um empréstimo. Se for uma herança, então não quero saber dele, mocinha.

Você vai tirar essa cirurgia de letra, sei disso. Nada te assusta. O contrário de mim.

Mas aqui vai uma história para você ler quando acordar:

Esta semana, na Sala Rosa, pintei o primeiro lugar em que morei que realmente amei. Era sujo e desordenado. Como acontece com as melhores personalidades.

A pintura está bem fiel. Sei que meu velho professor de artes da escola teria dito que a perspectiva não está muito correta e que o telhado dá a impressão de estar com a inclinação ao contrário, mas fiquei feliz com o resultado mesmo assim. A versão de mim que vive em minha lembrança, a versão de mim que vive naquele apartamento minúsculo, é muito mais parecida com você do que comigo.

Ela começa, como todas as minhas histórias até agora, na Escócia.

De Glasgow para Londres, fevereiro de 1959
Margot Docherty tem vinte e oito anos de idade

Quando fiz vinte e oito anos, só restava meu pai. Minha mãe havia falecido quando eu tinha vinte e seis. E era como se eu tivesse ficado órfã quando ela se foi. A fadiga de combate – isso tem outro nome hoje em dia – tinha corroído meu pai até ele não deixar nem que eu me sentasse ao lado dele. Mas eu me sentei quando recebi a ligação. Ele já estava morto, mas me sentei ao lado dele no hospital e memorizei seu rosto. Sussurrei desculpas e desejos de boa sorte na jornada e senti um desligamento. Estava olhando para o último fio de minha corda bamba, as brasas abafadas de minha única vela, o último bote salva-vidas. E ele se foi – arrebentou, extinguiu-se, zarpou.

Foi triste, mas também libertador. Eu não era mais de ninguém. Uma mãe sem filho e uma esposa sem marido, uma filha sem pais, com uma pequena herança e sem endereço fixo.

Eu podia ir para qualquer lugar. Percebi que estava livre para começar de novo, e não perdi aquela semente de esperança até desembarcar na plataforma suja da estação de Euston, determinada a encontrar meu marido. A única pessoa que restava.

Comecei com a polícia. Era bem cedo; eu tinha dormido no trem, mas me sentia confusa. Meus dentes tinham uma camada viscosa quando eu passava a língua sobre eles. E, depois de ter sentido a viscosidade, não conseguia parar de fazer aquilo. Já tinha chupado meio pacote de balas de hortelã, mas ainda estava com mau hálito.

Quando saí da estação para a rua iluminada e vi as fileiras de carros e ônibus vermelhos, as pessoas se empurrando a caminho do trabalho, tive a impressão de que as malas que eu carregava eram as únicas coisas que me prendiam ao chão.

Pedi a um homem de chapéu informações sobre como chegar à delegacia de polícia mais próxima e, depois de me perder por várias ruas idênticas, encontrei. E entrei, não me permitindo parar nem por um segundo, por medo de desistir e voltar.

Havia uma secretária atrás de uma mesa e uma fileira de cadeiras manchadas. No trem, eu havia ensaiado na cabeça o que diria. "Meu nome é Margot Docherty; estou procurando uma pessoa desaparecida. Meu marido, Johnny."

"Como você foi perder seu marido?", seria a primeira pergunta, eu tinha certeza.

Estava errada. A primeira pergunta nem foi uma pergunta, mas uma instrução para eu me sentar e preencher um formulário.

Eu me sentei. De cara, o formulário esperava mais de mim do que eu podia dar. Qual era o meu nome? Eu sabia aquilo, mas e meu endereço? Naquele momento, meu endereço era Delegacia de Polícia de Holborn, Londres. Mas onde eu morava? No apartamento que eu tinha acabado de desocupar em Glasgow? Qual era minha relação com a pessoa desaparecida? Éramos casados? Será que ainda éramos? E se ele tivesse se casado com outra pessoa depois que partiu? Quando eu o havia visto pela última vez? E onde? "Alguns anos atrás, em uma praia" contava? Ou era uma informação tão inútil quanto parecia? Qual a aparência dele? Será que ainda era magro? Ainda usava o cabelo dividido no meio e penteado para os dois lados? E por que eu estava procurando por ele em Londres?

Àquela última pergunta eu podia responder: porque, muitos anos antes, ele estava deitado ao meu lado com as mãos na minha barriga e disse que, antes de o bebê nascer, ele queria conhecer a cidade. Nunca a conhecemos.

Minhas mãos estavam suando, e a caneta escorregou. Peguei-a e sequei os dedos molhados na saia. Olhei para a recepcionista para ver se havia alguém livre para falar comigo, mas ela fez que não com a cabeça.

Refleti sobre mais algumas perguntas, fatos óbvios sobre ele que eu deveria saber, mas não sabia. Coisas como altura, histórico de saúde, emprego. Com as poucas informações que eu podia lhes dar sobre Johnny, era praticamente como falar de um estranho.

— O que está fazendo? — ela perguntou. Eu não tinha ideia de que havia alguém ao meu lado, mas lá estava ela. Era mais jovem que eu, mas não muito. Usava um vestido estampado azul e verde, e parecia que seus cabelos loiros não eram lavados havia dias. E ela parecia completamente confortável exatamente onde estava naquele momento.

— Hum, eu...

— O que tem nas malas? Um corpo? — Ela riu e limpou a maquiagem debaixo dos olhos, onde havia duas linhas escuras borradas sob os cílios inferiores. — São drogas?

— Não, é...

— Bombas?! — ela perguntou, e depois, olhando em volta e vendo que as pessoas da sala de espera estavam nos encarando, chegou mais perto de mim e sussurrou: — *Bombas?*

— Não! — respondi e derrubei a caneta no chão novamente.

— Aqui está. — Ela me entregou a caneta. Suas muitas pulseiras fizeram um barulho metálico quando ela ajeitou o cabelo atrás da orelha. — Desculpe por te assustar.

— Você não me assustou — respondi. E, embora ela *não* tivesse me assustado, fui tomada de repente por uma vontade de chorar. Estava exausta, recém-enlutada e prestes a preencher um relatório de desaparecimento de um homem que mal sabia descrever. Um homem que não estava realmente *desaparecido*, mas que eu não conseguia encontrar, porque sua mãe havia morrido e seu irmão se mudara sem deixar o novo endereço. Um homem que tinha me prometido a própria vida. Um homem de quem eu sentia profunda falta e, ao mesmo tempo, não sentia falta nenhuma.

Ela recostou na cadeira, cruzando os braços finos diante do corpo. Passou as mãos pelos cabelos e enrolou uma mecha no dedo.

Voltei minha atenção ao formulário. Sabia a data de nascimento de Johnny, pelo menos era alguma coisa. Depois havia um campo – "motivo de estar preenchendo o relatório". Metade do formulário ainda estava em branco. Preenchi aquele campo com um redundante: "Eu não sei onde ele está", depois me dei conta de que poderia parecer petulante e risquei a resposta.

— O que está fazendo? — ela sussurrou. Cheirava a perfume e álcool.

— Estou... — Eu não conseguia explicar, então simplesmente mostrei-lhe o formulário na prancheta.

— *Relatório de pessoa desaparecida* — ela leu. Suas sobrancelhas se ergueram. — Quem desapareceu? — Quando fui responder, ela perguntou: — Não foi você, foi? Seria incrível! Preencher seu próprio relatório de desaparecimento e depois desaparecer... Meu Deus, é brilhante. Quero fazer isso um dia. — Seus olhos cintilaram.

— Meu marido — eu disse, com a sensação de que estava falando pela primeira vez em dias.

— Ah! — ela exclamou e, por algum motivo, eu lhe contei a história. A maior parte dela. Omitindo uma importante pessoinha.

— Sente falta do seu marido? — ela perguntou quando terminei.

— Não sei — eu disse. — É a única pessoa que me resta.

— Mas quer passar muito tempo com ele quando o encontrar?

— Não, eu...

— Quer viver com ele?

— Bem...

— Está feliz por ser definida por ele?

— Definida?

— É, você sabe, veio até aqui só por causa dele. Seu atual propósito é ele. Ele define você. — Ela parecia irritada com isso.

— Só queria ver um rosto familiar — eu disse a ela, percebendo no mesmo instante que aquela era a verdade.

— Coloque isso no formulário, então — ela respondeu. — Eles vão agilizar bastante a busca se souberem como é urgente que seja encontrado.

O formulário vazio ficou me encarando, indecifrável.

— O que vai fazer depois que entregar isso?

— Não sei — respondi.

— Tem onde ficar?

— Não. — Senti o calor subindo por meu rosto.

— Isso que é ter coragem — ela disse. E eu me perguntei se era mesmo.

— Não sei — repeti, sentindo cada vez mais que estava prestes a chorar.

— Quer saber o que estou fazendo aqui? — ela perguntou. Não respondi, mas ela me disse três coisas. Primeiro, estava esperando seu amigo Adam, que tinha acabado de ser preso por invadir o laboratório de testes em animais de uma universidade. Segundo, estava esperando para ver se seria presa pelo mesmo crime. E, terceiro, estava me oferecendo uma cama para passar a noite assim que as questões número um e dois estivessem resolvidas.

Depois, ela me aconselhou a rasgar o formulário e me "libertar". A princípio, achei que era gíria para algo sexual, mas, na verdade, aprendi muito depois, era um convite para me manter afastada do marido que havia fugido de mim e, em vez de ir atrás dele, despedir-me dele e desejar que passasse bem.

A resolução das questões um e dois levou muito mais tempo do que imaginávamos, e minha mão permaneceu sobre o relatório de pessoa desaparecida até o papel ficar enrugado devido ao suor da palma. Um homem cuja bicicleta havia sido roubada e um policial tropeçaram em minhas malas, xingando e questionando o que eu estava fazendo ali, respectivamente.

Quando Adam saiu da cela, sem as algemas, minha nova companheira vibrou e foi silenciada e ameaçada pelo policial que entregou a Adam seus pertences e lhe disse, em palavras que não devo repetir, para ir embora.

— Um homem injustiçado foi libertado — ela disse. — É motivo para comemorar. — Fiquei me perguntando se ela estava citando Shakespeare. — Este é Adam. Conheça nossa fugitiva escocesa, Margot.

Ele apertou minha mão, que ainda estava suada, e notei que ele sutilmente limpou a mão dele na calça jeans.

Fomos para a rua, onde o sol tinha um brilho fraco.

— Ah — ela disse, como se tivesse esquecido. — Eu sou a Meena.

Estávamos na rua, já tínhamos nos afastado da delegacia havia algum tempo, quando me dei conta de que ainda estava segurando a prancheta com o relatório de pessoa desaparecida.

— Ah, eu esqueci! — Apressei-me na direção da delegacia de polícia, mas Meena foi atrás de mim e, quando chegamos bem na porta, ela colocou a mão em meu braço e me segurou.

— O que está fazendo? — ela perguntou.

— Não posso roubar a polícia!

— Eles podem reaver a prancheta — ela disse —, mas não isto. — Ela pegou o papel. — Entregue para o destino — afirmou.

Em seguida, amassou o formulário, apertou-o bem na palma das mãos e o arremessou, espetacularmente, na lixeira.

Lenni e a Sala Rosa

Margot veio em minha direção tão rapidamente que parecia apenas um borrão roxo. Envolveu-me em um abraço apertado, e eu senti seu perfume de lavanda.

— Você está bem? — perguntei.

Senti-a respondendo que sim com a cabeça.

— Cuidado — alertou a Enfermeira Nova, mas era tarde demais para fazer qualquer coisa, pois Margot já estava pressionando meus pontos recém-adquiridos.

— Senti tanto a sua falta! — ela disse.

Toda a turma estava olhando para mim. Mas não deixei que desviassem minha atenção da coleção de pinturas e desenhos que Margot havia acumulado em minha ausência. Eram tão bons que soltei um xingamento. Pedi desculpas pelo linguajar, mas ela não pareceu se importar. Acho que eu poderia escapar impune de muita coisa aquele dia, porque ela estava simplesmente muito feliz por eu não estar morta.

Pippa foi diretamente até mim logo que terminou de explicar à turma como misturar azuis e verdes para as pinturas abstratas do oceano que todos foram incumbidos de fazer.

— Lenni — ela disse. — Não vou te abraçar. — Ela apontou para o avental todo respingado de tinta verde. — Como está se sentindo?

— Bem, obrigada — respondi.

— E está tudo bem agora? — ela perguntou.

Fiz que sim com a cabeça, sem dizer nada a ela, nem uma palavra, sobre o que havia acontecido durante meu breve afastamento da Sala Rosa. Mesmo que ela estivesse apenas tentando ser gentil, era um pouco irritante que as pessoas quisessem saber tudo, inclusive detalhes da cirurgia. Exatamente *quão* perto da morte você está.

— Bem, é ótimo tê-la de volta. — Pippa sorriu.

Quando ela se afastou, Margot olhou em meus olhos, e eu tive a sensação de que, naquele momento, ela estava guardando para si uma pergunta sobre as duas pessoas com quem eu costumava tomar aqueles cafés da manhã elaborados. Uma pergunta que ela queria fazer, mas sabia que eu não responderia.

As coisas que pintamos naquele dia foram secundárias. As histórias que contamos foram secundárias também. Nada tinha muita importância, exceto o fato de eu estar na Sala Rosa, com Margot ao meu lado.

Lenni e o Festival da Colheita

A Enfermeira Nova estava sentada em seu lugar preferido, à beirada da minha cama. Não como as outras enfermeiras fazem às vezes, uma tentativa meio conciliatória e desconfortável de parecer casual que acaba parecendo falsa. A Enfermeira Nova não estava fingindo estar confortável. Ela estava confortável. Tinha pegado um travesseiro extra para poder recostar nas barras da extremidade da cama sem se machucar. E então tirou os sapatos e se acomodou de pernas cruzadas, com o cardigã nos braços para ficar mais aconchegante. Ela garantiu que a cortina estivesse fechada à nossa volta para que pudéssemos ter privacidade. Pelo menos na medida do possível.

Seu cabelo ainda era vermelho-cereja, mas estava um pouco mais longo do que quando nos conhecemos. *Quanto tempo faz?*, eu me perguntei. Vendo aquela cor, fiquei com vontade de tomar refrigerante de cereja – sentir a efervescência do gás na língua, o gosto de remédio da época da escola e das idas à banca de jornal.

Ela ajeitou uma mecha do cabelo vermelho-cereja atrás da orelha. Queria saber tudo, qualquer coisa. Queria saber o que eu achava de seus cuidados. Na verdade, acho que ela queria saber se estava sendo convincente como enfermeira. Eu disse que ela era a única enfermeira do hospital a quem eu diria de olhos fechados que era minha preferida.

— Acha que algum dia vai voltar? — ela perguntou.

— Para a Suécia? — Pensei a respeito. — Provavelmente não.

— Sua mãe está lá, não está? — ela perguntou, e notei que a Enfermeira Nova tinha um pouco de sotaque, mas não consegui identificar de onde. Se eu tivesse nascido aqui, saberia.

— Está — contei a ela. — Mas ela seria o motivo de eu não voltar. — Percebi o rosto da Enfermeira Nova ser tomado por preocupação e sua boca formar um sorriso estranho. — Se eu voltasse para a Suécia, não seria para procurar minha mãe. Mas, sabendo que ela mora lá, seria impossível *não* a procurar. Se eu visse uma mulher de cabelo escuro passar por mim, olharia seu rosto para ver se não era o da minha mãe. Eu acabaria procurando por ela sem querer. E não quero fazer isso.

A Enfermeira Nova abriu a boca para perguntar algo, mas fui mais rápida.

— De qualquer modo — eu disse —, se eu saísse daqui, há muitos outros lugares que eu visitaria primeiro.

— Para onde você iria?

— Paris, Nova York, Malásia, Rússia, Finlândia, México, Austrália, Vietnã. Nessa ordem. E depois continuaria viajando. Sem parar, até morrer.

— Por que Rússia?

— Por que não?

— Eu nunca conseguiria viajar sozinha — ela disse. — Não sou corajosa.

— Nem eu!

Ela olhou para mim, encarando-me de maneira tão penetrante que desviei o rosto.

— Lenni — ela disse calmamente —, você é a pessoa mais corajosa que eu conheço.

— Por quê?

— Você simplesmente é — ela respondeu, e nosso momento se desfez.

— Morrer não é algo corajoso — eu disse. — É algo do acaso. Não sou corajosa, apenas não estou morta ainda.

A Enfermeira Nova esticou as pernas, de modo que ficaram paralelas às minhas, como trilhos de trem. Suas meias combinavam dessa vez; eram cor-de-rosa, com estampas de cupcakes. Tentei imaginar como era sua vida fora do hospital – sua casa, seu carro, sua gaveta de meias.

— Ainda te acho corajosa — ela afirmou em voz baixa.

— Se você fosse viajar, eu te acharia corajosa também — eu disse a ela.

Ela tirou uma caixinha vermelha de passas do bolso do vestido e abriu a tampa. Colocando o dedo no espaço apertado, pegou uma passa enrugada e colocou na boca.

— Aposto que vão amar você na Rússia.

Às vezes, lido com outras enfermeiras além da Enfermeira Nova; elas têm nomes e rostos, mas vão e vêm como um borrão. Seus cabelos não vermelhos gritam conformidade, e a prática de me dar o mesmo tanto de atenção que dão a todos os outros é irritante. Elas nunca param para comer passas em minha cama tarde da noite. Não verifiquei, mas aposto que nenhuma delas tem meias com estampa de cupcakes. Eu não as culpo, é claro – elas são as carcereiras e nós somos os prisioneiros. Se chegarem muito perto, as linhas que dizem quem está preso e quem está livre podem se confundir.

De qualquer modo, depois que a Enfermeira Nova saiu, foi uma das outras enfermeiras que trouxe diversos jornais e revistas que haviam sido doados. Peguei direto a *Christian Today*, assim teria assunto para conversar com o padre Arthur da próxima vez que o visitasse. A principal manchete prometia me contar sobre "A mensagem de Cristo no Festival da Colheita". A capa mostrava várias crianças pequenas com sorrisos largos atrás de uma fileira de alimentos enlatados. Parecia muito a Natividade, mas com uma lata de feijão no lugar do menino Jesus.

Fiquei imaginando se o padre Arthur estaria empilhando latas de feijão no altar da capela do hospital. Ou se talvez todas as suas doações fossem compostas de comida de hospital, e a capela estaria cheia de bandejas de plástico com torta de carne estragada, arroz-doce e suplemento alimentar sabor laranja. Porém, se Arthur fosse contar com doação de alimentos de cada pessoa que visitasse a capela, não haveria nenhuma doação além da minha. Mais uma vez, me dei conta de que ele precisava de minha ajuda. Eu lhe faria uma visita e ajudaria com o Festival da Colheita; talvez conseguisse reunir um grupo de crianças para uma foto com algumas latas de atum.

Desde que passei aquele tempo com o polvo, algumas coisas estão mais difíceis do que antes. Quando perguntei no posto de enfermagem se poderia ir até a capela, duas enfermeiras discutiram a questão. Surgiram as palavras "infecção" e "sistema imunológico" na conversa. Fui mandada de volta para minha cama.

A princípio, não insisti. Mas então, cerca de uma hora depois, quando me sentei e fiquei balançando os pés na beirada da cama, pensando em meu polvo roxo e olhando fixamente para a capa da *Christian Today*, eu me dei conta de que não tinha tempo para ser tão passiva. Quase não ter tempo sobrando gera certa ansiedade em meu peito.

Fui até o posto. A enfermeira Jacky, cujo rosto azedo se virou para o meu, disse:

— Não quero saber, Lenni, estamos muito ocupados hoje.

— O que ela quer? — Sharon perguntou, dobrando a jaqueta no braço.

— Ir à igreja — Jacky disse.

— Aff. — Sharon revirou os olhos, pegou sua caneca e seu almoço e se preparou para sair. — Até amanhã, querida! — ela disse para Jacky.

Quando Sharon foi embora, Jacky se virou para mim.

— Você precisa voltar para a sua cama, Lenni.

— Mas eu estou morrendo.

Jacky olhou nos meus olhos.

— Estou morrendo — eu disse novamente, mas ela nem deu atenção.

Já era dia, então havia pessoas circulando – funcionários da manutenção levando quantidades imensas de roupa de cama para a lavanderia, visitantes com muitas camadas de roupa para o clima tropical do hospital, pessoas de idade praticando caminhada nos corredores.

— Estou morrendo — eu disse mais alto.

Jacky não olhou para mim.

— Já expliquei que não tem ninguém disponível para te levar à igreja hoje. Há outras quinze pessoas nesta ala que precisam de cuidados e atenção. Agora pare de passar vergonha e volte para a sua cama.

A pele dela era enrugada ao redor da boca, mostrando os primeiros sinais de envelhecimento de uma fumante regular, mas imaginei que, debaixo de sua pele, não houvesse nada além de granito – pedra dura que calor nenhum era capaz de derreter e luz nenhuma era capaz de clarear. Se alguém arrancasse a pele dela, poderia gravar seu nome naquela pedra.

Eu poderia ter voltado para a cama. Em teoria. Mas, na prática, meus pés estavam pesados, atraídos por uma força maior do que eu para ficar onde estavam. Fugia ao meu controle. Meu corpo estava tomando uma posição, e eu tinha que ficar com ele. Somos uma equipe. Às vezes.

— Podemos discutir isso depois — ela disse.

Mais gente estava olhando para nós.

— Quero visitar o padre Arthur — insisti.

Ela olhou em volta para ver se conseguia algum reforço – um médico que estivesse de passagem ou outra enfermeira serviria.

— Não vou mais discutir isso. Tenho muita coisa para fazer. — Então ela voltou para a planilha em seu computador. Clicando e arrastando, clicando e arrastando e depois pressionando a tecla "delete" várias vezes rapidamente. *Rá*, pensei, *você cometeu um erro*.

Acho que ela esperava que, se me ignorasse por bastante tempo, eu iria embora. Como uma vespa. Mas eu não podia ir. Ela clicou e arrastou mais algumas vezes e, mesmo olhando fixamente para a tela, dava para saber que sua visão periférica estava em mim. Fiquei ali, imaginando se, com meu cabelo claro e pijama cor-de-rosa, eu parecia uma criança de filme de terror. Ela clicava e digitava, e eu esperava.

Finalmente, Jacky voltou a olhar para mim. Desta vez, com fogo nos olhos.

— Quer saber de uma coisa? Se você não sair deste balcão agora mesmo, vou chamar o segurança.

— Não quero ficar neste balcão. Quero ir até a capela para falar com o padre Arthur.

— Já disse que vai ter que esperar.

— Não tenho tempo! — Soltei um resmungo de frustração que chamou a atenção de alguns pais que passavam.

— Para ser sincera, Lenni, eu também não tenho tempo — ela afirmou. — Não tenho tempo para o seu drama e não tenho tempo para essa sua cena ridícula.

— Mas você *tem* tempo.

— O quê?

— Você ainda deve ter uns bons quarenta anos pela frente. Bem, talvez seja mais para vinte e cinco ou trinta, se continuar fumando, mas mesmo assim tem mais tempo que eu.

Sem meu consentimento, uma lágrima escapou de meu olho e decidiu sair sozinha pelo mundo, rolando pelo meu rosto e caindo no chão. Esperei que ela continuasse rolando pelo caminho, chegasse até a capela, encontrasse o padre Arthur e lhe contasse que eu estava sendo feita prisioneira.

— Já chega! — ela exclamou, pegando o telefone e discando três números. Esperou e esperou. Outra lágrima renegada caiu no chão, em busca de sua colega. — Segurança na Ala May, por favor — ela disse quando alguém finalmente atendeu do outro lado. — Tenho uma paciente obstruindo o posto de enfermagem. — Ela esperou mais um pouco e disse com severidade: — Certo. — Então desligou. Eu não falei nada.

Ela remexeu em alguns papéis sobre a mesa e tirou a tampa de uma caneta marca-texto verde. Quando começou a grifar coisas no papel, tive certeza de que estava apenas fingindo fazer algo para parecer que eu não a estava irritando nem um pouco.

— Posso ir até a capela agora? — perguntei. — Eu vou sozinha, se estiver ocupada.

— O mundo não gira ao seu redor, Lenni — ela disse. — Sei que alguns funcionários te dão tratamento especial, mas você é igual a qualquer outro. A única diferença é que dá o dobro de trabalho para todos.

— Isso não é verdade — eu disse, mas sem fornecer nenhuma evidência do contrário.

— Ridículo — ela disse baixinho.

Outra lágrima escorreu.

Quando o segurança do hospital não apareceu, fiquei me perguntando se ele odiava Jacky tanto quanto eu estava começando a odiar. Foi ótimo. Sabotou sua necessidade de lidar às pressas comigo, então fiquei ali, recusando-me a secar as lágrimas dos olhos. Nitidamente pensando a mesma coisa, Jacky pegou o telefone outra vez.

— Oi, é a Jacky da Ala May — ela disse. — Eu chamei o segurança...

O interfone para visitantes, funcionários e outros prisioneiros da Ala May tocou, e uma figura alta com uniforme de segurança surgiu na porta. Ele não devia ter mais de vinte e cinco anos.

As lágrimas saíram do meu controle, rolando por meu rosto e pingando na blusa do pijama. Meu nariz resolveu entrar na dança também, escorrendo por cima do lábio superior.

— Ei — ele disse. — Você está... bem?

— Quero ir até a capela para falar com o padre — eu disse.

— Com licença...? — Jacky disse a ele com aspereza.

— Sunil. Mas todos me chamam de Sunny. — Ele estendeu a mão, mas Jacky não o cumprimentou.

— Fui eu que chamei você — Jacky disse. — Essa paciente está obstruindo meu posto de enfermagem.

— Quero ver meu amigo — falei, com mais lágrimas correndo por meu rosto.

Sunny alternou o olhar entre mim e Jacky e depois repetiu o movimento.

— Eu levo ela — ele disse alegremente.

Parecia que Jacky ia explodir.

— Não — ela disse. — Ela precisa esperar. Eu disse para ela esperar.

O segurança parecia perplexo.

— Não tem problema nenhum.

— Não podemos ter uma regra para *ela* e outra para todos os outros. — Jacky afundou a tampa da caneta verde na palma da mão.

— Tem mais alguém que queira ir à capela? — Sunny perguntou.

— Porque posso levar todo mundo, não me importo. — Ele sorriu.

A crueldade de estranhos não costuma me incomodar, mas a gentileza de estranhos é estranhamente destruidora. Quando Sunny me perguntou de novo se eu estava bem e se ofereceu para me levar aonde eu quisesse ir, comecei a chorar de verdade.

— Eu chamei você para acompanhar essa paciente de volta para a cama — Jacky disse. — Se não puder fazer isso, vou encontrar alguém que possa.

Sunny olhou para mim. Ele não parecia disposto a me tirar dali fisicamente. Deu um passo em minha direção e disse:

— Nesse caso, mocinha, você se importaria em *me* acompanhar até sua cama?

Concordei e funguei. Comecei a andar, e ele foi legal o bastante para ficar um passo atrás de mim, de modo que todos pensassem que eu estava mostrando o caminho.

Cheguei à minha cama, de onde ainda dava para ver Jacky e o posto de enfermagem. Ela estava com o pescoço esticado para poder ver se eu havia obedecido. Como uma garça procurando uma minhoca no gramado. Eu me sentei na beirada da cama, e ela se virou, satisfeita.

Sunny fechou as cortinas para que Jacky não pudesse me ver.

— Mantenha a cabeça erguida — ele disse.

* * *

Quando enfim reuni energia para fechar toda a cortina ao redor de minha cama, bebi quase uma jarra inteira de água. Não queria me deitar, porque não queria ficar confortável. Ficar confortável significaria ceder. Eu não queria que Jacky, que certamente não conseguia me ver, pensasse que eu estava conformada com sua decisão ou com minha detenção.

Fiquei ali sentada por uma ou duas horas tentando decifrar o motivo de minhas lágrimas. Seria por meus planos terem sido frustrados? Por eu não ter ido visitar Arthur? Por Jacky não se importar por eu estar morrendo? Pelo fato de eu estar morrendo? Ou talvez, percebi, eu estivesse chorando porque vivo em um lugar onde estar morrendo não torna ninguém especial.

Então uma voz do outro lado de minha cortina sussurrou no silêncio:

— *Lenni?*

— Padre Arthur?

— É o padre Arthur — ele respondeu.

— Padre Arthur?

— Sim.

— Pode entrar!

Ele entrou em meu cubículo como se estivesse em uma espécie de paródia de uma missão da Segunda Guerra Mundial.

— Sunny foi falar comigo — ele sussurrou.

— Você conhece o Sunny?

— Sim. Nós nos conhecemos no churrasco inter-religioso do hospital no verão passado. Ele é um jovem adorável, você não acha?

— Acho.

— Bem, ele foi falar comigo porque uma paciente da Ala May estava chateada porque não podia visitar a capela. — Arthur se aproximou da beirada da cama meio sem jeito e sorriu. — Acho que só tem uma pessoa neste hospital inteiro que planejaria falar comigo deliberadamente, e essa pessoa é você, Lenni.

— Só queria falar sobre o Festival da Colheita.
— Festival da Colheita? — Ele franziu a testa.
— Andei lendo sobre isso.
— Mas o Festival da Colheita é em setembro...

Olhei para a capa da *Christian Today* que estava na minha mesa de cabeceira. Ele deve ter visto também, porque esticou o braço e pegou a revista, verificando a data.

— Então não estamos em setembro? — perguntei.
— Não — ele disse devagar, parecendo preocupado comigo.

Eu ri, ele riu. Mas aí, sem que eu tivesse tempo suficiente para impedi-las, mais lágrimas começaram a rolar.

— Lenni, o que foi? — ele perguntou.
— Eu nem sei mais.

Ele me ofereceu um lenço amarelo. Eu nunca tinha visto ninguém usar um lenço de pano na vida real, apenas em filmes. O lenço ficou pairando no ar entre nós, como um fantasma de primavera.

— Está limpo — ele disse. — Eu juro.

Peguei o lenço e o abri em um quadrado perfeito, depois enterrei o rosto nele. Era absorvente e tinha cheiro de igreja. Era como chorar na barra da melhor túnica do papa.

— Obrigada por ter vindo — eu disse, embora minha voz estivesse abafada.
— Acredito que seja para isso que servem os amigos.

Margot e a garrafa

Meena não tem nada a ver com o que eu imaginava. Margot encontrou uma fotografia na última sacola de coisas que trouxeram para ela da casa de repouso. Ela é etérea. Seu cabelo loiro é mais claro do que eu imaginava, a pele é mais pálida, os olhos são mais redondos. Há um quê de elfo em suas orelhas.

Margot deixou a foto na mesa, entre nós, enquanto pintava a garrafa mais verde que já se viu.

Londres, março de 1960
Margot Docherty tem vinte e nove anos de idade

Meu pai morreu no inverno. O dia estava escuro, frio e cruel. Ainda assim, dias depois de conhecer Meena e, constrangida, ir morar em seu quarto e sala enquanto seu agora ex-companheiro de apartamento empacotava furiosamente o restante de suas coisas, já era verão. Foi verão desde o dia em que a conheci.

Estávamos nos arrumando para uma festa. Eu estava sentada no chão, tentando passar rímel na frente do espelho que tinha caído da moldura e ficava apoiado na frente da lareira. Aquilo proporcionava um espaço para nos maquiarmos e também bloqueava a corrente de ar que saía da lareira quebrada. Havia um pombo que arrulhava de vez em quando dentro da chaminé.

Meena tinha colocado um disco para tocar, e a agulha ficava presa toda hora. Michael Holliday cantava apenas *"Every time I look at you, falling stars come into view"*[2] e surgia um barulho de disco arranhado que o calava. Quando a faixa pulou, eu me assustei e arranhei a parte

---

[2] Em tradução livre: Toda vez que olho para você, vejo estrelas cadentes. (N.E.)

interna da pálpebra com a escovinha do rímel. Pisquei loucamente, e lágrimas se acumularam em meus olhos, fazendo com que rios de rímel preto escorressem por meu rosto. Suspirei.

— Margot, quando foi a última vez que se divertiu?

Meena me perguntou isso cerca de uma semana depois que passamos a dividir o aluguel. E não fui capaz de responder. A primeira lembrança que me veio à mente foi correr com Christabel. Apenas correr. Eu não conseguia me lembrar de onde vínhamos nem para onde íamos, só me lembrava de correr e rir até perder o fôlego. E de nossas sandálias batendo no asfalto.

— Está se divertindo? — ela perguntou naquele momento.

Eu me virei para ela, e meu rosto deve ter me entregado. Eu sempre ficava nervosa antes de festas grandes. Embora eu conhecesse muitos amigos de Meena, não conhecia todos e tinha a sensação de ter invadido a vida de alguém. De que eu deveria estar em Glasgow, no salão de uma igreja vazia, participando de uma reunião para mães enlutadas, encharcando um lenço de lágrimas e abraçando o ursinho de pelúcia do meu Davey.

— Aqui está. — Uma garrafa flutuava diante de meus olhos. — Tome um pouco disto — ela disse.

Peguei da mão dela. Era uma garrafa fina com frutas modeladas no vidro, rótulo em espanhol e o líquido verde mais vivo que eu já havia visto.

— O que é isso?

— Não faço ideia — ela respondeu.

— Então por que comprou?

— Não comprei. O Professor que me deu.

O Professor era o chefe de Meena. Ela trabalhava como datilógrafa em uma faculdade de Medicina. Sua colega da universidade, também datilógrafa, havia me recomendado para meu novo emprego na Biblioteca de Londres. Meena me disse que ela trabalhava para o Professor com o objetivo de reunir informações sobre testes em animais na faculdade de Medicina. Mas seu amigo Adam me contou em outra festa que ela estava lá havia tempo suficiente para saber tudo que precisava saber. E então ele ergueu as sobrancelhas e saiu andando.

Ela foi consertar a vitrola enquanto eu abria a garrafa e tomava um gole cuidadoso da bebida alcoólica verde luminosa. Parecia que todas as peras do mundo haviam sido destiladas dentro daquela única garrafa.

Ela esperou. Tomei mais alguns goles generosos.

Meena subiu na cama e deu tapinhas na colcha como se eu fosse um cachorro que ela estivesse chamando para se sentar ao seu lado. Ela se posicionou na minha frente, nós duas estávamos de pernas cruzadas, de modo que nossos joelhos quase se tocavam.

— Agora, feche os olhos — ela disse. Por um instante, não fechei. Os olhos azuis de Meena tinham certo brilho que, com suas orelhas de elfo, a faziam parecer travessa. Como se ela fosse aprontar alguma coisa, mesmo que estivesse apenas sorrindo.

Ela abriu o zíper de sua bolsa de maquiagem com estampa infantil da Família Mumin, e eu fechei os olhos.

Notei que ela se aproximou de mim e pude sentir seus cílios em minha pele.

Ela limpou o rímel de meu rosto com um lenço de papel e algo cremoso com perfume de lavanda. Senti que ela passava sombra em minhas pálpebras e blush nas bochechas. A pincelada era tão suave que me deixou arrepiada.

Então ela remexeu na bolsa, procurando alguma outra coisa. Começou a desenhar em meu rosto. A princípio, parecia que estava sombreando minhas sobrancelhas, mas depois senti o lápis passando por cima da sobrancelha e ao redor do olho. Senti que circulava meu olho e traçava uma linha reta do alto das bochechas até embaixo.

— O que você está fazendo? — perguntei.

— Fique parada — ela disse. E eu obedeci. Senti um pincel úmido preenchendo as formas que ela havia desenhado, mas a essa altura eu já não conseguia mais entender o que ela estava fazendo. Por um breve momento, ela me puxou para mais perto e deu para sentir seu perfume almiscarado e o licor de pera em seu hálito.

— Pronto! — ela disse. Abri os olhos e tive a sensação de estar acordando. — O que acha?

Desci da cama e fui me olhar no espelho.

Ela tinha desenhado uma flor em mim. Meu olho direito era o miolo azul, e em volta dele havia pétalas cor-de-rosa com a borda branca. Um caule verde enrolava-se por minhas bochechas recém-pintadas de rosa e parava ao chegar ao queixo.

— Eu...

— Não se preocupe, vou fazer em mim também — ela afirmou.

— Agora vá se trocar e beber mais um pouco, temos que sair logo.

Nós nos sentamos no fundo do ônibus. Ambas com flores pintadas no rosto. Meena tinha levado a garrafa de licor de pera e bebia enquanto o ônibus balançava pelas esquinas na escuridão.

Um som alto de reprovação veio de uma senhora sentada no corredor. Ela estava carregando sacolas lotadas de uma liquidação de loja de departamento.

— Algum problema? — Meena perguntou em um tom de voz agradável, porém firme.

A mulher estufou o peito. Se fosse um pombo, suas penas estariam arrepiadas.

— Você parece uma *idiota* — ela disse. — Vocês duas. Tenham um pouco de vergonha na cara.

Meu estômago revirou. O ônibus desacelerou e parou em um ponto. Descemos e começamos a caminhar. Meena estava na minha frente, então aproveitei a privacidade para puxar a saia para baixo, tentando fazer com que a barra cobrisse um pouco mais minhas coxas.

— Pare com isso — Meena disse, sem se virar.
— Parar com o quê?
— De se sentir constrangida.
— Mas eu *estou* constrangida. Não devia ter me vestido assim. Eu sou mã... — Interrompi a mim mesma antes de dizer a palavra com M. — Eu devia ter mais noção.

Ela então parou, e eu a alcancei. Ela olhou para mim com muita atenção pelo que pareceu um segundo além do necessário.
— Você se importa, não é? — ela perguntou.

Pelo modo como ela disse, eu não sabia se aquilo era uma coisa boa ou ruim.

Quando não respondi, Meena disse:
— Aquela mulher deve ter entre sessenta e sessenta e cinco anos.
— E daí?
— E daí que isso significa que nasceu entre 1895 e 1900. Ela foi criada por vitorianos. Imagina ser criada por pessoas que não podiam mostrar nem os tornozelos e chegar ao fim da vida vendo televisão, cercada por mulheres de minissaia... — Ela fez uma pausa. — Você está se divertindo? — perguntou. Ela analisou meu rosto e disse com um sorriso torto: — Ah, mas logo vai começar.

Ir a uma daquelas festas era como submergir na água. Meus ouvidos se enchiam do som da música e das conversas. E tudo parecia ficar calmo e suave. O licor de pera havia deixado minhas extremidades dormentes, de modo que eu não conseguia sentir quase nada enquanto vagava pela casa. Estava me movimentando mais lentamente do que deveria e as pessoas que passavam, dançando ou andando, pareciam estar flutuando também. Eu podia sair pela casa alegremente, passando pelos grupos de pessoas que conversavam e dançavam, com a sensação de que estava espiando um outro mundo, que eu podia observar, mas do qual não participava. Podia flutuar para a cozinha e assistir a pessoas olhando nos armários, abrindo baús e procurando pérolas; podia nadar até a sala e ver pessoas dançando. Estava suspensa, porém livre.

Encontrei Meena no corredor. Ela estava de mãos dadas com um homem que usava um chapéu horroroso.

— Está se divertindo? — ela gritou.

— O quê? — Eu mal conseguia ouvi-la.

Ela chegou mais perto e praticamente gritou em meu ouvido:

— Está se divertindo?

— Estou!

Depois de várias horas nadando, conforme as ondas de pessoas se esvaíam pela porta principal, a casa voltou a ser uma casa. Não era mais meu oceano particular. Fui procurar por Meena e a encontrei no jardim dos fundos, segurando um cigarro a poucos centímetros da boca e observando, desinteressada, enquanto um homem que reconheci como seu ex-companheiro de apartamento, Lawrence, gesticulava como louco e dizia algo que nitidamente era uma acusação.

Saí para o jardim frio.

— Sabe, uma coisa que realmente me irrita... — Lawrence disse.

Estreitando os olhos, Meena tragou o cigarro.

— ... é que você nem se importa — ele afirmou.

— Você tem razão. Eu não me importo — ela disse, soltando a fumaça e sorrindo ao mesmo tempo, parecendo um dragão chinês.

Lawrence jogou as mãos para o alto em um gesto de derrota frustrada e passou por mim, entrando na casa. Meena estava fumando. Ela parecia tão calma e imóvel que tive a sensação de que deveria deixá-la sozinha.

— Está ouvindo isso? — ela perguntou.

Tentei prestar atenção. Dava para escutar risadas vindas da sala, para onde a maré havia levado os últimos convidados da festa.

— Ouça — ela disse.

Então jogou o cigarro na grama e caminhou até a extremidade do jardim. Fui atrás dela e, quando cheguei no fundo do jardim, onde havia uma fileira de árvores escuras, consegui ouvir também. Parecia o som de um bebê chorando.

Não me lembro de muitas coisas, mas logo estávamos do outro lado da cerca, no jardim do vizinho. A grama estava alta e cheia de lixo – havia uma banheira de ferro antiga no meio do mato e um cortador de grama enferrujado. Uma boneca sem braços estava jogada no gramado, olhando para mim com olhos arregalados.

O som, que parecia o choramingo de uma criança, tinha cessado. Andamos pela grama alta na direção da fileira de árvores nos fundos do terreno. E então o vimos, atrás de um galpão caindo aos pedaços, acorrentado pelo pescoço ao tronco de um olmo. Quando ele nos viu, soltou um ganido.

— Ai, meu Deus — Meena suspirou. E, dirigindo-se ao cachorro, falou, em um tom de voz baixo e calmo: — Ei, amigo. — E ela se agachou e rastejou na direção dele. O cachorro soltou um ganido agudo.

Meena chegou mais perto enquanto eu observava de longe.

— E se ele morder? — perguntei.

— Ele não vai morder, vai, amigo? — Ela estava quase perto o suficiente para tocar nele. Ele levantou os olhos tristes e chorou. Tinha um corte infeccionado no focinho. Uma linha grossa de carne rosada com bordas escuras.

Quando chegou bem perto, Meena se abaixou ao lado dele e estendeu a palma da mão. O cachorro cheirou e ficou olhando para ela. Sua coleira de couro estava presa à corrente que o amarrava à árvore, e rodeando todo o seu pescoço havia um anel de pele exposta devido às tentativas de se soltar.

— Você é um bom menino, não é? — ela perguntou, e ele a deixou acariciar o topo de sua cabeça, fechando os olhos e inclinando a cabeça na direção dela. A cada respiração, dava para ver suas costelas.

— Gostaria de vir com a gente? — Meena perguntou, voltando a acariciar a cabeça do cachorro. O rabinho curto balançou uma vez, depois duas. — Roger?

— Ele se chama Roger?

— Bem, ele precisa de um nome — ela disse. — Por que não Roger? — Então vi algo prateado na mão de Meena.

— O que é isso? — perguntei. — É um canivete?!

— Nunca se sabe quando vamos precisar. Eu deixo na bota — ela respondeu. Depois, acariciando a cabeça de Roger, ela disse com muita seriedade: — Fique parado. — Roger olhou para ela com seus grandes olhos castanhos.

Com cuidado, Meena cortou a coleira de couro.

— Está tudo bem, garotão — ela disse calmamente enquanto ele chorava devido à pressão da coleira em seu pescoço.

Quando ele foi solto, virou-se para Meena e lambeu suas mãos. Foi seu gentil agradecimento.

Assim que passamos Roger pela abertura na cerca, demos água para ele em um pote vazio de sorvete napolitano e um pouco de carne que havia na geladeira do dono da casa. Lá dentro, a festa continuava, mas não nos importamos, pois agora estávamos em nossa própria festa com três participantes.

— É melhor levarmos ele ao veterinário — eu disse enquanto caminhávamos, com o cão ao nosso lado, pela lateral da casa até o jardim da frente.

Meena concordou, guardando o canivete suíço de volta na bota esquerda.

Mas, quando abri o portão, o cachorro saiu correndo como um foguete, arranhando o asfalto com as unhas compridas. Ele rapidamente desapareceu de nossa vista.

— Espere! Roger! — gritei.

— Shhh — Meena disse. — Se os donos dele estiverem em casa, é melhor darmos uma vantagem a ele.

— Mas...

— Ele vai ficar bem sozinho — ela disse. — Ele precisa ser livre.

✶✶✶

Quando voltávamos para casa, Meena começou a sentir ânsia de vômito. Ela não vomitou, no entanto; apenas ficou curvada num canteiro na calçada, não muito longe de nossa casa.

— Estamos quase chegando — eu disse, acariciando seu cabelo.

Fazendo barulho, subimos as escadas até o banheiro compartilhado. Quanto menos eu disser sobre o estado daquele banheiro, melhor. A parte interna do vaso sanitário estava permanentemente manchada de marrom, como se alguém o estivesse usando para fazer chá.

Assim que abrimos a porta, Meena correu para o vaso, soltou um arroto e vomitou no vaso.

Dei a descarga para ela, passei um pouco de água fria na mão e a coloquei em sua testa.

— Ugh — foi só o que ela conseguiu dizer antes de começar tudo de novo. Seu corpo estava tenso enquanto ela vomitava.

Fiquei com ela e, quando terminou, nós duas nos sentamos no chão, apoiadas na banheira. Não demoraria para que os rapazes do apartamento em cima do nosso tivessem que se aprontar para o trabalho.

Então ela se ajoelhou e inclinou a cabeça sobre o vaso, segurando os cabelos na altura da nuca. Nada aconteceu e ela apenas cuspiu.

Pouco depois, Meena, com a cabeça ainda inclinada sobre o vaso sanitário, suplicou:

— Me conte alguma coisa.

— O quê?

— Me conte alguma coisa que eu não saiba.

Parei para pensar.

— Nunca conheci ninguém como você.

— Isso eu já sabia. Conte algo que eu não saiba.

— Acho que eu te amo.

Ela se virou. Seus olhos encontraram os meus, e aquilo fez minhas canelas formigarem. E nós nos olhamos por um instante antes de ela sentir ânsia novamente, o corpo todo convulsionando enquanto ela vomitava um líquido verde-vivo no vaso sanitário.

Lenni e Margot e coisas que não se diz

— Lenni, você não pode dizer isso! — sussurrou a Enfermeira Nova. — Jacky vai me matar. Ela vai matar todo mundo!

— Ela também vai te matar por dizer que ela vai matar os outros.

A Enfermeira Nova cobriu a boca com a mão.

— Como ficou sabendo sobre nossa discussão? — perguntei.

— Ah, eu tenho minhas fontes. — A Enfermeira Nova deu um tapinha no nariz com a ponta do dedo. Depois se sentou. Seus ombros caíram, o sorriso desapareceu, e ela ficou olhando fixamente para mim com uma expressão examinadora que às vezes usa quando está tentando não chorar. — Foi mesmo tão ruim assim?

Parei para pensar. Sim, eu chorei. Sim, eu fiz certo papel de idiota, mas não foi *tão* ruim. Foi mais constrangedor do que qualquer outra coisa.

— O segurança foi muito legal — contei a ela.

— Jacky disse que você chorou.

— Pois é.

— Eu nunca te vi chorar — ela disse.

— Consegui ver o padre Arthur no fim, de qualquer modo.

— Conseguiu?

— Ele veio aqui escondido depois.

— Vou fingir que não ouvi isso — ela disse.

Eu sorri.

— Lenni — ela voltou a falar, ainda investigando, talvez com esperança de que eu me abrisse. Talvez querendo testemunhar algumas das fabulosas lágrimas que ainda não tinha visto. — Foi tão ruim assim?

— Eu só estava tendo um dia ruim.

A Enfermeira Nova assentiu. Mas queria mais. Pessoas são assim.

— A Jacky vai ser demitida? — perguntei.

Ela desviou os olhos, virando-se na abertura da cortina que envolvia minha cama em direção à luz fria do corredor.

— Ela se encrencou por isso?

— Não posso dizer. — Ela continuou olhando fixamente para o posto de enfermagem, onde um dos rapazes da manutenção fazia uma técnica de enfermagem gargalhar.

— Você gritou com ela?

— Não posso dizer.

Tive a sensação de que ela provavelmente *havia* gritado com Jacky, porque notei uma sombra de um sorriso no canto de seus lábios.

— Já reservou suas passagens? — perguntei.

— Passagens?

— Para a Rússia.

— Ainda não.

— Por que não?

Ela me lançou um olhar que, supostamente, deveria me dizer tudo. Mas não me disse nada. Então voltei ao meu papel de menina doente e falei que estava cansada.

Um pouco descontente, ela desceu da minha cama e calçou os tênis brancos. Amarrou os cadarços em silêncio e fechou a cortina ao redor da minha cama. Eu não estava nem um pouco cansada. Bem, não mais do que o normal. Só queria deixá-la um pouco ansiosa e puni-la por ficar de segredinhos ao obrigá-la a passar o resto de seu intervalo no posto de enfermagem. Talvez assim ela tivesse um pouco mais de consideração por mim e percebesse que irritar as pessoas apenas com o trailer da história não é uma boa maneira de manter as amizades.

Eu me deitei para reforçar a fachada de que estava cansada e, quando abri os olhos, descobri que já era quase de manhã. Uma manhã em que Margot foi até minha ala e esperava nervosamente perto de minhas cortinas meio abertas.

— Lenni — ela disse baixinho. — É o meu coração.

— O que foi? — sussurrei, ainda um pouco confusa devido ao sono.

— O motivo de eu estar aqui é o meu coração.

Eu me sentei na cama. Fora do contexto da Sala Rosa, ela parecia minúscula.

— Ah. Sinto muito. Eu gosto do seu coração. Acho que é o melhor de todos.

— Só achei que, já que contamos tudo uma à outra, eu deveria te contar o que há de errado comigo.

Fiz sinal para Margot se aproximar, e ela se sentou ao meu lado na cama.

— Eles não podem dar um jeito? — perguntei, aliviada ao ver que ela não estava chorando. Na verdade, ela estava calma.

— Acho que não — ela disse. — Mas estão tentando, graças a Deus. — Ela sorriu, e foi como se a luz do sol iluminasse seu rosto por um momento.

Lenni e o carro

— Onde está o seu pai, Lenni?
— Onde está o seu pai, Lenni?
— Onde está o seu pai, Lenni?

Margot me perguntou três vezes, e três vezes eu não respondi. Então acho que ela ficou surpresa quando comecei a falar, no meio da pintura de uma fileira de carros pequenos como pontos. Vermelho, prateado, azul, branco.

— Acho que Meena estava certa — eu disse a Margot.
— Sobre o quê?
— Sobre não ir atrás dos outros.

Margot franziu a testa.

— O que ela te disse quando você estava procurando o Johnny, sobre deixar alguém começar uma nova vida sem sentir a necessidade de segui-lo. Deixar as pessoas que precisam partir partirem. Permitir que sejam livres.

Hospital Glasgow Princess Royal
Lenni Pettersson tem dezesseis anos de idade

A sala do médico era muito escura, mas atrás de sua mesa havia uma janela grande. Na metade de cima, dava para ver o céu nublado e, na metade de baixo, dava para ver o estacionamento do hospital. Os carros eram brilhantes como frutinhas silvestres. Aquilo fazia eu me sentir muito distante do mundo, e imaginei que o médico tivesse precisado organizar seu consultório de modo que a mesa não ficasse de frente para janela, ou ele passaria o dia hipnotizado pelo estacionamento.

— Peço desculpas por estar tão escuro aqui dentro — ele disse. — Foram instaladas novas luzes com sensores de movimento, mais ecológicas, mas parece que as minhas não estão funcionando. Passei a mão na frente do maldito sensor pelo menos umas vinte vezes, mas não aconteceu nada.

A escuridão tornava a janela ainda mais atraente.

Meu pai e eu nos sentamos nas cadeiras de plástico diante da mesa do médico. A nova namorada do meu pai, Agnieszka, ficou na sala de espera, parecendo assustada. Eu gostava dela para o meu pai – era racional, porém terna, e o fazia rir, o que era algo que ele raramente fazia sem supervisão. Eu gostava da ideia de que eles pudessem ter uma vida juntos.

— Então, srta. Pettersson, posso chamá-la de Linnea? — o médico perguntou.

Meu pai respondeu:

— Ela atende por "Lenni".

E exatamente ao mesmo tempo, eu disse:

— Todo mundo me chama de "Lenni".

— Tudo bem — ele disse. — Lenni, então. Bem, recebemos os resultados de todos os seus exames, Lenni. — Ele clicou algumas vezes com o mouse do computador e, quando a tela se acendeu, emitiu um brilho esverdeado que iluminou seu rosto.

Ele clicou, moveu a tela e ficou olhando para ela por alguns instantes, provavelmente tentando criar coragem para dizer o que disse em seguida. O médico respirou fundo e declarou:

— É o que temíamos.

Tentei imaginá-lo em casa, debaixo dos lençóis com a esposa, um bom livro e uma caneca de sopa de carne – temendo por mim, uma garota de dezesseis anos que havia visto só uma vez, que devia ser uma das centenas de pacientes que ele atendia toda semana. Imaginei-o jogando squash e parando, errando uma raquetada, enquanto temia pelos resultados de meus exames. Imaginei-o roendo a unha do polegar enquanto saía do estacionamento todos os dias, durante as últimas duas semanas em que esperamos os resultados dos exames. Temendo por mim.

Ele parecia destemido agora, ao começar a explicar terminologia, procedimentos, limitações e tempo.

Enquanto tudo isso acontecia, eu olhava pela janela, vendo um carro vermelho entrar de ré em uma vaga. Observei as luzes se apagarem quando a motorista desligou o motor e a vi sair com uma sacola pesada e algo branco. Eu a vi trancar a porta e atravessar lentamente o estacionamento, na direção do hospital. Depois vi o carro azul ao lado do carro dela dar ré com cuidado, e um carro branco parar para dar espaço para o carro azul sair.

O médico virou o monitor para mostrar alguns resultados de exames para meu pai, mas meu pai tinha ficado cinza. Seus olhos estavam fixos na mesa à nossa frente, e ele não estava respirando.

Enquanto o médico continuou falando sobre cirurgias, e estágios, e ossos, as luzes do consultório se acenderam.

Margot em apuros

Londres, julho de 1964

Margot Docherty tem trinta e três anos de idade

Meena e eu voltamos à delegacia onde havíamos nos conhecido cinco anos antes. Só que dessa vez estávamos algemadas, e Meena, pela primeira vez desde que a conheci, estava em silêncio. Embora ela fosse sete anos mais nova que eu, sempre a admirei. Ela era minha guia por Londres e pela vida. Sempre sabia o que fazer. Mas agora eu me dava conta de que, na verdade, ela talvez não tivesse ideia do que estava fazendo.

Esperamos, com um policial de cada lado, para registrar nossa detenção. Eu estava me esforçando muito para não olhar nos olhos de ninguém na sala de espera. Tentei chamar a atenção de Meena, mas ela estava olhando fixamente para o chão, mordendo o lábio. Um dos policiais que nos escoltava disse ao colega quando ouviram meu sotaque:

— Irlandesa.

Eu disse a eles que era da Escócia, e ele murmurou:

— É tudo a mesma coisa.

— Nome e endereço — disse a mulher no balcão.

Meena, falando pela primeira vez desde que havíamos sido detidas, murmurou:

— Catherine Amelia Houghton.

Meu estômago revirou. Ela tinha dado um nome falso. Eu não podia acreditar que ela havia mentido para a polícia com tanta serenidade, dando o nome à mulher do balcão sem nem interromper o contato visual. Meena não teria problemas pelo que fez, porque alguém que não existia, Catherine Amelia Houghton, teria no lugar dela.

Eu me dei conta de que não sabia o que fazer. A qualquer momento, seria minha vez de falar. Será que deveria mentir também?

O que aconteceria quando descobrissem que não estávamos usando nossos verdadeiros nomes? Senti vontade de vomitar.

A mulher do balcão se virou para mim.

— Nome? — ela gritou.

Decidi então dizer que me chamava Harriet – nome de uma velha amiga de minha mãe –, mas, quando tentei falar, o som que fiz foi algo entre meu nome verdadeiro e o novo codinome, mais ou menos como "Marghaarrie".

— Como?

Tentei engolir a saliva, mas minha boca estava muito seca.

Meena olhou para mim como se quisesse dizer "Você enlouqueceu?".

— O nome dela é Margot — Meena disse a ela. Ela estava me entregando. Tentei engolir novamente, mas não conseguia manter nenhuma umidade na boca.

— Por que estamos sendo detidas? — Meena perguntou.

O policial riu.

— Você por acaso é advogada, meu bem?

Meena não parecia ser advogada. Lembro-me claramente da roupa que ela estava usando naquele dia – um vestido vermelho estampado com mangas largas e um par de sandálias de couro velhas que ficavam com um cheiro péssimo sempre que ela as tirava. Enquanto esperávamos, ela, por nervosismo, fez várias trancinhas nos longos cabelos. Era obcecada por sardas, mas não tinha nenhuma, então passou a desenhá-las com lápis de olho. Certamente não parecia ser advogada.

— Está querendo ser mais do que é? — perguntou o outro policial. Ele olhava para Meena como se ela estivesse nua.

Ela, em sua defesa, não deu atenção a ele e repetiu a pergunta que havia feito.

— Relaxe — o policial disse em um tom grave que fez os pelos de meus braços se arrepiarem.

Eles nos colocaram em celas individuais. Eu tentei fazer contato visual com Meena enquanto era conduzida, mas ela ainda não queria olhar para mim. A cela fedia a urina, e eu não queria tocar em nada, então fiquei andando de um lado para o outro e tentei organizar o que deveria dizer, o que a polícia já devia saber, e depois tentei cruzar com o que eu achava que Meena, ou *Catherine Amelia*, diria a eles.

Se eu dissesse toda a verdade, seria mais ou menos assim: por volta de uma da manhã, enquanto eu estava de vigia do lado de fora do prédio de Biociências, Meena, Adam, Lawrence e mais alguns amigos de Meena invadiram o laboratório de Medicina da universidade onde Meena trabalhava. Bem, eles não invadiram. Usaram uma chave que Meena havia conseguido por trabalhar como datilógrafa para o Professor, que também era chefe do departamento de Medicina da referida universidade. E lá foram eles, em uma missão para libertar centenas de camundongos que viviam em suas próprias celas. Sem conseguir encontrar ou libertar os camundongos, eles rabiscaram com tinta vermelha uma exigência pelo fim dos testes em animais nas paredes do laboratório. Saquearam o escritório, abriram a janela para que não parecesse trabalho de gente lá de dentro, voltaram para me pegar, e retornamos à sede não oficial do grupo, o pequeno apartamento de Meena, onde brindamos com uma garrafa de vinho tinto quente. Havia pedacinhos de rolha flutuando na superfície da bebida.

Para ser completamente sincera, não fiz aquilo pelos camundongos, por mais que me importasse com suas vidinhas. Fiz por Meena.

Não me sentei nem uma vez na cama que havia na cela; continuei andando de um lado para o outro, repassando várias vezes na cabeça o que eu diria. Bati duas vezes na porta e gritei pedindo um pouco de água, mas ninguém veio. O que restava de minha saliva tinha virado saburra em minha língua.

Era um domingo de manhã. Em outra vida, eu estaria sentada ao lado de Johnny e Thomas entre as paredes frias e reverberantes da igreja de Santo Agostinho. Estaria entediada, tentando me distrair contando as flores pintadas nas janelas de vitral. Estaria tentando ver se conseguia me lembrar da letra dos hinos sem olhar no hinário. Estaria olhando feio para Johnny por chutar as canelas de Thomas quando ele cantava alto e desafinado em seu ouvido de propósito. Estaria esfregando as mãos enluvadas uma na outra para tentar impedir que ficassem dormentes. Mas, em minha vida atual, minha nova vida, eu estava sozinha em uma cela de prisão. Sozinha na cela e sozinha no problema também, porque algo me dizia que *Catherine Amelia* nunca se deixaria conter por muito tempo.

Tentei imaginar o que as pessoas da igreja pensariam de mim se pudessem me ver naquele momento. Andando na companhia de gente com quem eu não deveria ter a sorte de andar. Desfrutando do tipo de diversão que eu não tinha direito de desfrutar, quando deveria estar na Escócia, de luto.

A porta se abriu, e eu vi um par de olhos me encarar.

— Margot — o policial disse, pronunciando o T. — Está acordada, querida?

Fiquei aliviada a ponto de quase chorar ao ver que havia um copo de água sobre a mesa da sala de interrogatório. Bebi com voracidade e tive que secar a boca com as costas da mão. Os dois policiais que haviam nos prendido tinham ido embora e, no lugar deles, havia um oficial de polícia estressado e acima do peso, usando um terno marrom. Sua camisa de botões estava quase estourando, e dava para ver sua barriga peluda entre os espaços abertos. Ao lado dele, havia um oficial uniformizado muito mais novo que parecia um coelho.

— Lydia? — perguntou o oficial gordo.

— Não — respondi. — Desculpe. Meu nome é Margot... Docherty.

Eu me levantei para sair, mas ele fez um sinal para mim.

— Sente-se, sente-se. — A sala de interrogatório era pequena e tinha cheiro de chulé.

— Margot, Margot, Margot — ele disse baixinho, mexendo na pilha de papéis que havia à sua frente. — É a letra de uma música?

— Acho que sim — respondi, desesperada para concordar com ele. Se existia mesmo uma música assim, eu ainda não conhecia.

— Certo — ele disse, pegando uma folha de papel coberta por garranchos. — Ah, sim, a invasão à universidade. — Eu podia sentir meu coração acelerado. Ele apertou "gravar" no aparelho com microfone. — O que você sabe sobre a recente invasão à faculdade de Medicina na Edward Street? — ele perguntou.

— Sim — respondi. Minha boca estava seca novamente.

— Sim? — ele disse, irritado.

— Desculpe. Qual era a pergunta?

— Onde você estava na noite passada?

— Onde você acha que eu estava.

— E onde eu acho que você estava? — O policial se inclinou para a frente na cadeira, e as partes expostas de sua barriga encostaram na mesa.

— Lá. Na faculdade de Medicina.

— Aham — ele disse. E esperou, e eu esperei. — Prossiga.

— Eu estava de vigia.

— Vigia? Então não fez um trabalho muito bom.

Ele riu, e o policial coelho, ao notar, juntou-se a ele com uma gargalhada falsa.

— Estou brincando — o policial disse, secando o olho. — A invasão tinha todas as marcas de sua gangue. Feita com desleixo, malsucedida, mas, nesse caso, contou com conhecimentos que apenas alguém com informações privilegiadas poderia ter. — Seu tom havia mudado e tinha um quê de surpresa fingida. — O que nos levou à encantadora srta. Houghton, com quem já tive o prazer de me encontrar várias vezes. E, quem diria? Ela *trabalha* como datilógrafa do chefe do departamento de Medicina. E cá estamos.

Não entendi se aquilo havia sido uma pergunta.

— Então você admite ter feito parte de um grupo organizado pela srta. Houghton?

— Sim.

— E aceita que esta confissão a envolve em um ato criminoso?

— Sim.

— E reconhece que destruiu a propriedade de uma instituição de ensino?

— Não participei dessa parte — afirmei. Ele parecia irritado, então acrescentei: — Mas sim.

O policial recostou na cadeira.

— Gostou do tempo que passou na cela hoje?

— Não.

— Compreende que, se esse caso for a julgamento, você pode enfrentar uma sentença de até sete anos de prisão?

Meu coração parecia estar batendo mais rápido do que eu podia acompanhar. Tentei respirar.

— E então? — ele perguntou.

— Sim — respondi em voz baixa.

Ele anotou algo no papel à sua frente e entregou ao outro policial.

— Para sua sorte e a de seus amiguinhos, o chefe do departamento de Medicina da universidade pediu que não levássemos essa questão adiante.

Eu não sabia exatamente o que ele estava querendo dizer.

— Você precisa assinar essas declarações; vamos coletar suas digitais para o nosso arquivo, e você será solta com uma advertência. Entendeu?

Fiz um sinal com a cabeça.

— Sim.

Então ele olhou bem dentro de meus olhos e disse:

— Que essa seja a última vez que nos encontramos, srta. Docherty.

O policial coelho levantou para me levar para fora da sala de interrogatório.

— É senhora, e não senhorita. Não sei se isso impor...

— Espere um pouco — disse o oficial de polícia. — Senhora? Quem é seu marido? Ele participou disso?

— Não, senhor.

— Hum. Por que não? — ele perguntou.

— Ele... Eu não... — Devia haver um modo de fazer com que aquilo parecesse menos lastimável. — Eu não sei onde ele está.

O policial gordo ficou intrigado.

— Está dizendo que ele é uma pessoa desaparecida?

— Não. Não, ele... Ele me deixou — respondi.

— Ah. — O oficial de polícia já não estava mais intrigado. Ele riscou algo no papel. — Está liberada. Obrigado.

Ele não parecia agradecido.

Quando saí da delegacia, o dia ainda estava quente. Estreitei os olhos e os protegi com a mão. Que horas seriam? O que havia acabado de acontecer? Senti que o homem que passou por mim vestindo um elegante terno marrom sabia que eu tinha sido presa. Senti que aquilo estava escrito na minha testa.

— Você foi solta! — Meena comemorou, correndo em minha direção com um cigarro pendendo entre os lábios. Ela me envolveu com os braços finos e riu. — Foi o Professor! Ele retirou a queixa! Um verdadeiro herói!

Minha desorientação devido ao sol forte e aos cheiros da rua não era nada em comparação à minha desorientação em relação a Meena. Ela parecera perplexa quando fomos presas. Agora simplesmente parecia imperfeita. Como podia achar graça naquilo?

— Nunca mais — eu disse. Minha voz saiu rouca, arranhando a garganta.

— *Breaking rocks in the hot sun!*[3] — ela cantava.

— Nunca. Mais.

Saí andando e ela andava a passos largos ao meu lado.

— *I fought the law and the law won!*[4]

---

3 Em tradução livre: quebrando pedras no sol quente! (N.E.)

4 Em tradução livre: eu lutei contra a lei e a lei venceu! (N.E.)

Fiquei em silêncio, jogando minha fúria no asfalto por meio dos saltos dos sapatos.

— Nunca mais — repeti. — Recebi uma advertência. Meena, isso não é... espere. — Eu parei. Ela parou. Eu a encarei. Ela jogou o cigarro em um arbusto que havia ao seu lado.

— O que foi? — ela perguntou.

— Seu nome. Por que disse um nome falso a eles?

— Nome falso?

— Amelia Catherine Houghton?

— *Catherine Amelia* Houghton — ela corrigiu.

— O que é isso? Um nome que você usa quando vai presa?

— É o meu nome. — Ela ficou olhando para mim como se eu estivesse louca. — Achou que Meena era meu nome verdadeiro? — Ela riu de novo. — Acha que minha mãe, irlandesa e católica, tinha me dado o nome de Meena Star?

— Então *Meena* é o nome falso?

— É meu novo nome. Apenas ainda não fui mudar. Sorte que te salvei de dizer que você se chamava Marjorie ou sei lá o quê. Eles acabariam com você por isso.

Ela começou a andar na minha frente e, quando se virou, abri um pequeno sorriso. Foi tão bobo. Eu morava com aquela garota havia cinco anos e não sabia o nome dela. Eu não era a única pessoa me reinventando em Londres. Na verdade, a pessoa que eu mais queria ser era, ela mesma, uma invenção.

— O que mais eu não sei? — perguntei.

Ela esperou até eu a alcançar.

— Você é uma idiota — ela disse, rindo.

E me segurou pelos ombros e beijou meus lábios.

Um homem passou entre nós, usando o chapéu para nos afastar. Em voz baixa, mas alto o suficiente para ouvirmos, ele disse uma única palavra:

— Sapatas.

Vinte e cinco anos

Vinte e cinco anos de nossas vidas estavam sobre as mesas da Sala Rosa.

Um balde de metal no chão de um abrigo antiaéreo; uma mesa posta para um café da manhã frio, porém extravagante; os olhos assombrados de um esqueleto testemunhando um primeiro beijo; e um bebê de gorro amarelo. Vinte e cinco histórias que haviam aguardado pacientemente dentro de nós, agora prontas para serem penduradas, admiradas, celebradas, destruídas. O que vai acontecer com as pinturas depois que terminarmos não me interessa muito.

— Está incrível — Pippa sussurrou.

— Ainda não está terminado — afirmei, parada em frente à minha pintura de Benni, o porco de pelúcia, e julgando a artista por sua falta de talento. Com todas elas reunidas, de repente me pareceu que encher a sala, nossas mentes e nossos pensamentos com mais setenta e cinco lembranças podia ser impossível. Havia anos de minha própria vida que eram um pouco vagos e *devia haver* anos de que Margot não se lembraria. E também há o espectro avultante e inoportuno de nossas mortes iminentes.

— Mas olhe para isso! — Pippa exclamou. — Já parece alguma coisa... Vocês criaram *alguma coisa*.

— Um quarto de alguma coisa.

— *Lenni* — Margot disse gentilmente.

Olhei nos olhos dela, mas ela se virou para a imagem à sua frente. Eram Margot e o homem na praia, capturados a partir de uma lembrança mais velha que minha mãe. O que as pessoas iam pensar, fiquei imaginando, se vissem aquilo em uma galeria? Será que adivinhariam algum detalhe?

Caminhamos entre as imagens por mais um tempo. Passei pelo casamento de Margot, meu primeiro dia no ensino médio, uma granada em cima de uma colcha florida. Parecia impossível terminar e, ainda assim, aquelas vinte e cinco pinturas eram deliciosamente reais. Esperançosas, mesmo imortalizando alguns dos piores momentos de nossas vidas.

Margot acariciou a beirada da tela que representava a garrafa de licor de pera pela metade e me perguntou:

— E então, Lenni, o que vem agora?

Margot e o mapa

— Ah, eles o adoraram — Else estava dizendo a Margot quando entrei na Sala Rosa.

Walter fazia um gesto com a mão.

— Eles estavam apenas sendo educados.

— O que foi? — Pippa perguntou.

— Ah — Walter disse. — Else fez a gentileza de me apresentar a seus filhos.

Pippa sorriu deliberadamente. Fiquei imaginando o que ela sabia, enquanto se dirigia para a frente da sala e começava a nos ensinar sobre hachura.

Passei uns bons vinte minutos fazendo hachuras nas laterais do desenho de uma caixa de suco de maçã para tentar fazer com que parecesse tridimensional, mas apenas consegui deixar a caixa com uma aparência peluda. Quando terminei, contei a Margot a história do ataque histérico que tive na galeria de arte para comemorar meu quinto ano na Terra. Contei que havia tido uma crise nervosa no meio da galeria silenciosa e minha mãe perdera a cabeça comigo. Então, quando um segurança nos pediu para sair, ela perdeu a cabeça com ele. Ele, em seguida, perdeu a cabeça com seu chefe pelo walkie-talkie, mas o chefe não apareceu. Diz a lenda que eu gritei o tempo todo porque o canudo de minha caixinha de suco de maçã tinha quebrado.

Depois, por um tempo, fiquei só olhando Margot pintar. Quando ela pinta, seu rosto fica tranquilo. É o oposto de como meu rosto fica quando eu pinto – franzido e nervoso. Mas Margot está em outro lugar, em um lugar completamente diferente, e eu espero com paciência até seu sorriso de paz se transformar conforme a imagem começa a tomar forma. Quando ela estiver feliz com o resultado, começará a falar. E eu poderia esperar para sempre pelas histórias de Margot.

— Deixe-me levá-la para um lugar — ela disse. — Para um quarto e sala em Londres, onde faz calor. Um calor insuportável. E então sua colega de apartamento resolve ligar o fogão...

Londres, agosto de 1965
Margot Macrae tem trinta e quatro anos de idade

Não era bem um fogão; era um pequeno fogareiro de uma boca equilibrado em cima de uma mala velha. Mas ela acendeu assim mesmo. Era toda a nossa cozinha. Meena gostava de acender cigarros ali, por isso acendia aquela boca várias vezes ao dia. Então não havia outra saída além de abrir a janela, o que significava correr o risco de nunca mais conseguir fechá-la, já que o trinco estava quebrado.

Daquela vez, senti-me obrigada a perguntar se ela estava brincando, pois a boca do fogareiro começou a preencher o cômodo com o cheiro de couro falso queimado enquanto cozinhava alegremente a mala que estava por baixo. Ela não disse nada, mas acendeu o cigarro ali. Já era um dia de verão escaldante. Eu me deitei em minha cama e fiquei olhando para o teto.

— Voltando à reunião... — Adam disse sentado sob a janela. — Acho que é óbvio que precisamos de um vigia. — Todos ficaram em silêncio.

— Margot Macrae não comete mais crimes — Meena disse, fumando seu cigarro. — Então não vai ter vigia.

Senti minhas entranhas revirarem. Abandonei o nome Margot Docherty após o incidente na delegacia. E voltei a ser Margot Macrae. E, talvez por estar voltando a ser eu mesma, ou talvez por ter feito uma promessa a um policial de barriga peluda, deixei de participar do ativismo de Meena.

Lawrence tirou um mapa da bolsa e o estendeu sobre o tapete marrom.

— Vamos levar umas duas horas para chegar lá — ele disse —, mas preciso parar para abastecer a van, então vamos considerar que vai demorar mais.

— Não precisamos de mapa, eu sei o caminho — Meena disse, batendo a cinza do cigarro em nossa única frigideira.

A reunião prosseguiu. Mesmo com a janela aberta, estávamos fervendo. Senti uma gota de suor descer por minha barriga. Adam massageou as têmporas e suspirou.

— Podemos simplesmente dar andamento ao plano?

— Certo, vamos. — Meena levantou e animou o grupo.

Eles verificaram as mochilas para garantir que tivessem lanternas, alicates de corte, fita, corda. Fiquei deitada na cama. Estava usando meu vestido de verão de tecido mais fino, mas já estava colado ao meu corpo devido ao suor.

— Se a polícia aparecer — Meena começou a dizer.

— Eu digo para procurarem Catherine Amelia Houghton.

Ela riu e me soprou um beijo.

Tranquei a porta quando eles saíram e os ouvi discutindo pelas escadas sobre quantos animais caberiam na van se um deles se oferecesse para voltar para casa de carona.

Senti vontade de abrir a porta e ir atrás deles. Mas eu tinha dito "nunca mais" no dia em que fomos presas e estava falando sério.

Desliguei a boca de fogão e peguei o mapa que Lawrence tinha deixado. Meena gostava muito de mapas. A parede da lareira estava coberta deles. Normalmente, mapas de lugares onde nenhuma de nós havíamos estado, todos colados com fita adesiva, e a maioria deles havia sido roubada. Por capricho, colei o mapa de Lawrence na parede. Era um mapa da Inglaterra e, certamente, não teria ajudado em nada na rota que fariam naquela noite. Pensei neles apertados no banco de trás da van de Lawrence e refleti sobre quanto tempo eu poderia continuar em minha performance solitária "Não faço mais parte de seu grupo de ativistas". Não era uma peça muito popular.

Agora que eu não fazia mais parte das aventuras de Meena, sentia que estava lentamente me transformando na Velha Margot. A pessoa pálida e envergonhada que havia vivenciado uma onda repentina de cor por cortesia dos amigos que agora, por medo, negligenciava. Retirei uma tachinha do quadro de avisos que Meena tinha "pegado emprestado" do trabalho, fechei os olhos e a enfiei no mapa. Ela indicou um campo perto de Henley-in-Arden.

Naquela noite, quando Meena voltou ao nosso apartamento, estava sangrando.

Ela fez força para abrir a porta, entrou cambaleando e acendeu a luz. Estava com uma das camisetas de Adam enrolada no braço. O sangue ressecado havia formado um rio que descia do cotovelo até a mão.

Eu me sentei na cama e fiquei olhando para ela.

— Esse pequeno cretino me bicou! — ela exclamou.

Embaixo de seu outro braço havia um frango magro e quase totalmente sem penas. Um dos muitos libertados de uma granja nos arredores de Sussex naquela noite.

Quando vi o frango, soube que não estava pronta para ir embora. Mas a tachinha continuou no mapa, cravada nos campos logo após Henley-in-Arden, para onde eu iria quando chegasse a hora.

A mãe de Lenni

Ensaiamos para a morte toda noite. Deitados no escuro e escorregando para aquele espaço de nada entre o descanso e os sonhos no qual não temos consciência, não temos ego e nada poderia se abater sobre os nossos corpos vulneráveis. Morremos toda noite. Ou pelo menos nos deitamos para morrer e desistimos de tudo neste mundo, esperando por sonhos e pela manhã. Talvez fosse por isso que minha mãe nunca conseguia dormir – é muito parecido com a morte, e ela não estava preparada. Então estava sempre acordando, buscando a consciência, agarrando-se à vida. Tinha muito medo de desistir e então, anos depois, não conseguia fazer mais nada.

Glasgow, setembro de 2012
Lenni Pettersson tem quinze anos de idade

Eu a observava da janela do meu quarto quando ela saiu do carro e andou até a porta da casa do meu pai. Parecia mais velha vista de cima – as sombras recaíam sobre pontos estranhos de seu rosto – e eu fiquei imaginando se Deus nos via daquela forma. Devemos parecer tão velhos para ele.

Não ouvi a campainha e não ouvi a voz dela.

— Lenni? — meu pai me chamou lá de baixo. — Sua mãe está aqui para falar com você.

Ela havia me deixado na casa nova do meu pai depois de vários meses acordada. As grandes sombras roxas sob seus olhos tinham voltado. E, enquanto me levava de carro para a casa do meu pai, ela estava com aquele olhar de que não tinha muita certeza de quem eu era. De que, se passasse por mim na rua, talvez não me reconhecesse.

Mais ou menos uma semana depois, ela levou tudo que eu tinha deixado em sua casa e largou na entrada, com uma carta dizendo que ia voltar para a Suécia. E, então, lá estava ela. Taxímetro rodando. Pronta para se despedir, para rotular oficialmente meu pai como o responsável por mim e para abrir mão desse rótulo para sempre.

Eu me sentei no chão e abracei as pernas como havia visto uma criança fazer em um anúncio sobre prevenção da violência contra crianças. Sentindo-me repentinamente do tamanho de uma noz, me sentei e esperei.

— Você vai descer? — ele gritou novamente.

Eu não disse nada. Vi meus próprios olhos no guarda-roupa espelhado e parecia uma idiota. Nada a ver com uma noz.

— Você me ouviu? — meu pai gritou mais uma vez.

— Ouvi — respondi. Minha voz saiu muito mais suave do que eu pensava.

Permaneci no chão por dez, talvez vinte minutos. Porque queria que ela soubesse como eu estava zangada.

Achei que ela fosse esperar. Achei que ela não iria embora sem se despedir de jeito nenhum. Então fiquei surpresa quando espiei pela janela para ver se ela estava chorando e descobri que o táxi já tinha ido embora, levando minha mãe junto.

Ela deixou um endereço com meu pai. Ele deixou o papel afixado na geladeira. Eu o queimei na boca do fogão a gás. A fumaça disparou o alarme de incêndio, e eu queimei o dedo.

Achei que ela fosse esperar.

Mas ela tinha que pegar um avião. E uma filha que não saía do quarto.

Parada na entrada da casa, o avião para a Suécia deve ter parecido uma opção muito mais convidativa do que sua vida solitária e sem sonhos.

***

— Ela sabe? — Margot perguntou com delicadeza.

— Meu pai escreveu uma carta para ela. Eu acho. — Fiz uma pausa. — Lembro que ele teve que usar o endereço dos pais dela, porque o último lugar em que ela nos disse que estava morando era um hotel perto de Skommarhamn. Mas tinha sido meses antes. Gosto de imaginá-la ali, olhando para a água, cercada de árvores. Ou ela sabe, ou não sabe. Se sabe e não veio, gosto de deixá-la onde eu a imagino: feliz, livre, viajando pela Suécia e dormindo a noite toda.

Margot parecia triste por mim, e talvez por minha mãe também.

— E se ela não sabe?

— Vejo os rostos assombrados das mães da Ala May — eu disse a ela. — Gosto de pensar que meu último ato como filha será poupá-la daquilo.

Lenni e Margot saem para caminhar

O ponteiro do relógio tinha mexido mil, setecentas e quarenta vezes, e Margot ainda não tinha falado. Eu tinha feito o cálculo do tempo que ela passou encarando o papel em branco à sua frente, com o lápis na mão. Margot estava olhando fixamente para a página como se fosse um espelho e ela não tivesse entendimento da versão de si mesma que ele refletia.

— Por que não pula esse? — perguntei.

Ela me olhou de um lugar bem distante.

— Sabe... — eu disse. — Por que não pula para o ano seguinte?

Ela ficou olhando para o papel-espelho.

— Não posso.

— Por que não?

— Porque tudo que acontece depois... — Ela se interrompeu.

Ela parecia tão pequena que eu tinha vontade de pegá-la no colo, colocá-la em uma pilha de brinquedos de pelúcia e almofadas e cobri-la com um cobertor quente.

— Ajudaria se você não precisasse me contar a história? — perguntei.

— Não, querida — ela disse. — Quero que você saiba. Eu acho.

Ficamos em silêncio por mais alguns tique-taques do relógio. Finalmente, eu me levantei. Ela sorriu para mim distraidamente.

— Vamos — eu disse, ajudando-a a se levantar. — Vamos sair para caminhar.

Começamos nosso lentíssimo passeio pelo hospital pegando a direita ao sairmos da Sala Rosa e indo até o átrio principal, onde ficam a cara loja de presentes e a cafeteria que sempre cheira a bacon. Praticamente ignoramos as pessoas que vestiam roupas normais. E trocamos um ou outro olhar com aqueles que também estavam com trajes de hospital. Um homem que vestia um roupão atoalhado marrom muito sério passou por nós e resmungou. Pode ter sido por identificação ou porque o irritamos. Era difícil saber.

Percorremos o corredor que leva ao laboratório de análises clínicas e pacientes externos. O lugar tinha muita gente normal, então demos meia-volta e seguimos na direção da pediatria e da maternidade.

Quando chegamos a uma parte tranquila do corredor, onde estávamos apenas eu, Margot e um contêiner com roupas de cama, ela disse:

— Você vai mudar de opinião sobre mim se eu contar a próxima parte.

— Isso pode acontecer? — perguntei.

— Pode — ela respondeu.

— E se eu prometer que não vou mudar de opinião, independentemente do que me contar?

— Você não tem como prometer isso — ela disse.

E fiquei me perguntando se ela não teria mesmo razão.

— Você me contou que foi presa e eu só achei incrível — afirmei.

Ela balançou a cabeça.

— Não é nada parecido com isso.

Caminhamos um pouco mais, ambas dando passos curtos e cuidadosos.

— Mas você quer que eu saiba? — perguntei.

— Sim. E não. — Ela parecia frustrada com a própria resposta. — Nunca contei essa história a ninguém — ela disse.

— Então é segredo? — questionei.

— Sim. E não — ela disse novamente.

Uma auxiliar de enfermagem com uma bandeja cheia de tigelas de cereal passou rapidamente por nós, e então o corredor ficou em silêncio.

— Vamos. — Peguei na mão de Margot.

— Para onde vamos agora? — ela perguntou, mas segurou na minha mão de qualquer modo. E não soltou enquanto zanzávamos pelos corredores. Quando chegamos à Ala May, acenei para as enfermeiras e levei Margot até minha cama.

— Lenni? — ela perguntou.

Acomodei Margot em minha cadeira de visitantes e puxei a cortina ao redor da cama, de modo que ninguém pudesse nos ver.

Levantei o colchão de minha cama de hospital. Debaixo dele, estava meu segredo. Puxei-o para fora. Estava em um tom de rosa mais claro do que costumava ser, o focinho um pouco arrepiado devido ao modo como nos cumprimentávamos, nariz com nariz. Ele não era como os outros – não era um urso, um carneiro ou um cobertor de criança. Mas eu o amava mesmo assim. Gostava do fato de, em um espaço cheio de bonecas e ursos, ele ser um porco.

— Ninguém sabe que ele está aqui — eu disse.

Entreguei-o a Margot, que pareceu ter recebido uma joia de valor inestimável. Ela o segurou como se fosse um recém-nascido, com a cabeça apoiada na dobra do braço. Seu corpo de pelúcia estava bem amparado.

— Bem, você deve ser o Benni — ela disse, apertando sua patinha de pelúcia.

Ela sorriu e foi me entregá-lo de volta.

— Não — eu disse. — Fique com ele. Por um tempo.

— Por quê?

Apenas dei de ombros, mas esperava que ela soubesse que eu o estava dando a ela porque era o único segredo que eu tinha. E o confiava a ela completamente.

Alguns dias depois, Margot apareceu na Ala May. Fiz um intervalo em minha agitada programação de sonecas para abrir espaço para ela na beirada de minha cama. Ela tirou Benni do bolso, eu dei um beijo na cabeça dele e depois ela se agarrou ao meu segredo enquanto me contava o seu.

Londres, julho de 1966

Margot Macrae tem trinta e cinco anos

Em algum lugar no fundo do meu cérebro, ela vive.

Às vezes, balança a cauda cintilante sobre a água e espalha gotas brilhantes por minha visão. Outras, esqueço que está lá embaixo e, quando estou me sentindo pesada, afundando, prestes a me afogar, ouço uma pancada e nos chocamos, minha lembrança e eu.

Uma lembrança dela.

Depois de onze felizes meses como nosso colega de apartamento, Jeremy, o frango, desapareceu. Era uma frase boba, e explicar isso aos vizinhos parecia mais bobo ainda. Um deles, eu me lembro, abriu a porta, mas não tirou a correntinha de segurança.

— Com licença, estou procurando meu frango.

— Nada de irlandeses.

Ele começou a fechar a porta, e consegui ver de relance um cavanhaque.

— Não sou irlandesa.

Não ouvi nada além de "batata" quando a porta se fechou na minha cara.

Fiquei no corredor escuro de nosso prédio. Do lado de dentro estava fresco, mas lá fora o verão estava violento. Meena já estava na rua, parando pessoas para que olhassem para a foto Polaroid de nosso frango. Ela estava indo na direção do parque, baseada na ideia de que Jeremy pudesse ter se lembrado da vez que o levamos lá para um piquenique. Ele talvez estivesse com desejo de grama fresca, ela disse.

Fiquei no corredor escuro, sentindo-me perdida.

Analisei a parte de trás da porta principal: a rachadura no vidro de uma tentativa fracassada de invasão, a gaiola na caixa de correio, da qual apenas o senhorio tinha a chave – mantendo todas as nossas cartas prisioneiras até que aparecesse em um domingo para distribuí-las, e, suspeitávamos, interceptar qualquer envelope que parecesse conter dinheiro.

A tranca da porta era tão alta que eu só a alcançava se ficasse na ponta dos pés. Não havia como um frango ter passado por aquela porta sem ajuda.

Quando Meena chegou em casa com Jeremy pela primeira vez, achei que fosse apenas uma visita. Uma visita diferente, mas uma visita. Não sabia que era um morador, então, quando, depois de alguns dias com ele em casa, Meena comprou várias telas de arame para construir um "corredor" ao redor do apartamento e mantê-lo afastado das tomadas elétricas, não entendi.

— Não vamos levá-lo para a sociedade protetora dos animais? — perguntei.

— Você quer levar nosso *filho* para a sociedade protetora dos animais? Que tipo de mãe é você?

Eu sabia que ela estava brincando, mas aquilo fez meu coração parar. Eu ainda não tinha apresentado Davey a Meena.

— Então ele vai ficar?

— Enquanto nós ficarmos, ele fica — ela respondeu.

Fingi reagir normalmente, depois fiz uma caminhada desnecessária até a loja da esquina para poder chorar sem ela ver. Eu nunca havia tido animais de estimação quando criança. O primeiro ser vivo pelo qual fui responsável foi Davey. A imensa responsabilidade de cuidar de uma criatura de carne e osso parecia impossível, tendo em vista que eu havia fracassado tão espetacularmente da última vez.

Saí no sol escaldante. Meena já estaria no parque àquela altura. Parecia que todas as casas em frente à nossa tinham ficado menores e maiores ao mesmo tempo. Desci a escada e atravessei a rua, quase sendo atropelada por um garoto de bicicleta.

Bati devagar na porta da casa em frente, que, como a nossa, tinha sido comprada por um senhorio engenhoso e transformada em vários pequenos apartamentos. Quando ninguém apareceu depois de minhas batidas quase inaudíveis, fiquei aliviada por poder dizer a Meena com sinceridade que havia tentado. Repeti o padrão nas casas à esquerda e à direita, até que cheguei a uma porta e estava prestes a bater quando um homem alto vestindo um terno cor de caramelo apareceu. Ele segurou a porta aberta para mim, e eu agradeci e entrei.

O corredor cheirava a comida – cebola, pimentão e pão torrado. Tudo estava em silêncio, e fiquei imaginando por um instante como seria morar naquele prédio em vez de viver no meu. Eu poderia ser uma pessoa que vivia ali, e não do outro lado da rua. Poderia caminhar por aquele andar, destrancar a porta do 2A e chamar de casa. Se eu morasse ali, Meena seria apenas uma mulher do outro lado da rua que eu via de vez em quando. Eu a veria passar flutuando com um de seus vestidos longos e ficaria pensando nela, mas nunca saberia.

Cerca de três dias depois de levarmos Davey para casa, Johnny voltou a trabalhar. Até aquele momento, eu não tinha sentido nenhuma grande sensação de terror ou medo em relação àquela coisinha rosada enrolada em cobertores que eu tinha nos braços. Mas quando, da janela da sala de estar, vi Johnny caminhar para a escuridão, senti um peso inacreditável. Eu olhava para Davey dormindo, com uma bolha de saliva nos lábios, e via um espaço escuro e profundo. Como eu podia ter tido um bebê, eu me perguntava, se não sabia nem dirigir um carro? Se não sabia como pagar nenhum tipo de imposto? Se não sabia nem assar um frango? Como eu podia ter um bebê se não sabia como ser mãe?

* * *

Uma mulher de vestido laranja desceu a escada.
— Você viu um frango? — perguntei.
Ela abriu um sorriso confuso, colocou os óculos escuros e não disse nada ao abrir a porta e sair para o mundo. Deixou para trás um perfume doce. Eu saí atrás dela sob os raios de sol.
Vaguei pela rua.

Quando Davey ficou doente pela primeira vez, Johnny não quis levá-lo ao médico.

Caminhei por cerca de dez minutos e depois, fugindo do sol daquele dia desprovido de frango, entrei na banca de jornal da esquina de nossa rua. O jornaleiro estava assistindo a um jogo de críquete com imagem granulada em preto e branco na televisão que ficava sobre uma cadeira – um cabide de arame dava uma melhorada na antena.
Ele resmungou por causa de uma jogada e depois se virou.
— Margot, minha querida — ele disse. — O que posso fazer por você?
— Por acaso... — Pigarreei, mas minha voz ainda assim saiu abafada. — Por acaso viu um frango?
— Sinto muito, querida. Não podemos vender carne até consertar a geladeira.
— Não — eu disse. — Nosso frango. Eu e Meena temos um frango de estimação, e ele desapareceu.
— Vocês têm um frango de estimação?
Fiz que sim com a cabeça.
Ele abriu um sorriso confuso e franziu o nariz.
— Se ele vier aqui querendo comprar milho, eu aviso vocês.
Então ele soltou uma gargalhada.

✳ ✳ ✳

    Dois dias depois que Davey faleceu, acordei no meio da noite com a sensação súbita de que ele tinha começado a chorar e então, de repente, ficado em silêncio. Corri até seu berço, mas ele não estava lá – para onde fora? Ele era novo demais para conseguir sair do berço sozinho. Eu podia ouvir o eco de seu choro em meus ouvidos. Corri de volta para o nosso quarto. Johnny estava dormindo, um braço pendurado para fora da cama, os dedos sobre o carpete.
    — Johnny, Johnny, acorde!
Ele se mexeu.
    — O bebê sumiu! — gritei.
    — Eu sei — ele murmurou, ainda sonolento.
    — Alguém o levou! — Olhei para a janela fechada. — Temos que chamar a polícia! — Peguei o telefone na sala, esticando demais o fio, que acabou sendo totalmente arrancado da parede. Entreguei o fone que estava em minhas mãos a ele. — Temos que chamar a polícia!
    Johnny então se sentou, encarando-me com tanto desdém que dava para sentir no estômago.
    — *O quê?*
O véu do sono se ergueu e deixei o telefone na beirada da cama.

    Ao lado da banca de jornal, havia um salão de cabeleireiro com uma fileira daqueles secadores de cabelo verticais usados para fixar permanentes. Não pude entrar lá, não seria capaz de enfrentar o constrangimento. Continuei andando até o fim da rua, mas, quando cheguei ao cruzamento, tive a sensação de ter chegado ao cruzamento do fim do mundo.

* * *

Chegamos à loja de lápides no horário que a mãe de Johnny tinha marcado, mas ela já estava lá dentro.

— Cheguei mais cedo — ela nos disse.

O funcionário já havia esboçado em papel vegetal os dizeres que estão gravados na lápide de Davey até hoje:

Que o Senhor tenha piedade da amada alma de David George Docherty.

Detestei as palavras – a implicação de que Deus poderia de alguma forma não ser misericordioso com meu menino – e, quando comecei a chorar, a mãe de Johnny disse a ele que eu estava arrasada e que ele deveria me levar para casa para que ela pudesse resolver aquilo por nós.

Meena estava sentada nos degraus que levavam à porta de nossa casa. Estava com uma fotografia de Jeremy nas mãos. Seus ombros estavam rosados devido ao sol.

— Não tive sorte — ela disse quando eu me aproximei. — Não entendo como ele escapou.

— Não fui eu — afirmei.

Ela me olhou feio.

— Eu sei que não.

Tentei espremer algum ar garganta abaixo, mas parecia que ela tinha fechado.

Meena ficou olhando fixamente para mim.

— O que foi? — ela perguntou.

Eu me sentei ao lado dela e chorei tanto que estava com dificuldade para respirar. As lágrimas quentes desciam por meu rosto.

Eu nunca tinha visto Meena tão séria.

— O que aconteceu? — ela perguntou.

Eu precisava apresentá-los, sabia disso, e não podia mais esperar.

— Meu filho. — Puxei o ar. — Meu filho.

Ela ficou imóvel.

Uma brisa passou entre nós e retomei parte do fôlego. Ela não disse nada enquanto eu a apresentava, finalmente, a meu Davey, cujo nome eu não tinha nem ao menos sussurrado em sete longos anos. Mostrei a ela a fotografia que eu levava na bolsa, do pacotinho em meus braços com um gorro amarelo que não parava em sua cabeça e, no fundo, as flores de minha mãe.

Quando me acalmei, Meena me pegou pela mão e me levou para cima. Abriu a porta sem soltar a minha mão e me guiou pelos dois lances de escada até nosso apartamento, onde me colocou sentada em minha cama.

Observei enquanto ela tirava meus sapatos e os ajeitava perto da cama. Fez o mesmo com os seus. Depois pegou um copo no armário e saiu do apartamento. Da cama, dava para ouvir o barulho da torneira no banheiro compartilhado. Ela sempre esperava a água ficar bem fria. Quando voltou, a água dentro do copo girava com partículas brancas que pareciam uma tempestade de neve. Bebi tudo como se fosse a primeira água a tocar meus lábios.

Enquanto eu bebia, ela trancou a porta, fechou as cortinas e então ouvi o rangido das rodinhas de sua cama sendo arrastada para perto da minha.

O sol ainda forte atravessava nossas cortinas azuis em ondas, e o apartamento se transformou no oceano.

Ela pegou o copo de minha mão e o colocou sobre a cômoda. Depois sentou-se ao meu lado, tão perto que tive certeza de que dava para ouvir seus batimentos cardíacos. Se bem que, pensando agora, deviam ser os meus. Entre seus olhos, uma sarda que eu nunca havia visto chamou minha atenção e a prendeu enquanto seus lábios tocavam os meus.

Ela me deitou na cama e me beijou.

✳ ✳ ✳

Quando acordei, fiquei surpresa ao ver que o sol brilhava. Achei que o mundo pudesse ter saído do eixo.

A cama de Meena estava de volta ao outro lado do cômodo, e ela não estava lá.

Frangos e estrelas

— Você amava Meena? — perguntei a Margot.

Estávamos sentadas no corredor em frente à Sala Rosa, ambas tínhamos esquecido que a aula da semana tinha sido cancelada porque Pippa estava viajando com seu sobrinho. Ela o havia levado para ver os dinossauros no Museu de História Natural.

O corredor estava silencioso; apenas um outro rapaz da manutenção passava de vez em quando. Ninguém parecia muito interessado na menina de pijama rosa e na velhinha de roxo, sentadas lado a lado no chão polido.

— É claro — Margot respondeu.

Então olhou para o teto e pensou.

— Ela estava sempre em movimento, sempre planejando alguma coisa. Agitada, falando, fumando. Nunca parava quieta. E, quando a conheci, foi sua constante evolução que me estimulou, porque queria aquilo para mim. Queria poder mudar e me transformar em alguém melhor. Alguém mais feliz. Ou pelo menos alguém novo. Mas, apesar de todas as boas qualidades que tinha, ela era cabeça-dura, imprevisível e leviana. E, quanto mais eu descobria coisas que não gostava nela, mais me odiava porque aquelas coisas não importavam nem um pouco e eu a amava de qualquer forma. Mas resolvi que *deviam* importar e que eu não podia amá-la. Então procurei mais motivos, esperando enfim poder fazer uma pilha alta o suficiente com eles a ponto de *importarem*, e assim eu poderia ir embora de Londres e fugir da pergunta sem resposta que residia no espaço entre nossas camas.

Margot e o Professor

Londres, agosto de 1966

Margot Macrae tem trinta e cinco anos de idade

Eu não passava roupa desde 1957, então, numa tarde, ao voltar do trabalho para casa, fiquei surpresa ao encontrar um homem sentado na beirada da cama de Meena com um terno tão bem passado que parecia que poderia simplesmente rasgar no meio.

— Ah — ambos dissemos.

Ele era mais velho que eu. Quarenta e poucos, talvez. Estava segurando um aliança de casamento na palma da mão.

— Você é policial? — perguntei.

Ele franziu a testa.

— Não — disse.

— Fiscal da licença para gravar programas na televisão?

— Não temos televisão, Margot. — A voz de Meena surgiu atrás de mim. Ela chegou usando um short de pijama bem curto e uma blusa quase transparente.

— Onde você estava? — perguntei. Meena abriu um sorriso sem expressão, como se não tivesse me ouvido. — Eu não te vejo desde... Achei que... — Eu queria terminar minhas frases, mas o homem não parava de olhar para mim. — Você voltou? — perguntei.

— Voltei? — ela disse em tom de zombaria. — Eu nunca fui embora.

Enquanto ela esteve fora, eu havia desmontado o corredor de Jeremy e jogado fora seu estoque de grãos. Havia arrumado a cama dela, comprado um espelho novo com moldura verde e o pendurado na parede. Se ela notou, não disse nada. Ela se sentou ao lado do homem e sorriu para mim de um jeito que não fui capaz de decifrar. O fato de o homem de terno e eu estarmos totalmente vestidos só servia para fazer Meena parecer mais nua.

— Preciso te ensinar sobre autoincriminação — ela disse.

— Como assim?

— Você encontra um estranho em seu apartamento e a primeira coisa que faz é presumir que vai ser presa?

— Eu não achei que seria presa — retruquei. — Achei que ele pudesse estar aqui para me dizer que você estava morta.

— Nossa, Margot, eu saio de férias por uma semana...

— Três semanas.

— E você acha que eu estou desaparecida?

— Quem é ele, então? — perguntei.

— Este homem é seu salvador.

Olhei para ele. Ele enfiou a aliança de casamento no bolso interno do paletó.

— Você entrou para um culto?

Meena riu tanto que soltou um ronco.

— Sabe que minha mãe vive me perguntando isso? Este homem, minha querida Margot — ela disse —, é... — Ela começou a dizer um nome, mas os olhos do homem se acenderam e uma expressão levemente assustada tomou conta de seu rosto. — O Professor — Meena afirmou. — O homem a quem deve sua liberdade depois daquela prisão de vinte minutos.

— Ah — eu disse, e, pela primeira vez, o Professor sorriu. Ele não tinha nada a ver com o que eu havia imaginado: um rapaz jovem e barbado, com agasalho de tricô e óculos com lente fumê. Aquele homem era elegante, com ondas grisalhas nas laterais do cabelo bem-penteado. Ele parecia um político, não um professor. — O Professor — eu disse, colocando seu nome à prova.

— Bem, você se importa? — Meena perguntou, e, por achar que estava falando com ele, não olhei para ela. Em vez disso, fui até minha cama e tirei os sapatos. Eram sandálias vermelhas de couro que desenvolviam um cheiro desagradável sempre que eu as calçava sem meias. Fiquei imaginando se o cheiro de meus pés tinha chegado ao outro lado do cômodo, onde estavam o homem de terno e minha colega de apartamento seminua.

— Margot? — Meena disse. O tom cortante de sua voz me pegou de surpresa.

— O quê?

— *Você se importa?* — ela perguntou novamente.

— Quer que eu saia?

Caminhei até o parque e me sentei na grama, manchando de verde meu vestido branco de trabalho. E fiquei pensando na aliança de casamento guardada no bolso dele, e na mulher com quem ele era casado e na mulher que eu amava, e imaginando quando eu poderia voltar para casa.

Lenni e o homem que estava no fim

A Enfermeira Nova chegou com uma confissão. Pelo menos parecia que ia confessar algo. Ela correu em direção à minha cama com ar constrangido. Eu me sentei, encarnando o padre Arthur.

— Que Deus a perdoe, minha filha — eu disse, estendendo as mãos com dramaticidade para que ela pudesse admirar minhas longas (e imaginárias) vestes litúrgicas.

— O quê?

— Veio confessar algo, cordeirinho?

— O quê? — Ela estava sem fôlego. — Não, eu preciso te pedir um favor.

Fiquei um pouco decepcionada com ela, para ser sincera; estava pronta para segredos e revelações de transgressões em grande escala. Estava pronta para rezar para Jesus perdoá-la e ao mesmo tempo olhar para ela como quem diria: *sei de todos os seus segredos agora e não pretendo esquecê-los.*

Não respondi, mas ela continuou mesmo assim.

— Você sabe falar sueco, não é?

— O Senhor fala todos os idiomas.

— Você é capaz de traduzir do sueco para o inglês?

— Sou. Inclusive, fui a tradutora oficial do divórcio dos meus pais.

— Não conseguimos entrar em contato com nosso tradutor do sueco e há um homem que está muito mal. Conheço o médico que está cuidando dele e disse que talvez você pudesse ajudar. Você se importaria? Como um favor para mim?

Dei de ombros. Não conseguia entender por que ela estava tão nervosa. Mesmo quando eu disse que faria, a culpa não desapareceu de seu rosto. Arrastei-me até a beirada da cama e calcei os chinelos.

Então a fonte de sua culpa tornou-se aparente. Preta, larga, desgastante. Apareceu atrás dela, furtiva e silenciosa. Compreendi por que ela não conseguia olhar nos meus olhos quando se aproximou de minha cama. E eu que a considerava uma amiga. Quando esse tempo todo tinha sido Judas – uma traidora ardilosa, com sua arma favorita deslizando pelo chão até a beirada da minha cama.

— Achei que seria mais rápido assim — ela disse, evidentemente desejando agora ter escolhido a demora, e não a traição.

Eu não disse nada. Às vezes, é melhor não dizer. O silêncio pode ser mais poderoso do que a fala quando se deseja apontar deslealdade abjeta e decepção. Tudo que eu dissesse só a faria se sentir melhor.

Calcei os chinelos e me levantei. Mantive o ritmo lento e honrado, garantindo que o contato visual não fosse rompido.

— Sinto muito — ela disse, suando sob o calor de minha fúria. — Você não precisa usá-la, podemos ir andando! — Sua voz estava trêmula. Mas aquilo já estava lá, esperando por mim. — Eu só pensei... — ela disse, balbuciando. — É longe. Do outro lado do hospital, sabe...

Ergui o corpo com dignidade e me virei, deixando-a me ajudar a sentar nela – preta e larga, não pensada para uma pessoa magra como eu, mas admiravelmente impessoal, um só tamanho para todos. Tinha o nome do hospital e um código de referência escrito no assento, caso alguém quisesse roubá-la. Por que alguém faria uma coisa dessas, eu não sei. Abaixei o corpo e fiquei surpresa ao descobrir quanto cedia com meu peso. Apoiei as mãos nos braços.

— Tem certeza? — perguntou a Enfermeira Nova.

Levantei os pés e os acomodei nos apoios.

— Certo, lá vamos nós — ela disse com falsa alegria. Fiquei me perguntando se ela começaria a chorar. Ela puxou a cadeira para poder me virar e, assim, seguirmos nosso caminho. Eu sabia, sem perguntar, que aquilo pertencia à Ala May, o que significava que estava esperando por mim esse tempo todo. Destinada a ser minha quando eu, ou nesse caso uma amiga, me considerasse estragada demais até mesmo para andar. Quando meu último fragmento de independência fosse arrancado de mim como um membro infeccionado. Quando finalmente admitissem que o máximo que podiam fazer era me deixar o mais confortável possível.

Não há nada pior do que te deixarem confortável.

Nem minha defensora mais ardente acreditava mais que eu poderia chegar ao outro lado do hospital sem morrer.

Quando a Enfermeira Nova me empurrou para fora da Ala May e eu evitei contato visual com Jacky, que estava comendo batatinhas atrás do balcão do posto de enfermagem, pensei em uma história que tinha ouvido. Talvez não tivesse ouvido, e sim lido, mas, independentemente de como fiquei sabendo, é uma boa história. Havia dois homens no hospital. Ambos doentes. A um deles, disseram que melhoraria, que tinha uma expectativa de vida de muitos anos, e que se recuperaria com o tempo. Ao outro, disseram que morreria em um ano.

Um ano depois, o homem cuja morte havia sido prevista estava morto, e o homem a quem disseram que sobreviveria tinha sobrevivido e alegava estar bem. Foi quando o hospital se deu conta de que um erro havia sido cometido e os homens tinham recebido as informações trocadas, um ouvindo o destino do outro. O homem que faleceu estava, na verdade, saudável, e o outro que continuava vivo era quem tinha uma doença fatal.

Se sou a única que ainda acredita que posso viver, então é apenas uma questão de tempo até eu aceitar meu terrível destino e acabar morrendo. Se *meus* exames tivessem sido trocados, será que estaria por aí agora, na faculdade, ou trabalhando, ou vagando pelas ruas da Suécia à procura de minha mãe, sentindo-me bem e com as bochechas coradas? Se a mente é tão poderosa que pode matar um homem saudável e salvar um homem moribundo, eu jamais gostaria de dar ao meu cérebro a oportunidade de me matar por não acreditar que posso melhorar.

Sempre que passei por pessoas em cadeiras de roda pelo hospital, nunca realmente considerei como estão rebaixadas. Muito rebaixadas. Nunca me dei conta de como alguém pode se sentir pequeno ao ficar com metade da altura das outras pessoas e não ter força o suficiente nem para se locomover sozinho. Tudo parecia maior quando visto da cadeira, como se eu voltasse a ser criança.

O piso polido sob minhas rodas mudou de azul para vermelho-alaranjado e depois cinza com linhas coloridas conforme passávamos pelas diferentes alas e seguíamos para sei lá onde estávamos indo. Não falei nada, e nem ela. Fiquei feliz por isso. E não por estar tentando usar o silêncio para fazê-la se sentir mal, mas porque, da forma como estava me sentindo, não sabia se faria uma piada ou me debulharia em lágrimas. Não sabia se riria com a vida ou se era só isso, prova de que a única direção a seguir era para baixo, e depois mais para baixo ainda, para dentro da terra, para esperar no escuro a vinda de Vishnu, ou de Buda, ou de Jesus, dependendo de quem fosse melhor na marcação do tempo.

Quando chegamos mais perto, a Enfermeira Nova diminuiu o passo, verificando os números nas portas até me levar a uma ala de emergência. Havia bipes e máquinas e a luz do sol branca cortava o recinto, dividindo as camas em fatias de luz e sombra. Em uma das camas, estava um homem. Sua barba era grosseira e suja, e sua roupa de hospital estava suja também, manchada de sangue na gola. Ao lado da cama, havia um médico. A Enfermeira Nova parou a cadeira de rodas, e eu olhei para eles.

O médico inclinou-se até ficar na minha altura e apertou minha mão.

— Você deve ser a Ellie — ele disse. — Muito obrigado por nos ajudar com isso.

— É Lenni, na verdade.

— Ah, desculpe. Lenni... Nossa, é um nome incomum. — Ele era distinto e estava constrangido. Passou a mão pelos cabelos.

— É sueco. Obviamente... — Gesticulei apontando a situação em que nos encontrávamos naquele momento.

— Certo — ele disse. — Sueco. Esplêndido.

Ri sem querer de sua falta de jeito. Ele levou a mão ao queixo.

— Bem, Lenni — o médico disse. — Este é o sr. Eklund. Ele chegou mais ou menos uma semana atrás. Não tem endereço fixo, e foi um pesadelo tentar encontrar um tradutor do sueco, já que é feriado. Precisamos dizer a ele que sua cirurgia está agendada para amanhã. Também preciso saber se ele está sentindo dor. Esta é, hum... — Ele passou a mão pelos cabelos novamente. — Esta é uma situação completamente incomum, então precisa nos dizer se não se sentir capaz de prosseguir.

O médico era razoavelmente atraente, e seus olhos azuis me fizeram estremecer. *Se eu puder usar meus poderes mentais para sobreviver mais dez anos*, pensei, *poderíamos nos casar*. Eu disse a ele que podia fazer aquilo, mas que não usava meu sueco havia um tempo, então talvez precisasse de um aquecimento.

O sr. Eklund parecia cansado. A barba grisalha precisava ser lavada. Seu rosto estava cortado, e parecia que fazia meses que ele não comia direito, mas seus olhos estavam vivazes e me observavam mesmo debaixo das cobertas.

O médico apontou para a cadeira ao lado do sr. Eklund. Eu me levantei rapidamente da cadeira de rodas, tentando provar como era incrivelmente saudável. Fui arrastando os pés e me sentei ao lado do sr. Eklund.

— Para começar, Lenni, se puder, apenas se apresente e pergunte como ele está, e nós seguimos a partir daí — o médico afirmou.

— *Hej, jag heter Lenni Pettersson.*

O sr. Eklund se virou e, completamente surpreso, perguntou:

— *Svensk?*

Fiz que sim com a cabeça.

Ele se sentou na cama, olhando para mim como se fosse uma surpresa agradável. Coçou a barba. O dorso de suas mãos estava coberto de hematomas roxos. Parecia que alguém o havia pisoteado.

Perguntei como ele estava.

Ele riu e olhou para os pés, onde a Enfermeira Nova estava vigiando minha cadeira de rodas vazia, na ponta da cama. Vou contar já de forma traduzida.

— Estou morrendo — ele disse.

— É de se pensar que isso o levaria a mais lugares, mas na verdade não leva.

Ele se inclinou para a frente.

— O quê?

— Eu pensei que isso me traria mais coisas. Que as pessoas seriam mais legais.

— Você está morrendo? — ele perguntou, cruzando as mãos sobre o peito. Confirmei. O sr. Eklund pareceu triste com meu destino.

— Eles querem saber como está se sentindo — eu iniciei.

— Tenho a sensação de que estou morrendo — ele disse, e riu.

— Querem operar você amanhã.

— Vai ser uma perda de tempo para eles — ele disse. — Sei que não vou resistir.

— Quer que eu diga para não operarem?

Ele parou para pensar, levantando a mão ferida para coçar a sobrancelha.

— Também podemos deixar eles tentarem.

Concordei e traduzi seus sentimentos ao médico, que observava com interesse.

— É bom ouvir alguém falando sueco — comentou o sr. Eklund. — Como veio parar aqui?

— Ah, é uma longa história — respondi a ele. — Não vou te incomodar com isso agora.

— Sente falta da Suécia?

— Às vezes. Mas não posso voltar.

— Não — ele disse, como se a percepção de que ele nunca voltaria tivesse acabado de lhe ocorrer.

— Em que parte de Glasgow você mora? — perguntei.

Ele sorriu.

— Em qualquer lugar.

— O médico disse que você é sem-teto.

Ele confirmou.

— Por que não tem casa?

— Tive uma vida terrível. Não mereço nada mais.

Pensei em esticar o braço e tocar na mão dele, mas aqueles hematomas roxos pareciam doloridos.

— Posso fazer alguma coisa para ajudar? — perguntei.

— Agradeça a eles por mim, por tentarem salvar um velho ruim. Diga ao médico que vim para Glasgow para encontrar minha filha e peça que a encontrem para mim, se puderem, quando eu morrer. — Ele apontou para uma mala azul que estava sobre a mesa, ao lado de uma calça jeans suja de sangue. O sr. Eklund inclinou-se para a frente e disse a parte seguinte em voz baixa, mesmo que ninguém entendesse nada do que estávamos dizendo. — A certidão de nascimento dela está na minha mala. Peça a eles que, quando a encontrarem, digam que sinto muito por tudo o que fiz. Que eu sentia a falta dela todos os dias. Entreguem tudo o que está na mala a ela, é dela. Se não a encontrarem, deem a mala à primeira pessoa sem-teto que encontrarem.

Fiz um sinal positivo com a cabeça e olhei rapidamente para a mala. Nitidamente, ela havia começado a vida com uma cor diferente da que tinha agora.

— Eles pediram para eu perguntar se está sentindo dor.

— Estou. Mas eu mereço.

Fiquei me perguntando o que aquele homem tinha feito para merecer tudo aquilo que dizia merecer.

— Diga a eles que quero dormir — ele falou.

— Você quer?

— Não. Eu quero morrer.

— A cirurgia pode deixá-lo melhor — eu disse. — E você mesmo poderá encontrar sua filha.

Ele sorriu para mim como um avô sorriria para uma neta – um sorriso caloroso, terno, mas que dizia que ele conhecia muito mais o mundo que eu, e muito mais de seus segredos.

— Estou pronto — ele disse.

— Como você sabe?

Ele colocou a mão ferida sobre a minha.

— Eu sei — ele disse.

Eu queria salvá-lo. Naquele quarto, eu era a única pessoa que podia falar com ele, e ele ia desistir.

— Mas *como* você sabe? — perguntei de novo.

— Posso sentir, apenas isso.

— Não está com medo?

Ele respirou com dificuldade e me olhou com outro sorriso suave.

— Não tenha medo de morrer, querida.

— Mas eu tenho — sussurrei.

— Mas não tem motivos para isso! — Ele riu, e disse em inglês: — Será como dormir. — Quando ele falou em inglês, o médico levantou os olhos.

O sr. Eklund voltou a usar o sueco.

— É só fechar os olhos.

— Como você sabe?

— Bem, é verdade que não morri ainda, mas é assim que vai ser.

Outra respiração trabalhosa agitou seus pulmões.

Traduzi ao médico que o sr. Eklund não estava sentindo dor, o que me pareceu uma mentira.

— Você pode confiar em si mesma, sabe — o sr. Eklund disse. — Confie que saberá. Da mesma forma que sabe quando está com fome e sede, vai saber quando chegar a hora. Espero, docinho, que isso não aconteça por um bom tempo.

— Já vivi cem anos — eu disse. Ele não me perguntou como.

— Além disso, por favor, diga a eles que, quando pensam que estou pedindo água, na verdade estou pedindo vinho. É tarde demais para o álcool me matar, mas não para fazer eu me sentir melhor — ele afirmou. — Se eu voltar a acordar, gostaria de uma taça de vinho tinto... Merlot, se tiverem, mas não sou exigente. Aceito shiraz ou até mesmo zinfandel.

Eu ri, e ele também.

— Vou dizer a eles — prometi.

— Obrigado, Lenni Pettersson — ele disse. — Agora, diga a eles que vou dormir.

Ele fechou os olhos, e suas sobrancelhas e a testa enrugada relaxaram, formando uma expressão vazia de paz. Mas ele não parecia morto. No máximo, parecia estar se fingindo de morto.

— E então? — o médico perguntou.

Voltei para o inglês.

— Podem operar, encontrem a filha dele e entreguem a ela a mala e sua certidão de nascimento. Me avisem quando a encontrarem — eu disse, me levantando e caminhando com cuidado até a cadeira de rodas. — O resto eu conto a ela.

Eu me sentei na cadeira e comecei a me empurrar para longe. Era mais difícil do que parecia.

— E ele quer vinho tinto quando acordar. Merlot, se possível, mas aceita o que tiver.

Meena e Margot e coisas que não se diz

Londres, setembro de 1966

Margot Macrae tem trinta e cinco anos de idade

No meio da noite, senti uma mão tocando na minha.

Sempre houve uma mão tocando na minha?, perguntei a mim mesma enquanto dormia.

Quando abri os olhos, ela estava lá, em minha cama, com os dedos dos pés frios tocando nos meus.

Ela sussurrou algo, mas não consegui ouvir.

— O quê?

— Não se lembra do que você disse? — ela perguntou.

Eu não lembrei na hora, mas lembrei depois. A noite do licor de pera. Sentada no banheiro. Eu havia dito que a amava.

Ela olhou para mim, encarando por muito tempo, no escuro sem piscar. Então piscou, e as lágrimas caíram.

E eu desejei que ela dissesse.

E ela desejou dizer.

Mas não conseguiu. E, antes que eu pudesse falar, ela já tinha ido embora.

Lenni e pequenas surpresas

A Temporária não havia tido muita sorte desde que fora ejetada sem cerimônia de seu cargo no Hospital Glasgow Princess Royal. Tinha começado por aquilo que desejava – inscrevendo-se apenas para empregos que a deixavam empolgada ou inspirada. As poucas respostas que recebeu foram rejeições. Então a Temporária baixou as expectativas – inscrevendo-se para trabalhos de digitação, cadastramento de dados, recepção... e, mesmo assim, nada. As rejeições eram tão impessoais e implacáveis quanto as provenientes de seus empregos dos sonhos. Só que desta vez era pior, porque ela estava sendo rejeitada para trabalhos que nem queria. Enquanto esperava do lado de fora da sala de um gerente de supermercado com os outros candidatos para o cargo de "assistente de vendas sazonais: contrato de trabalho intermitente", a Temporária soube que estava na companhia de um mecânico qualificado, um estudante de doutorado e três outros candidatos com formação universitária, diplomados em História, Matemática e Inglês, respectivamente.

Para sua surpresa, o gerente ligou para ela naquela tarde e lhe ofereceu um trabalho no balcão de frios. Quando estava na universidade, a Temporária se imaginava trabalhando como artista em uma galeria depois de formada. Em momento algum visualizou a si mesma apresentando-se para trabalhar no meio da noite para ajudar insones a escolher qual presunto comprar. Mas ela resolveu levar adiante e chegou ao trabalho na noite seguinte com sua redinha nos cabelos, engolindo o orgulho.

Vários meses depois, quando a Temporária voltou do trabalho para casa, sua mãe lhe pediu para sentar na sala e ficou mexendo ansiosa nas almofadas do sofá, sem conseguir fazer contato visual com ela. Em voz baixa, a mãe da Temporária lhe disse que o pai que ela tinha visto apenas uma vez na infância tinha sido encontrado e estava de posse de sua certidão de nascimento, que havia sido perdida cerca de vinte e dois anos antes. A Temporária se esforçou para identificar qual emoção, se é que existia alguma, estava sentindo ao ouvir aquela notícia. E talvez tenha sido bom não ter conseguido identificar o que sentia, porque, se fosse felicidade, seria ainda mais difícil quando sua mãe prosseguiu dizendo que seu pai não estava nada bem e que os médicos haviam dito que ele não viveria por muito tempo.

    A Temporária e sua mãe discutiram detalhadamente naquela noite sobre o que ela deveria fazer; se o visitaria ou escreveria, se iria sozinha ou acompanhada da mãe, se pediria a certidão de nascimento, que já tinha sido substituída havia muito tempo, ou se deixaria que ele ficasse com ela. Ficou se perguntando se estava zangada com o abandono ou feliz com seu retorno, se queria dizer adeus ou se ele sequer merecia um olá. Antes de tomar a decisão, no entanto, elas receberam outro telefonema. O pai da Temporária tinha morrido. A Temporária então chorou. Era o equivalente a saber da morte de um estranho e, ao mesmo tempo, saber da morte de uma parte irrecuperável de si mesma. Uma grande perda e, ao mesmo tempo, perda nenhuma.

    A enfermeira que estava ao telefone acrescentou em tom conciliatório que a família poderia se sentir melhor sabendo que ele conseguiu realizar um último desejo. A mãe da Temporária perguntou o que ele havia roubado, sabendo de sua propensão a pegar coisas que não lhe pertenciam. Após uma longa pausa, a enfermeira confirmou que ele tinha roubado uma garrafa de vinho da capela do hospital. No entanto, a enfermeira acrescentou rapidamente, o vinho não tinha sido responsável por sua morte, e o capelão do hospital o havia perdoado postumamente.

    Embora a mãe da Temporária tentasse finalizar a conversa, a enfermeira acrescentou que o falecido estava de posse de um item que pretendia passar à filha, caso ela fosse encontrada.

    Na manhã seguinte, a Temporária dirigiu até o hospital. Era surreal que o pai que ela nem havia conhecido estivesse no lugar em que ela havia trabalhado. A enfermeira dissera à mãe dela que ele estava na região, procurando por elas, quando adoeceu. Caminhando pelo estacionamento, tudo que via se tornava significativo – será que ele havia passado por essas portas? Será que tinha estado nesta ala do hospital? Teria pisado neste chão? Era o mais próximo que a Temporária jamais havia se sentido do pai. Em vida, tinham se encontrado uma vez. Sua mãe guardava uma cópia desgastada de uma fotografia da Temporária com o pai, ela vestindo um macacão listrado e se segurando na lateral do sofá. Segundo sua mãe, ela tinha acabado de aprender a se levantar. Seu pai estava sentado no sofá, olhando para ela, com o rosto meio obscurecido pela sombra.

A enfermeira com quem falou no posto de enfermagem não sabia nada sobre seu pai ou o item que havia sido deixado para ela.
— Qual era o nome? Reckland?
— Eklund — disse a Temporária. — É sueco.
A enfermeira balançou a cabeça e foi chamar outra enfermeira, que também não reconheceu o nome nem a história. Por fim, foi um funcionário da manutenção com algumas tatuagens tortas nos braços que a ajudou.
— O sr. Eklund? — ele perguntou, aproximando-se do balcão para falar com a Temporária.
— Isso.
— Um senhor de cabelos grisalhos?
— Eu não sei.
— Sueco? Roubou uma garrafa de vinho?
— Sim. Acho que sim.
— Você é a filha?
— Sou.
— É claro que é. Você é a cara dele.
Aquela frase acertou a Temporária como se ela tivesse se chocado com uma parede invisível.

— Meus pêsames, querida — disse o funcionário.

Ela fez um gesto com a cabeça, sabendo que, se tentasse falar, acabaria chorando.

A enfermeira falou de trás do balcão:

— Sabe onde o tal Recklund deixou as coisas para a filha, Paul?

— É claro que sim — ele respondeu com animação, saindo da ala e deixando a Temporária a sós com a enfermeira.

A enfermeira estava mergulhando um biscoito de chocolate no chá. Sua caneca era decorada com gatos coloridos fazendo acrobacias. A Temporária se concentrou na caneca. Nesse exato momento, ela lembrou a si mesma, pessoas estão tendo dias normais. Tomando chá, segurando canecas com desenhos de gatos.

— Não sei o que é — disse o rapaz da manutenção ao reaparecer pelas portas automáticas e entregar o volume a ela. Era uma bolsa de viagem manchada. Tinha um cheiro particular. Amônia. Umidade. Terra. As tiras eram laranja, pelo menos nas laterais da mala. Na parte da alça, o laranja tinha virado marrom.

A Temporária não foi capaz de encontrar uma palavra para definir aquilo.

— Estava esperando alguma coisa? — o rapaz perguntou. A Temporária fez que não com a cabeça. A mala era mais leve do que ela imaginava. — Alguém te deu a certidão de nascimento?

A Temporária fez que não com a cabeça novamente.

Ele entrou atrás do balcão.

— Paul! O que está fazendo? — perguntou a enfermeira quando ele começou a abrir a primeira gaveta e vasculhar os papéis. Metade de seu biscoito se esfarelou e caiu dentro do chá.

— Uma certidão de nascimento — ele respondeu. — O pai dessa jovem estava com a certidão de nascimento dela.

A enfermeira não estava interessada.

— Eu não vi certidão nenhuma. Estou no meu intervalo. — Ela pegou uma colher e começou a tentar tirar os pedaços molhados de biscoito que boiavam na superfície do chá.

— Achei — ele disse, tirando o papel cor-de-rosa da gaveta. Paul leu o nome completo na certidão. — É você? — ele perguntou.

A Temporária confirmou.

A certidão de nascimento perdida sempre havia sido um mistério para a Temporária e sua mãe. Ela tinha sumido da gaveta da cozinha no dia da foto com o macacão listrado. O que um pai ausente poderia querer com a certidão de nascimento de sua filha? Olhando para o papel, a Temporária viu que ele tinha conseguido manter o documento em perfeitas condições, à exceção das marcas formando uma cruz no centro, onde o papel tinha sido dobrado ao meio duas vezes.

O pai cuidara bem daquilo.

A Temporária sempre havia associado os roubos de seu pai a algo negativo. Quando sua mãe contava histórias de seus roubos na época em que eles namoravam, eram sempre ruins. Sempre terminavam com polícia, brigas ou algum tipo de problema. Mas aquilo era diferente. Tinha sido um ato de amor, uma lembrança, um sinal de que ela tinha significado alguma coisa para ele.

— A menina que conversou em sueco com ele — Paul contou — falou que ele queria dizer a você que sentia muito pelo que fizera e que queria que você ficasse com o que está na mala.

— O que é?

— Não faço ideia, não olhei.

A Temporária assentiu.

— Obrigada. — Mas, antes de chegar à porta, ela se virou e perguntou: — Uma menina conversou com ele em sueco?

— Sim, ela serviu como tradutora.

E, com um sorriso, a Temporária perguntou:

— Como faço para chegar à Ala May?

A Temporária não conhecia bem aquela parte do hospital e, tendo esquecido imediatamente as instruções que o funcionário da manutenção lhe dera de como ir da ala em que seu pai estava até a Ala May, ficou vagando sem rumo por um tempo, com a mala em uma das mãos e a certidão de nascimento na outra. Até que parou.

O corredor estava vazio e tinha longas janelas por toda a extensão, com parapeitos um pouco acima do nível do chão, tornando-se locais perfeitos para sentar. A Temporária se sentou ali e colocou a mala à sua frente.

O zíper tinha o mesmo tom de laranja desbotado das faixas laterais. Por um momento, a Temporária se questionou se seria realmente capaz de abrir a mala. Se não seria melhor nunca abri-la. Daquela forma, a herança de seu pai poderia ser ao mesmo tempo maravilhosa e terrível, significativa e insignificante. Mas ela precisava saber.

O agasalho preto foi a primeira coisa que ela tirou. Era a fonte de grande parte daquele cheiro. Era, a Temporária não podia ignorar, cheiro de urina. Mesmo assim, ela tirou o agasalho da sacola e o colocou ao seu lado no peitoril da janela.

Havia também um rolo de corda azul e várias latas vazias de energético de uma marca genérica. Cada lata custava dezenove centavos. A Temporária e seus amigos costumavam misturá-lo com vodca em suas noitadas.

Quando afastou um jornal velho, ela viu a primeira cédula. Ao tentar puxá-la do fundo da mala, quase a rasgou, pois estava presa com um elástico de cabelo a uma pilha de notas iguais. Eram cédulas estranhas – um homem de barba comprida e chapéu de lado a encarava com melancolia. Independentemente de que moeda fosse aquela, uma só nota valia mil. E na pilha que ela tinha nas mãos havia pelo menos duzentas notas. A segunda pilha tinha o mesmo tamanho, também presa com um elástico de cabelo.

Ett Tusen Kronor estava impresso no alto de cada nota.

Havia apenas uma pessoa com quem a Temporária queria falar naquele momento e, por sorte, ela já estava a caminho de visitá-la.

E foi assim que a Temporária acabou parada na ponta da minha cama, segurando uma bolsa de viagem cheia de dinheiro sueco.

Margot e o aniversário

Londres, 11 de maio de 1967

Margot Macrae tem trinta e seis anos de idade

O aniversário de Davey é um fantasma maior do que o próprio bebê jamais foi. Ele me assombra. Fica espreitando o calendário.

Mas, no que deveria ser seu décimo quarto aniversário, abri a porta do apartamento que dividia com Meena e o encontrei cheio de balões amarelos. Centenas deles.

Mais tarde, quando encontrei Meena no bar, o Professor não estava à vista, e aquilo me fez respirar, soltar um ar que eu nem sabia que estava prendendo. Às vezes, quando ele não estava por perto, Meena voltava a ser dona da própria vida. E a dividia um pouquinho comigo.

Tentei agradecer, mas ela não conseguia me ouvir por causa da música alta. Então apenas a abracei bem forte.

Assim que apresentei Meena e Davey, ela o amou.

E isso me fez amá-la ainda mais.

Lenni e a missa

Faltavam poucas semanas para o padre Arthur não ser mais padre. Decidi, como imagino que as pessoas faziam antigamente quando uma atriz anunciava sua aposentadoria, ir visitá-lo sempre que possível. Eu compareceria a todas as suas últimas performances antes que se aposentasse para descansar o tornozelo, ou se casar com seu verdadeiro amor, ou se mudar para Los Angeles para tentar a sorte no cinema. Então, um dia, eu balançaria um programa desgastado diante dos olhos de meus netos e diria: "Eu estava lá naquela época". Depois os entediaria com histórias de Arthur com suas roupas bordadas, impressionando o público como só ele sabia fazer.

Meu ressentimento pela Enfermeira Nova, Introdutora da Cadeira de Rodas, não havia evaporado completamente. A evaporação do ressentimento havia sido consideravelmente desacelerada pelo fato de a cadeira de rodas ter permanecido. Desde aquele dia, ela a usava para me levar à Sala Rosa e a todos os lugares. Poderia muito bem ter gravado a primeira parte de minha lápide: *Lenni Pettersson, Janeiro de 1997–Em breve*.

Pedi para Suzie me levar à capela. Ela é enfermeira da Ala May, mas nunca a vi fazendo coisas de enfermeira. Sabia que ela não me levaria numa cadeira de rodas e eu queria conversar.

— É uma missa católica? — ela perguntou.

— Talvez — respondi, pegando em sua mão enquanto ela me ajudava a levantar da cama.

— Você não sabe? — Ela olhou para mim.

— Não me lembro.

— Hum, mistério — ela disse. — Gosto de um mistério. Meu pai não joga mais Detetive comigo porque diz que fico muito agressiva. — Ela riu. — Leio pelo menos um livro de mistério por semana, nunca me canso. Meu pai diz que não gosta, diz que os livros colocam ideias em minha cabeça.

Enquanto saíamos caminhando da Ala May, uma onda de náusea subiu dos meus pés até a garganta. Fiquei quente e com vontade de vomitar.

— Amo todos com Miss Marple também, e um amigo me deu um Poirot de aniversário. Adoro como ele fala de si mesmo na terceira pessoa. — Quando eu não disse nada, ela continuou: — Quero começar a fazer isso, sabe, a dizer coisas como: "Suzie tem suas suspeitas sobre o soldado".

Ela foi me levando pelo corredor para mais longe da Ala May, e eu só conseguia pensar que estava deixando para trás todos os lugares em que poderia vomitar sem arruinar o chão. Quando saímos, desejei um daqueles recipientes hospitalares de papelão para vômito que, quando criança, eu achava que eram cartolas. Gostaria de viver para sempre no mundo do meu eu de dez anos de idade, quando acreditava que os hospitais estavam preparados para qualquer emergência que envolvesse traje black tie temporário, com cartolas de papelão para todos os pacientes.

Para meu azar, o corredor que leva ao corredor que leva ao saguão que leva ao corredor onde fica a capela do hospital é desprovido de qualquer tipo de receptáculo para vômito. Eles já deviam saber àquela altura, pensei, que era melhor deixar recipientes para vômito em todos os cantos. Economizaria muito dinheiro em limpeza. Suzie continuou de braço dado comigo, e eu me concentrei em suas palavras, tentando ignorar a náusea crescente que tomava conta de mim, puxando o fundo de minha língua, encorajando-me a golfar.

— ... li um que era tão bom...

Senti arrepios na ponta dos dedos. Ia passar. Ia passar tão rapidamente quanto veio. Eu só precisava aguentar mais um pouco.

— ... acontece um assassinato no porto e um pescador é apunhalado, mas não conseguem associar o ferimento a nenhum tipo de arma. Desculpe — ela se interrompeu —, as imagens são muito fortes? Não está com nojo, está?

Apenas sorri e fiz que não com a cabeça. Seguimos lentamente adiante.

— Bem, o outro assassinato é o de um homem em um estacionamento, no meio de uma tempestade, e ele foi apunhalado, mas ninguém sabe onde está a arma. Mas o seguinte é em uma escola, e é onde encontram a pista crucial: quando examinam o sangue da terceira vítima, descobrem que foi diluído com água.

Passamos pelas últimas portas, e pude ver a capela mais à frente. Tornou-se algo simbólico – se eu pudesse combater todos os instintos naturais de meu corpo que diziam para eu me curvar e vomitar até as tripas, então ficaria bem.

— Aí eles percebem que porque o estacionamento do segundo assassinato estava molhado e o porto, obviamente, estava molhado, eles tinham perdido as pistas – que indicavam que a arma era feita de gelo, e que, em vez de escondê-la, o assassino havia simplesmente deixado a adaga de gelo em suas vítimas e ela tinha derretido antes de eles chegarem. Não é legal?

Fiz que sim com a cabeça.

— Bem, a história termina com a investigadora e o investigador ficando juntos, e depois eles vão patinar no gelo e fazem uma piada sobre terem que tomar cuidado porque o gelo pode ser muito perigoso. Acho que daria um ótimo filme, li tudo em dois dias!

Acho que ninguém nunca havia descrito para mim o enredo de um livro que eu realmente tivesse vontade de ler.

Suzie caminhava mais devagar conforme nos aproximávamos da capela para poder me contar mais. Eu me soltei do braço dela.

— Obrigada por me trazer — eu disse. Minha voz estava estranha. Fina. Não era a minha voz.

— Não foi nada — ela disse. — Espero que não tenha ficado entediada!

Fiz um sinal para dizer que não.

— Volto em uma hora para te buscar, então?

— Obrigada.

Antes que ela pudesse dizer mais alguma coisa, empurrei a porta pesada da capela sem saber ao certo se ia vomitar ou cair de joelhos e rezar. Trombei com a barriga de tamanho considerável do padre Arthur e ambos fomos jogados levemente para trás, sem saber o que havia acontecido.

— Lenni? — ele disse, sem conseguir esconder a alegria.

— Vim para a missa.

— Chegou bem na hora — ele disse. Olhei para a capela e avistei o único outro membro da congregação: um idoso de pijama listrado com um paletó por cima. Alternei o olhar entre ele e o padre Arthur, que apenas deu de ombros. Gosto do fato de ele nem fingir mais.

O padre Arthur estava vestido para a ocasião, usando calça e camisa pretas com uma espécie de lenço comprido com videiras bordadas em volta do pescoço.

Eu me sentei na terceira fileira. Não quis me sentar na frente, caso houvesse participação do público. A náusea estava diminuindo agora que eu estava sentada, e observei o padre Arthur acender as últimas velas no canto e ligar o aparelho de som com o hino.

O senhor da primeira fileira fungava alto, tirou um lenço do bolso do paletó e assoou o nariz. Depois, abriu o lenço e inspecionou seu conteúdo antes de dobrá-lo novamente e guardá-lo no bolso.

O padre Arthur foi rapidamente para a frente da igreja e parou por um instante para olhar para nós dois. Seu rebanho. Seus cordeiros. Apenas aguardando para serem recebidos no amor de Cristo.

— Bem-vindos — ele disse.

E eu recebi aquilo. As palavras, a música, tudo. E nem ri quando a cabeça do senhor da primeira fileira tombou para a frente quando ele pegou no sono. Mas logo ele começou a roncar bem alto. Uma respiração áspera foi interrompida repentinamente quando ele levantou a cabeça e gritou:

— Theodore?!

Então eu ri.

E o padre Arthur riu também.

Margot e o presidente Ho Chi Minh

Margot estava usando lilás. A luz do sol batia no tampo das mesas ao seu redor e dava a impressão de que ela estava brilhando.

— Você vai gostar dessa — ela disse, apontando o lápis e soprando as raspas de cima da tela.

Sem parecer pensar muito a respeito, ela começou a desenhar formas ovais na página, fileiras e fileiras delas. Lentamente, as formas ganharam ombros, e dois prédios altos elevaram-se de cada um dos lados. Então elas ganharam roupas e rostos e marcas. E depois ganharam uma história.

Londres, 18 de março de 1968, 1h00
Margot Macrae tem trinta e sete anos de idade

Eu me sentei nos degraus que levavam à porta de nossa casa, com arranhões que sangravam nos braços, a pele do joelho esquerdo levantada, revelando algo ralado e ensanguentado, o joelho esquerdo inchado, transformando-se em um calombo escuro. As palmas das mãos incrustadas com pedacinhos minúsculos de cascalho que eu tentava arrancar com as unhas, mas apenas rasgava a pele e fazia sangrar.

Estava escuro. E frio. Mas ainda assim esperei.

Não comia desde o café da manhã do dia anterior, e meu estômago me lembrou disso. Por um instante, senti como me sentira quando Davey estava nadando dentro de mim, quase pronto para conhecer o mundo, e havia virado com o lado certo para cima para iniciar a jornada.

Eu estava sentada nos degraus de pedra gelados havia tanto tempo que minhas nádegas tinham ficado completamente dormentes.

Meu cabelo estava sujo. Minhas roupas também estavam sujas, e eu estava cansada em um nível que não ficava desde a morte de Davey.

Achei, no entanto, que os degraus eram um lugar tão bom quanto qualquer outro para esperar. O próximo trem só sairia de Londres às seis da manhã.

Duas malas aguardavam ao meu lado. Peguei um agasalho em uma delas e joguei nos ombros. Só o vestiria depois, porque não queria que o sangue manchasse as mangas.

Eu tinha prometido a mim mesma que não participaria de mais manifestações, que não infringiria mais a lei, que não haveria mais ativismo, e mesmo assim me vi na Trafalgar Square em 17 de março de 1968, com o coração pulsando nos ouvidos e as mãos tremendo. Esperando que aquilo fizesse Meena me notar.

O Professor estava lá novamente. Na verdade, o Professor tinha se tornado uma constante em nossa vida. Ele tinha aprimorado a capacidade de se lembrar de tirar a aliança. Da janela de nosso apartamento, eu o observava. Ele puxava o anel, girava, girava (nitidamente era um homem mais magro quando se casou) até ele sair e depois o guardava no bolso esquerdo do blazer para não perder.

Aquele dia de março seria a primeira vez que sairiam juntos em público. Meena estava empolgada. O Professor estava fumando e tentando transparecer calma, mas estava claramente tão nervoso quanto eu. Usava um par de óculos prateados redondos, supostamente esperando não ser reconhecido por ninguém enquanto andava de mãos dadas com uma mulher que não era sua esposa.

Estávamos onde costumava ser a Trafalgar Square. Só que não era mais a Trafalgar Square, era uma multidão de pessoas. A multidão conversava, se atropelava e se empurrava. Dois homens seguravam uma placa de madeira com a imagem do presidente Ho Chi Minh sorrindo e, embaixo, uma mensagem para o exército americano: "Vão para casa!". Eles passaram por mim empurrando e abriram caminho para chegar mais perto da ação. Adam e Lawrence estavam no meio da multidão também, usando camisetas com inscrições em caneta preta: "Pode dizer ao tio Sam que nós não vamos para o Vietnã".

No escuro, nos degraus, esperei.
Limpei o joelho ensanguentado com a flanela que pegara no apartamento. Ardia tanto que a afastei rapidamente, e a última parte úmida de pele também se abriu. A carne por baixo era rosada e brilhosa. Por mais que doesse, não me movi.
À meia-luz dos postes do fim da rua, vi uma figura caminhando na calçada. Forcei os olhos, mas não era ela.

O barulho era insuportável. Era hora de ir para a Grosvenor Square para a atriz entregar a carta. Foi imediato – a onda de pessoas fazendo a volta.
— Estou indo embora — o Professor disse, jogando o cigarro no chão sem se importar em apagá-lo.
Meena ficou olhando para ele.
— O quê? — ela disse. — Você não pode ir. Agora que vai ficar bom. — Mas ele deu um beijo rápido em seu rosto e abriu caminho pela multidão, dizendo para uma mulher cair fora quando ela balançou uma placa diante de seus olhos encobertos.
Meena parou. Eu também. Parecia que ela ia chorar. Sua expressão petulante incendiou algo dentro de mim.
Ela se virou para mim, e deve ter percebido, porque perguntou:
— O que foi?
A multidão estava ficando mais barulhenta e aumentando à nossa volta. Não havia saída.
— Pare, Meena — gritei. — Apenas pare.

As pessoas fluíam por todos os lados. No meio do caos, parecia que o barulho era tão alto que eu poderia gritar e não seria ouvida por ninguém além dela.

— Pare de fingir que é ele que você quer!

Conforme mais gente impaciente para chegar à Grosvenor Square e ver a carta sendo entregue empurrava, era como se estivéssemos no meio do mar, nadando contra uma corrente forte que nos puxava em grandes ondas. Mas ela não se moveu, nem eu.

Estendi o braço e peguei em sua mão.

O casal barulhento que vivia no apartamento abaixo do nosso descia a rua iluminado pela luz dos postes. Ele estava usando só um sapato, mas ela estava com dois sapatos de salto que batiam no asfalto enquanto eles corriam de mãos dadas.

Quando apareceram no fim da escadaria, eles me viram, mas não disseram nada. Subiram os degraus rapidamente, mas ela virou o pé e tropeçou, caindo em cima das minhas malas, que escorregaram escada abaixo. A mala menor se abriu, vomitando na calçada tudo que havia lá dentro.

— Oops! — ela disse, e eles entraram e fecharam a porta. Deu para ouvir que estavam rindo.

Meena olhou para mim, e, enquanto o caos agitava-se ao nosso redor, nenhuma das duas se movia.

— Solte — ela disse. E eu não entendi rápido o bastante, então ela soltou a mão da minha e correu para o meio da multidão.

— Meena!

Fui atrás dela.

※ ※ ※

Desci a escada e peguei minha mala. Enrolei saias, vestidos e sapatos e os coloquei de volta para dentro. E parei ao ver o balão no último degrau. O balão amarelo. Tínhamos nos divertido tanto estourando todos os balões amarelos quanto convivendo com eles em nosso pequeno apartamento por uma semana. Guardei um dos balões murchos, ainda com a fita amarrada. Porque não queria esquecer que ela tinha lembrado.

O caos estava piorando. Passei por um homem com o nariz sangrando, rios de sangue escorriam até os lábios, de modo que teve que cuspir no chão o sangue que se acumulava na boca.
Ela era rápida, desviava das pessoas e das placas.
— Meena!
Um policial bateu com o cassetete no ombro de um manifestante, que desapareceu de nossa vista. Seu amigo foi para cima do policial, agarrando sua jaqueta e o derrubando no chão.
Mais tarde, o repórter do *Pathé News* diria que aquela havia sido a manifestação mais violenta já vista em Londres.

As fotografias tinham escapado da mala e caído viradas para baixo no asfalto. Eu só tinha guardado duas. Uma foto em que estou de vestido verde, dançando com Meena em um *cèilidh*, baile tradicional escocês que sua amiga Sally havia organizado na primeira véspera de Ano-Novo que passei em Londres. Meena está rindo, e nós estamos dançando e girando de braços dados. Foi uma das noites em que me encantei com o quanto era possível ser feliz. E minha foto preferida: Meena e eu com os rostos pintados com flores em uma festa na casa de alguém. A noite em que salvamos o cachorro. E ela me mostrou que eu não era a única alma que ela estava ensinando a ser livre.

Peguei as duas fotos e voltei a me sentar nos degraus. Imaginei que fosse por volta de três da manhã. Mas ainda esperei.

Um cavalo relinchava assustado enquanto o policial que o montava tentava controlá-lo. Mais bombas de fumaça foram lançadas, e policiais e manifestantes eram carregados em macas.
— Meena! — tentei gritar, embora não pudesse ouvir minha própria voz. Ela já devia estar muito mais à frente. E provavelmente ainda correndo.
Alguém bateu em minha cabeça com uma placa pesada e, por um instante, tudo ficou indistinto. Fumaça branca subia, e tive a sensação de não estar ali de verdade. Depois senti a força total de alguém caindo sobre mim e me lembro de atingir o chão.

Não ouvi os passos, mas lá estava ela no início da escadaria, enrolada no casaco de algum estranho, carregando uma placa que dizia *Paz*. Sem nenhum arranhão.
Fiquei imaginando como ela podia ter saído ilesa daquela experiência.
Ela passou os olhos por minhas canelas cheias de hematomas, meu joelho ensanguentado, os arranhões em meus braços e, finalmente, chegou às malas ao meu lado.
Havia tantas coisas que eu queria dizer a ela. Queria perguntar como ela podia ser tão livre e de tantas formas, menos uma. Dizer que ela não precisava ter medo de mim. Explicar que eu havia me apaixonado por ela de um modo como nunca tinha sido apaixonada por Johnny, porque o que eu sentia por ela não vinha de nenhum tipo de obrigação. Era completa e totalmente voluntário. E que eu poderia amá-la para sempre, se ao menos ela deixasse. Mas nenhuma dessas palavras saiu.

***

Eu sentia gosto de metal e sangue, mas continuei andando na direção contrária da manifestação. Encontrei uma rua lateral, depois outra. Enquanto continuava caminhando pela rua, agora repleta de objetos que haviam sido atirados – pedras, sapatos, placas descartadas –, vi o rosto sorridente do presidente Ho Chi Minh mais uma vez, agora caído no chão e marcado de marrom onde sapatos rudes o haviam pisoteado. "Vá", ele me disse, "vá para casa!".

Mas eu não tinha casa.

Então teria que encontrar uma.

Meena se sentou ao meu lado no degrau frio, apoiou a cabeça em meu ombro, e não dissemos nada. Eu não tinha coragem de dizer aquilo novamente. E não tinha coragem de não ouvir o mesmo em resposta.

Em algum momento, devo ter caído no sono, porque, quando abri os olhos, o céu tinha deixado de ser escuro e estava em um tom esperançoso de cinza. O sol estava nascendo. Ela ainda estava ali, com a cabeça apoiada em meu ombro, sonhando.

Fui esticar as pernas para voltar a senti-las e meu movimento deve tê-la acordado. Aquela expressão sonolenta quando ela abriu os olhos me fez querer continuar com ela.

Mas eu não podia.

Então lhe entreguei um envelope com o dinheiro do aluguel do mês seguinte. E a fotografia do *cèilidh*. Assim ela não se esqueceria de mim.

Em seguida, peguei minhas malas e, à luz cinza da manhã, saí para a rua.

Procurando minha casa.

Uma troca de riquezas

— Cerca de trinta e cinco mil libras.
— Está brincando!
— Não.
— Ai, meu Deus. E eu fui perder logo o único dia em que algo interessante aconteceu. O que ela vai fazer com o dinheiro? — A Enfermeira Nova havia se esquecido completamente de que tinha que me dar uma injeção de anticoagulante e estava parada com uma mão na cintura, apontando distraidamente a agulha para cima com a outra, como se fosse uma modelo de catálogo de agulhas (se é que isso existe).

— Ela disse que ia reservar uma parte para dar um funeral decente ao pai, e depois disse que não sabia o que fazer com o restante, talvez voltar para a universidade, viajar ou dar entrada em uma casa, dar um pouco para a mãe. Ela estava com muitas ideias.

— Uau.
— Pois é. Ela tentou até me dar uma.
— Uma o quê?
— Uma nota. Depois que me pediu para calcular quanto havia na mala, ela me ofereceu uma nota para que eu tivesse algo sueco comigo aqui no hospital. Ela disse que não tinha esquecido o encontro que teve comigo em todo esse tempo desde que deixou o hospital e sorriu quando viu que as rosas amarelas ainda estão em minha mesa de cabeceira.

— Você aceitou?
— Não, não pude aceitar. Foi dela a ideia da Sala Rosa. Ela é o motivo de eu ter conhecido a Margot.

— Não é incrível pensar que o pai dela ficou andando com aquele dinheiro por aí e, mesmo não tendo casa, não o gastou? E agora ela sabe que o pai estava pensando nela durante todo o tempo em que esteve ausente.

— Foi uma troca de riquezas. Ela deu um presente ao hospital, e o hospital deu outro a ela.

Lenni e o homem que costumava ser sua Lua

— Ah, eu me lembro do seu pai — disse Paul da Manutenção.
— Um cara alto? De óculos?
— Isso mesmo.

Paul estava me acompanhando até a Sala Rosa porque tinha que ir para aquele lado de qualquer forma e, em suas próprias palavras, não jogava conversa fora havia um tempo. Ele caminhava ao meu lado enquanto eu movimentava a cadeira de rodas. Ele havia me perguntado se eu gostaria que ele me empurrasse, e, quando eu respondi que não, não insistiu, e eu gostei muito. Mentalmente, atribuí a ele alguns pontos. Sua pontuação está bem mais alta que a dos outros funcionários da manutenção.

— Era um cara que vinha muito aqui? — Paul perguntou.
— Isso mesmo — repeti quando chegamos à parte reta do corredor, onde a cadeira de rodas deslizava perfeitamente.
— Um cara bem quieto — ele afirmou, pensativo. Fiquei me perguntando se ele estaria imaginando meu pai corretamente, totalmente pálido, que era como ele sempre ficava quando visitava a Ala May. Como se fosse obrigado a deixar o casaco, qualquer tipo de flor natural e toda a cor de seu rosto no posto de enfermagem antes de entrar na ala.
— Ele não anda vindo muito — Paul disse, segurando as portas para eu passar.
— Não — respondi, passando com a cadeira. — Margot tem me perguntado sobre ele. Não sei por que ela está preocupada comigo. Não quero que ele volte.
— Talvez ela não esteja preocupada com você — Paul disse, refletindo. — Talvez ela esteja preocupada com ele.

Se Paul não tivesse acabado de ganhar quinze mil pontos extras por essa percepção, eu poderia ter ficado nervosa ao entrar na Sala Rosa para contar o resto a ela.

Margot havia prendido o cabelo em um coque e, por um momento, ficou parecida com a garota de cabelos castanhos que eu tinha visto na praia, em Glasgow.

— O que você achou? — ela perguntou.

— Eu amei — respondi, levando a cadeira de rodas até o meu lugar. — Se voltarmos para visitar meu pai — eu disse —, podemos ir a algum lugar divertido depois?

Ela concordou.

Hospital Glasgow Princess Royal, dezembro de 2013
Lenni Pettersson tem dezesseis anos de idade

A primeira cirurgia grande aconteceu poucas semanas depois da consulta com o médico temeroso.

O sonho que tive quando estava sob o efeito da anestesia geral era tão laranja que dava para sentir o gosto.

Quando saí do sonho laranja, encontrei meu pai.

Eu o vi sentado ao lado da minha cama, parecia acabado. O rosto estava acinzentado e a expressão era dura como pedra.

— Não posso fazer isso, Len — ele disse com a voz rouca. — Não posso ficar aqui sentado vendo você *morrer*.

— Então não fique.

Ele olhou para mim por um longo tempo. Como se estivesse tentando encontrar algo em meu rosto que lhe dissesse o que ele ainda não sabia.

No início, ele continuou vindo, entre os horários de visita das três e das seis, e continuou sua lenta transformação em uma gárgula – todo pétreo e cinza. Agnieszka tinha precisado voltar para a Polônia devido ao trabalho, e eu sabia que ele tinha parado de rir.

As visitas tornaram-se mais curtas, e ele começou a deixar de vir por um ou dois dias, ou uma semana. Foi ficando cada vez mais quieto e com aspecto mais acinzentado, e eu ficava olhando para o relógio até o fim do horário de visita e me sentia aliviada quando ele não aparecia na porta, todo encurvado e triste.

— Estou falando sério — eu disse a ele numa tarde em que, por entre os cílios, vi que me observava fingindo dormir, com a mesma expressão de desespero com que observava minha mãe parada naquela cozinha, olhando para o jardim e vestindo apenas camiseta e calcinha. Ele queria remar até onde eu estava e me puxar de volta para a margem. Mas, como minha mãe, eu já estava submersa, já estava na parte escura.

Sabia que tinha chegado a hora.

— Papa — eu disse. Não o chamava assim havia muitos anos. Estava arrancando todas as barreiras. — Quero que faça uma coisa para mim.

Ele me olhou.

— Quero que prometa que não vai voltar.

Houve uma pausa bem longa.

— Não posso fazer isso, Lenni — ele disse. — Não posso te deixar aqui sozinha.

— Não estou sozinha, tenho todos esses ótimos enfermeiros e médicos, e todos esses tubos. Olhe para tudo isso! Estou enlouquecendo com tantos tubos! — Apontei para os tubos enterrados em mim, pela cama, ligados aos vários aparelhos.

— Lenni — ele disse com delicadeza.

E então não consegui mais ser suave:

— Não quero você aqui. — Ele não falou nada. — Quero que vá para a Polônia. Tire férias e vá visitar Agnieszka, conhecer a família dela. Depois voltem e comecem uma vida juntos, e a deixe te fazer rir.

— Não, Lenni.

— Você não pode dizer não a uma criança que está morrendo.

— Você não deveria fazer piada com isso — ele respondeu, mas sorriu um pouco.

— Quero que você vá.

Algumas lágrimas caíram de seus olhos, e ele teve que tirar os óculos para secá-las.

— Tem que ser uma promessa. Prometa que vai embora e não vai mais voltar.

— Mas eu...

— E, quando o fim estiver chegando, as enfermeiras vão te dizer. Elas vão te ligar e dizer para você vir. E então pode vir se despedir. Mas aquela não será nossa despedida real. Esta, sim. Enquanto ainda sou a Lenni. Enquanto ainda tenho vigor e espero ansiosamente a hora do jantar porque gosto do iogurte de morango que eles servem aqui.

Ele balançou a cabeça e mais lágrimas caíram, então simplesmente tirou os óculos e os colocou sobre as pernas. Em seguida, pegou minha mão perfurada pelo acesso em sua mão úmida.

— Se...

— Se eu mudar de ideia, peço para te ligarem e você vem — eu disse. — Eu sei. Mas tem que prometer.

— Por quê? — ele perguntou.

— Porque eu estou te libertando.

Ele ficou comigo durante quatro horas e, quando trouxeram meu jantar, pediu à enfermeira que trocasse meu iogurte de limão por um de morango.

Acordei na manhã seguinte e encontrei Benni, o porco de pelúcia, na cadeira de visitantes onde meu pai havia estado, e havia uma fotografia no colo dele – uma foto dobrada de meu pai comigo em meu primeiro aniversário. Estou nos braços dele, apertando meu próprio olho com a palma da mão, e rindo. Estou com cobertura de bolo em todo o rosto e no macacão. A foto estava desgastada no centro por ter sido dobrada e morado na carteira dele por quinze anos.

Na parte de trás, com caneta marca-texto verde emprestada do posto de enfermagem, ele havia escrito: "Vou te amar para sempre, docinho".

Margot abriu um sorriso que parecia dizer que ela compreendia. E que talvez, embora eu pudesse estar errada, ela estava orgulhosa de mim.
— Podemos ir para Londres agora? — perguntei.
— Bem, até *poderíamos* — ela disse. — Mas hoje vamos a um lugar novo.

Margot e a estrada

Warwickshire, fevereiro de 1971

Margot Macrae tem quarenta anos de idade

A A4189 entre Redditch e Henley-in-Arden é sinuosa, longa e solitária. É pior no escuro. Os invernos em Londres nunca foram tão frios quanto os que eu havia passado no interior. Em Londres, havia todos aqueles prédios altos e luzes brilhantes para nos proteger, enquanto, no interior, ficamos expostos e vulneráveis. Se a tachinha no mapa na parede do apartamento de Meena ainda estivesse lá, apontaria para um local a apenas poucos quilômetros de onde eu estava passando de carro, onde eu tinha arrumado um emprego em uma biblioteca e me acomodado em uma vida simples e calma.

Vi meu próprio olho no espelho retrovisor e me surpreendi com o fato de que agora parecia adulta. Não me sentia doze anos mais velha do que a Margot que tinha descido de um trem na estação de Euston, sozinha e aflita, mas era.

E lá estava eu, na estrada, completamente sozinha e no escuro. Não havia carros na frente para seguir nem carros atrás para tranquilizar. Subi uma colina íngreme onde árvores desfolhadas perfuravam o céu como garras. Segui os faróis do carro até dobrar a esquina e notei rapidamente que a grama dos dois lados da estrada estava sendo soprada pelo vento. Uma folha passou por minha janela, e me perguntei por um momento se não seria um pássaro que havia perdido o controle devido ao vento forte. Gotas de chuva anunciaram-se em meu para-brisa, e eu liguei os limpadores. Limpa, limpa. Mantive os olhos na estrada; não estava muito longe de Henley. Não havia nada a temer. Limpa, limpa. Segui dirigindo, virando outra esquina e passando por uma velha igreja. À noite, aquele lugar parecia assombrado.

A escuridão cercou meu pequeno carro, e tudo que não estava iluminado por meus faróis aguardava no desconhecido.

Virei outra esquina – as cercas vivas vazias tremiam com o vento, e eu me inclinei para mais perto do volante. Cheguei a um trecho reto – a última parte da viagem até avistar Henley. Estava começando a relaxar quando meus faróis iluminaram a figura escura de um homem parado no meio da estrada. Um homem que eu estava prestes a atropelar com meu carro. Ele não se moveu e, por alguns segundos, nem eu. O choque de vê-lo sequestrou meu cérebro, mas logo meu pé assumiu o controle, apertando o freio com toda a força. Meu carro desviou para a esquerda. Afundei a mão na buzina, tentando conter o volante. Ele então se virou e deu um passo largo até o acostamento da estrada. Meu motor enguiçou, ou morreu, e eu parei. A roda dianteira esquerda se juntou ao homem na beira da estrada.

Não deve ter levado mais de alguns segundos para tudo aquilo acontecer, mas parecia ter acontecido muito, muito devagar. Fiquei imóvel por um momento. Naquele trecho de estrada vazio e aparentemente infinito, ele estava parado, todo vestido de preto. Parecia destemido.

Tentei dar a partida no motor, mas minhas mãos tremiam tanto que eu não conseguia segurar na chave.

Ele bateu na janela do passageiro, e eu gritei.

Procurei a chave na ignição novamente, e dessa vez consegui. O motor fez um chiado, mas nada aconteceu. Pisei no acelerador e girei a chave mais uma vez, mas nada aconteceu.

Ele estava inclinado, sorrindo para mim. Bateu de novo. Seu rosto não era como eu achava que seria. Devia ter por volta de cinquenta anos, estava com o nariz vermelho e usava chapéu de pescador. Os cabelos estavam ficando grisalhos nas laterais e escapavam em tufos por baixo do chapéu.

— Olá! — ele gritou. — Sinto muito por ter assustado você!

Eu não disse nada. Girei a chave com força, e um ronco seco veio do capô.

— Acho que você afogou o motor! — ele gritou para mim pelo vidro.

Continuei sem falar.

— Tente soltar a chave por um minuto. O motor precisa descansar antes de você tentar de novo.

Fiz o que ele disse. Estava tão cheia de adrenalina que poderia ter abandonado o carro e corrido para casa.

— Você está bem? — ele perguntou, espiando pelo vidro e sorrindo como um bobo para mim como se eu fosse um animal no zoológico.

Fiz que sim com a cabeça, esperando que ele fosse embora.

— Eu me chamo Humphrey! — ele gritou, apontando para si mesmo. — Humphrey James!

— O que você estava fazendo na estrada? — gritei do assento do motorista, finalmente encontrando minha voz.

— Como?

— O que você estava fazendo no meio da estrada?

Ele fez sinal para eu sair do carro e me juntar a ele.

Devo ter demonstrado insegurança.

— Não há nada a temer, eu não mordo! — ele disse. E depois riu.

— O que você estava fazendo na estrada? — perguntei novamente. Ele apontou para cima. Olhei para o teto do meu carro.

— Isso não — ele disse com uma risadinha. — As estrelas!

Eu me inclinei para a frente no assento para olhar pelo para-brisa, mas estava tão embaçado por minha própria respiração que não consegui ver nada.

Ele bateu na janela de novo.

— O que foi? — perguntei com irritação.

— Venha aqui ver!

Fiz que não com a cabeça.

— Não, obrigada. Estou bem aqui!

Tentei dar a partida no motor de novo, mas o chiado continuou.

— Como você se chama? — ele gritou.

Suspirei.

— Margot.

— Margot, acho que você afogou o motor!

— Sim, você já disse isso!

— Bem, não posso arrumar enquanto o motor estiver quente. Se esperarmos uns vinte minutos, posso te colocar de volta na estrada.

— Você pode consertar meu carro?

— Sim, posso! Mas temos que esperar o motor esfriar!

— Ah.

— Gostaria de ver as estrelas, Margot?

— Não sei.

— É um evento astral único!

O rosto dele estava tão repleto de empolgação e seu entusiasmo era tão genuíno que liguei o pisca-alerta, verifiquei o espelho retrovisor lateral e saí do carro. O ar de fevereiro era congelante; queimou minhas bochechas.

— Venha comigo — ele disse e caminhou novamente para o meio da estrada, agora iluminada pelos faróis do meu carro e os raios tremeluzentes do pisca-alerta. — Veja. — Ele apontou. — Veja.

Eu o acompanhei pelo acostamento, mas não fui para o meio da estrada. Olhei para cima e não pude acreditar. Havia estrelas. Mais estrelas do que achei que fosse possível.

Um céu de Van Gogh acima de nós. Parecia envolver a Terra toda.

— Que lindo! — exclamei.

— Está vendo como o tridente e o arco estão quase um em cima do outro? — ele perguntou. — Isso quase nunca acontece. Tem a ver com o eixo da Terra.

— Então é por isso que você estava no meio da estrada? — perguntei.

— É claro. Só se vê uma coisa dessas uma vez a cada milênio.

— Eu podia ter te atropelado. Você estava simplesmente... ali no meio, sem lanterna, sem nada. Podia ter morrido.

— Ah, não — ele disse. — Descobri que as pessoas sempre param.

Ficamos observando as estrelas em silêncio. Quase esperei que começassem a se mexer, como se pudéssemos realmente ver a rotação da Terra. Todo aquele tempo em Londres, com fumaça, neblina e poluição luminosa, havia eliminado a ideia de um céu estrelado de minha cabeça. Eu mal podia acreditar que o que estava vendo era real, e não uma série de lampadinhas brilhantes coladas a um veludo azul-escuro.

— Sinto muitíssimo por seu carro — ele disse, sem tirar os olhos do céu. — Por favor, saiba que vou pagar por qualquer dano.

Agradeci a ele.

— E sinto muito por ter assustado você — ele disse. — Não vejo muitos motoristas nesta estrada, mas devo dizer que hoje saí mais cedo do que de costume.

— Por quê?

— Margot, como já disse, é um evento astral único! — ele disse.

A noite estava calma, e o medo e a apreensão por quase tê-lo atropelado tinham passado com a mera visão do céu.

— Dá para entender por que se empolgou com isso — afirmei.

— Ah, eu poderia ficar observando as estrelas para sempre — ele disse. — Nem trouxe meu telescópio. Só queria ver. Da forma como é para eu ver.

Meu carro aguardava atrás de nós. A bateria provavelmente estava descarregando devido aos faróis acesos.

— E se aparecer outro carro? — perguntei.

— Seria uma noite cara de consertos para mim! — Ele riu como se aquela fosse a coisa mais engraçada que alguém já tivesse dito.

— Faz isso toda noite?

— Normalmente meu telhado basta, mas o céu de hoje merecia uma atenção maior. E valeu a pena, não acha?

— Mas não sente medo de sair andando por aí totalmente sozinho no escuro?

Ele então sorriu para mim.

— Nem um pouco, Margot. *Pois as estrelas tanto amei que a noite enfrento sem temor.*

* * *

Ele não consertou o meu carro. Depois de vinte minutos observando as estrelas calmamente, ele levantou o capô e começou a mexer lá dentro com muitos *hums* e *ahs* enquanto eu tremia de frio e olhava para ele e para o céu.

Por fim, soltou o freio de mão e empurrou meu pobre carro para o acostamento gramado, prometendo que chamaria um amigo mecânico que lhe devia um favor para guinchá-lo pela manhã. Então caminhamos na direção de Henley-in-Arden na escuridão. Eu me mantive no acostamento, mas Humphrey James, observador de estrelas, andava bem no centro da pista, caminhando sobre as linhas brancas no meio da estrada, como um equilibrista na corda bamba, um pé na frente do outro. Eu ficava olhando para trás o tempo todo para garantir que nenhum carro estivesse se aproximando silenciosamente.

— E então, Margot, o que a traz aqui?

— Você estava parado no meio da estrada, e eu estraguei meu carro tentando não te matar.

— Não, o que a traz a Henley-in-Arden?

Eu não disse nada.

— A vida no campo?

— Não.

— O isolamento?

Eu ri.

— Não.

— O Bardo?

— Nunca liguei muito para Shakespeare.

— *Nunca ligou muito para Shakespeare?* — ele repetiu.

— Não.

Com isso, Humphrey James caiu na gargalhada e, entre intervalos para respirar, disse:

— É a melhor coisa que já ouvi!

Continuamos andando. A noite estava extremamente fria, mas não me importei.

— E o que você faz — comecei a perguntar — quando não está observando estrelas na estrada?

— Ah, uma coisa aqui e outra ali. A maioria tem a ver com estrelas.

— *A maioria tem a ver com estrelas?*

— Exatamente.

Ele parou, então parei também. Ele apontou para o céu.

— Cada estrela que você vê lá em cima — ele disse — é maior que o Sol.

— É sério?

— Ah, sim, e mais brilhante também. As mais apagadas podem ser do mesmo tamanho que o Sol, mas as mais brilhantes são maiores. As pessoas não se dão conta disso... Acham que, por parecerem pequenas e cintilantes, *são* realmente pequenas. Mas elas são grandes, enormes, e muito potentes.

— Minha nossa!

— Você, Margot, você pode enxergar mais de trinta e dois quatrilhões de quilômetros esta noite.

— Posso? Às vezes tenho dificuldade para ler placas de trânsito sem meus óculos.

— Você consegue ver as estrelas, não consegue?

— Consigo.

— Então consegue enxergar mais de trinta e dois quatrilhões de quilômetros.

Sorri para ele. Ele sorriu para mim.

Continuamos andando até chegarmos à ponte ferroviária que anunciava o início de Henley-in-Arden e o fim da vastidão.

— Para que lado fica sua casa? — ele perguntou, e eu apontei.

— Preciso visitar um amigo que mora para lá — ele disse. — Posso acompanhá-la?

— É claro — respondi.

Então retomamos a caminhada, agora na calçada. Ele tirou um lenço branco do bolso e limpou o nariz.

— Então... Escócia, é claro — ele disse. — Mas, também, talvez Londres?

— Como?

— Londres? Você tem um toque de lá em seu sotaque.

— Ah, sim. Eu estava morando em Londres.

— Por quanto tempo?

— Ah, uns doze anos.

— É uma cidade maravilhosa — ele disse. — Bibliotecas incríveis, e as universidades são de primeira linha.

— Você morou lá também?

— Não, mas visito de vez em quando. Eu nunca poderia morar lá, não suportaria a falta de visibilidade.

Viramos na rua principal, e a cidade parecia estar aguardando com um brilho calmo e silencioso.

— Para que lado você vai? — ele perguntou.

— É por ali — apontei.

— E o que você faz? — ele perguntou.

— Trabalho na biblioteca de Redditch — afirmei.

— Ah, então são palavras?

— Como?

— O que você faz são palavras.

— Acho que sim...

— E mesmo assim não é fã de Shakespeare — ele disse, como se estivesse juntando pistas de um mistério e aquela não se encaixasse. Acho que ele ficou impressionado. Incrédulo, ao menos, que eu pudesse ser uma, e não a outra.

— Não é uma exigência...

— Você é controversa, não é, Margot? — ele perguntou. — Rebelde?

— Hum, eu não...

— Não há nada errado nisso! — ele gritou. — Todas as melhores pessoas são.

Ele então fez uma pausa, e caminhamos em silêncio por um tempo. Peguei meu chaveiro na bolsa.

— É aqui que deixo você, então — ele concluiu, enquanto eu tentava encontrar a chave da porta com os dedos congelados.

— Sim — eu disse a ele.

— Vou mandar pegarem o seu carro logo cedo — ele disse. — A que horas sai para o trabalho?

— Às oito.

— Nesse caso, seu carro vai estar aqui às sete, funcionando perfeitamente.

— Vai mesmo?

— Ah, tenha um pouco de fé. — Ele riu.

Abri a porta e senti a necessidade de agradecer a ele, embora não soubesse o motivo do agradecimento. A interrupção de minha noite e os danos ao meu carro eram culpa dele, e ainda assim eu tinha a sensação de que lhe devia alguma coisa, talvez pela companhia, pela primeira conversa não burocrática que eu tinha em meses... ou talvez pela promessa de um carro consertado.

— Obrigada — eu disse.

Ele sorriu e inclinou a cabeça.

— Boa noite. — Quando entrei no apartamento, eu o ouvi gritar: — Nunca liguei muito para Shakespeare! — E foi descendo a rua, rindo.

Na manhã seguinte, abri a porta e vi que meu carro não apenas havia sido deixado na vaga em frente ao apartamento, mas também o motor tinha sido consertado e estava funcionando perfeitamente. No banco do passageiro, havia um envelope. A carta se dirigia a mim como "a gentil mulher que desviou de seu caminho para não me matar" e perguntava se não seria muito ousado ele me convidar para compartilhar *tapas* e observar as estrelas quando me fosse conveniente. E, depois, "como você é uma mulher que gosta de palavras, Margot", ele escreveu, "aqui vai um poema do meu mundo para o seu".

E, em sua caligrafia aracnídea, ele havia copiado os primeiros versos de um poema:

Meu Tycho Brahe, traz a mim, que eu o reconheça vis-à-vis
ao partilhar minha ciência, humilde feito um aprendiz;
Das leis de tudo, tem saber, e mesmo assim ele ignora
o esforço pela conclusão, do passado até o agora.

Recorda, legarei a ti a minha obra já completa,
Contudo, há dados a acrescer; com tuas próprias mãos coleta;
Recorda, é fato, tu serás de escárnio vítima cruel;
Desprezo ao novo sobre ti cairá amargo como fel.

Mas meu pupilo, como tal, do escárnio sabes o valor;
Comigo riste do pesar, desdém afiava nosso humor;
Que importa a nós a companhia e a distração de nossos pares?
Que importa a nós o deus Prazer e suas seduções vulgares?

Àquela escola alemã, diz tu que as honras chegam tarde,
Que economizem seu lamento, o sábio parte sem alarde;
Se em trevas deitará minh'alma, à luz ascenderá em fulgor
Pois as estrelas tanto amei que a noite enfrento sem temor.[5]

---

[5] Trecho em tradução livre de "The Old Astronomer to His Pupil" [O velho astrônomo para seu pupilo], poema da estadunidense Sarah Williams (1837–1868). (N.T.)

Parte 3

Lenni

— Eu não quero morrer.

Ao dizer isso, sinto arrepios em toda a superfície da pele. Gosto da sensação. Sempre que meu corpo anuncia que uma parte dele está funcionando normalmente, sinto orgulho. A reação de minha pele à temperatura? Está ótima, ao que parece. Nunca esteve melhor.

O homem se vira e olha para mim com uma expressão de desdém e confusão. Seu cigarro paira entre o ombro e a boca, esticado, como se ele estivesse me oferecendo uma tragada.

Ele não tem cabelo na parte de cima da cabeça, mas fios escuros e grisalhos se agrupam em tufos nas laterais, e fico imaginando se servem para aquecer suas orelhas aqui fora. Ele está usando um roupão bege que vai até os joelhos descobertos. A pele de suas pernas é pálida, mas os pelos são bem escuros e compridos. Tão compridos que daria para penteá-los... se ele assim o desejasse.

Ele me observa, completamente inanimado.

Parece algo óbvio de se dizer, mas ele não esboça nenhum reconhecimento ou concordância.

— Você sabia que o melhor lugar para encontrar cigarros descartados é o ponto de ônibus? — pergunto. — É grande a probabilidade de alguém acender um e logo ter que apagá-lo devido à chegada do ônibus. E ali eles ficam. Muitos cigarros quase não fumados. Estou dizendo isso caso queira alguns de graça — acrescento quando não tenho certeza de que ele me entendeu. — Um amigo sem-teto que me contou — continuo. — Ele disse que eu provavelmente não faria uso daquela informação, mas estou passando adiante. E talvez, agora que você sabe, também passe adiante e ela fique circulando para sempre.

Ele segura o cigarro imóvel, e vejo o filete de fumaça curvando-se para a esquerda e para a direita ao subir para o céu.

— Ele já morreu, esse meu amigo — digo, embora ele continue sem responder. Uma brisa passa entre nós, e fico imaginando se o homem sente alguma coisa. — Não estou pronta — digo a ele, que se vira, olhando para o estacionamento do hospital e levando o cigarro quase à boca. — Não estou — repito.

Ele volta a olhar para mim. A expressão confusa já se desfez e resta apenas o desdém. Estou estragando sua pausa para fumar, e ele quer que eu vá embora. Mas sou grata por isso. Lido bem com hostilidade. É a compaixão que mata.

Os sons do lado de fora nos cercam – a estrada ao longe, o vento nas árvores, o murmúrio das pessoas e o tilintar de moedas caindo no chão quando alguém erra a abertura da máquina de pagamento do tíquete do estacionamento. O barulho devia ser opressivo, mas não é. É libertador. O hospital é tão silencioso. Mas, aqui fora, os sons podem se perder.

— Como posso morrer se tenho tanto medo da morte? — pergunto a ele.

Ele quer que eu vá embora, mas ainda não posso. A barba grisalha por fazer ao redor de sua boca se mexe, e ele mostra muito rapidamente um dente amarelo. Eu me pergunto se aquela é uma reação inata. Um gato selvagem mostrando os dentes a um pássaro que se recusa a ir embora. Ele joga o cigarro no chão com um arco para a frente que o faz bater no chão e rolar pelas placas do pavimento até parar embaixo de um dos bancos.

Então, com outro olhar que me diz sem deixar dúvidas que eu estraguei sua pausa para fumar, ele se vira e se curva, mancando de leve com a perna esquerda, e passa pela porta giratória que leva ao hospital. A porta para quando ele está meio para dentro, meio para fora. Isso acontece sempre que o sensor acha que alguém está perto demais do painel de vidro à frente.

Vou até onde o cigarro caiu e o pego do chão. Ainda está aceso, mas a brasa está apagando. Nunca havia segurado um cigarro na mão antes, e duas coisas me surpreendem – primeiro, ele é muito leve; e segundo, é muito liso. Fico girando aquilo para a frente e para trás entre o indicador e o polegar e espero não encontrar nenhum conhecido.

Quando começo a considerar o que aconteceria se eu o fumasse, elimino a opção de uma vez e jogo o cigarro na lixeira. É minha boa ação do dia.

Sei que deveria voltar para dentro antes que a Enfermeira Nova note que saí, mas fico ali por um instante ou dois, vendo os carros em sua divertida dança. Uma ré em uma vaga, uma pausa para dar passagem, uma voltinha ao redor da rotatória.

Quando a fumaça começa a subir de dentro da pequena lixeira verde, acho que pode ser hora de ir embora. No momento em que as chamas aparecem, escapando sobre o símbolo com as três setas apontando para a mesma direção (não sei exatamente o que querem dizer. Saúde, riqueza e felicidade? Pai, Filho e Espírito Santo? Há tantas grandes tríades para homenagear), sei que certamente é hora de ir.

Margot e o astrônomo

— Pippa, você tem purpurina?
— Purpurina, Lenni? — Margot perguntou com ceticismo.
— Sim, purpurina, é claro! — eu disse a ela.
— Mas não vai ficar parecendo um cartão de Natal? — Margot perguntou.
— É claro que não. E então... purpurina?
— Acho que não tenho, Lenni — Pippa respondeu, abrindo uma gaveta de sua mesa de cada vez. — Mas certamente posso acrescentar à Lista.

Fiz um sinal positivo com a cabeça, autorizando a adição de purpurina à Lista.

— Dourada, por favor.

Margot olhou para o trabalho à sua frente, que recebia os toques finais – um céu azul-escuro cravado de estrelinhas e um pequeno chalé que aguardava pacientemente sob ele.

— Aposto que você se apaixonou por ele. Foi isso, não foi?
— Isso estragaria a história.
— Me contar estragaria a história ou se apaixonar estragaria a história?

Margot apenas riu.

— Pode me contar?
— É claro.

Warwickshire, 1971

Margot Macrae tem quarenta anos de idade

A casa dele era caótica. A construção principal costumava ser uma casa de fazenda – era alta e feita de pedra desgastada. Ele a havia comprado de um fazendeiro sem herdeiros, com a intenção de convertê-la completamente em uma casa moderna, mas desistido assim que instalou água, eletricidade e um observatório no sótão, com janelas no telhado. As janelas assobiavam quando o vento soprava e os aquecedores não funcionavam.

Havia várias outras construções; uma em que mantinha algumas galinhas, outra que usava para guardar o carro. Na terceira, ele estava em vias de criar um observatório maior. Por sorte, algumas telhas já haviam caído no inverno anterior. Ele me disse, quando visitávamos o local, que pretendia instalar um telhado de vidro transparente para poder ver as estrelas sem, em suas próprias palavras, "ficar batendo o queixo de tanto frio".

Ele tinha muitas galinhas e adorava alimentá-las, pegando-as no colo e conversando com elas como se compreendessem. Todas tinham nome de estrelas de cinema: Marilyn, Lauren, Bette, Judy... Quando lhe perguntei o motivo, ele me disse que era em parte por gostar da ideia de serem estrelas, mas principalmente porque estava ficando um pouco cansado de dar o nome de constelações às coisas. A princípio, ele não acreditou quando eu disse que também havia sido mãe orgulhosa de um frango. E tive vontade de ligar para Meena imediatamente. Com frequência, pensava no que teria acontecido com Jeremy. Se ainda estava em algum lugar, ciscando aqui e ali por Londres, vivendo a vida de um frango criado livre de gaiola.

Fomos para o campo que se estendia atrás de sua casa e olhamos para o céu. Originalmente lar de muitas vacas, o campo agora abrigava um jardim extremamente malcuidado. Era uma noite tão fria que podíamos ver nossa respiração dançando como fantasmas, mas aquilo não me incomodava. A melhor forma de descrever seria dizer que com ele eu me sentia abrigada. Sentia que tínhamos todo o tempo do mundo para conversar e muito mais para ver. Não havia pressa para falar, para impressioná-lo, para fazê-lo rir. Eu sentia muita calma em sua presença.

Sentamos e comemos *tapas* apimentadas na mesa bamba da cozinha, escorada de um lado com a lista telefônica e do outro com uma caixa de Banco Imobiliário. Humphrey era diferente de todos que eu conhecia. Era, ao mesmo tempo, conectado e desconectado do mundo. Conectado com os movimentos intrincados das estrelas, a atualidade de onde estavam cada satélite, constelação e a Lua em relação à Terra, mas desconectado de todo o resto – em sua geladeira havia uma barra de manteiga que havia vencido dois anos antes, e o calendário pendurado na parede dizia que ainda estávamos em 1964. Ele tinha ingressos e folhetos de eventos acontecidos havia muito tempo, lembrava frases de programas de rádio que amava quando estava na universidade, mas com frequência não lembrava se tinha alimentado as galinhas naquele dia ou quando era o aniversário de sua irmã.

— Vou só ver se as galinhas não estão com fome — ele disse, e eu preferi não avisar que ele já as havia alimentado duas vezes nas duas horas em que eu estava ali. Em vez disso, fiquei feliz em ficar sozinha em sua cozinha, no meio de todas aquelas bugigangas, apenas lendo. Havia bilhetes por todo lado, de Humphrey para Humphrey, e etiquetas em coisas que não precisariam estar etiquetadas, como "A Colher Grande". Uma panela estava com uma etiqueta de "boa" e outra com uma etiqueta de "ruim". Por que ele mantinha ambas, nunca saberei.

Ele voltou, batendo as galochas no capacho já coberto de lama.

— Elas já estão com bastante comida, até demais! — E riu como se fosse outra piada excelente. Ele me pegou pela mão, com os olhos brilhantes, e perguntou: — Vamos observá-las de maneira apropriada? — E me levou para o sótão, onde seu observatório caseiro permitia que nós, meros mortais, vislumbrássemos o firmamento.

Meu amigo, meu amigo

— Tem traças morando no canto do meu banheiro.

Padre Arthur se sentou ao meu lado no banco.

— À primeira vista — ele disse —, em uma visita matutina ao toalete, achei que fossem lesmas, mas não, são traças. Havia apenas uma, uma coisa escura que deslizou para o espaço entre o ladrilho do chão e o rodapé.

"Você deve achar que quero me livrar delas, que posso temer que sejam maior em número do que eu, que milhares desses seres nojentos podem estar vivendo na parede, mas eu até que gosto delas. Elas me fazem lembrar que a vida é possível mesmo nas condições mais inóspitas. São coisinhas tão engraçadas – tirinhas prateadas que se movem como água e são tão diferentes de qualquer outra forma de vida que conhecemos.

"Quando tomo banho de banheira – por favor, me interrompa se achar o assunto inapropriado –, nem leio mais. Em vez disso, aguardo e observo, esperando que a ausência de movimento no chão faça uma delas sair – atraída para uma aventura nas terras desconhecidas do piso do meu banheiro. Elas quase nunca saem. Tenho duas teorias. A primeira é que não gostam de luz – em minhas muitas idas noturnas ao banheiro, elas sempre fogem rapidamente. Minha segunda teoria é que elas têm hábitos noturnos. Embora eu confesse que não sei nada sobre o padrão de sono de nossas amigas invertebradas, com frequência me pergunto se não gostam do dia e preferem explorar à noite.

"Em uma tentativa de não matá-las, pedi que a sra. Hills parasse de usar água sanitária no chão do banheiro. Ela me disse que, assim, os germes não seriam eliminados, que esses germes me deixariam doente e que, em algum momento, teria que usar o produto, mas supliquei que não usasse, pelo menos por um tempo. Penso nelas como minhas inquilinas, minhas minúsculas imigrantes, e eu sou seu protetor, seu observador e seu amigo."

— Quantas são? — perguntei.
— Pelo menos duas, mas espero que sejam mais.
— Você poderia tirar o rodapé e dar uma olhada.
— Mas o que eu faria depois?
— Contaria quantas são.
— E depois? Acho que não me sentiria bem destruindo a casa delas.
— Então simplesmente vai ter que beber muito antes de ir se deitar.
— Por quê?
— Para precisar usar o banheiro à noite.
Ele riu. Baixo a princípio, mas logo começou a gargalhar.
— Ah, Lenni — ele disse. — Isso é simplesmente maravilhoso.
— É?
— Sim.
— Por quê?
— Porque eu nunca teria pensado nisso.

E então o sorriso desapareceu de seu rosto, e ele ficou triste de novo, exatamente como estava quando entrei na capela e a Enfermeira Nova foi embora, na direção da entrada principal, dizendo-me que ia comprar um chocolate e uma revista e que se eu quisesse algo deveria dizer agora ou me calar para sempre.

Ele olhou para a cruz marrom no vitral.

— Fiquei olhando para essa janela por tantos anos e agora estou com medo de não ter dado o devido valor.
— Não ter dado o devido valor?
— Só me resta uma semana como capelão do hospital.
— O quê? Uma semana? Quando isso aconteceu?
— Lenni? — Ele ficou preocupado, preocupado por eu não saber a data. Mas ninguém que passa os dias usando pijama tem muita necessidade de se preocupar com datas.
— Pensei que faltavam quatro meses.
— E faltavam.
— Já se passaram quatro meses?

— Tenho até o fim da semana que vem.

Eu o observei respirando, puxando o ar lentamente pelo nariz, com os olhos fixos na cruz do vitral.

— Qual é o problema? — perguntei com o tom de voz mais gentil que tenho.

— E se ninguém vier? — ele disse, finalmente olhando para mim.

— Para quê?

— Para minha última cerimônia como capelão. Temo que tenha pouquíssima gente.

— E aquele senhor? O que dorme.

— Ele teve alta. — Ele respirou fundo. — Desculpe, Lenni — ele disse. — É meu trabalho ajudar *você*, e não o contrário.

— Você me ajuda, eu te ajudo. É assim que as coisas são — afirmei.

— Obrigado.

— Ei, você sempre será meu amigo, meu amigo.

A Enfermeira Nova escolheu aquele momento para abrir a porta pesada da capela e tropeçou quando a porta cedeu e a deixou entrar. Acho que ela não *escolheu* realmente o momento – como poderia saber o que estava acontecendo do lado de dentro? Mas eu queria que ela tivesse esperado. Eu queria ficar.

Margot vai se casar

Margot e eu estávamos sentadas lado a lado enquanto a chuva batia nas janelas da Sala Rosa. Nem parecia que a chuva estava caindo do céu, mas que estava sendo jogada. Consegui sujar toda a manga do pijama com tinta acrílica enquanto pintava uma imagem particularmente terrível de mim mesma aos três anos, chorando no portão da creche. Mas era muito aconchegante ficar ali naquela sala aquecida enquanto a chuva caía do lado de fora. Margot desenhava com tanta delicadeza que quase dava para ouvir o barulho das folhas secas, ver sua estrutura – um pequeno ramalhete de flores desidratadas, escurecidas e curvadas nos cantos, unidas com um laço.

West Midlands, setembro de 1979
Margot Macrae tem quarenta e oito anos de idade

A luz do sol arrastava-se por todo o carpete mal instalado da sala de estar de Humphrey, e eu ainda não havia escrito uma palavra. Havia uma parte em que o carpete não estava fixado no chão, então era muito fácil tropeçar. Acontecia com frequência. Tentei colar com fita adesiva, mas não aderia às lajotas do piso. As pedras ficavam bem geladas nas manhãs de inverno, tanto que um sempre tentava convencer o outro a descer para ferver a água para o chá. Aquele cômodo era tudo – cozinha, sala de estar, sala de jantar – e a escadaria de pedra levava ao quarto/observatório. Eu estava sentada diante da escrivaninha que Humphrey tinha feito para mim. Estiquei a perna e coloquei o dedo do pé entre o carpete e o piso.

— Já terminou? — Humphrey perguntou com um sorriso. O balde de alimento para as galinhas em sua mão balançou, espalhando algumas migalhas pelo chão. As meninas logo entrariam na casa, bicando as lajotas para conseguir uma segunda porção não planejada. Além da escrivaninha, Humphrey também havia feito uma passagem para as galinhas na porta da cozinha. Quanto menos for dito sobre isso, melhor. ("Por que só os gatos podem se divertir?", ele argumentara.) Balancei a cabeça.

— A minha está aí do lado — ele disse, e eu peguei o papel, a lista de convidados para nossa "recepçãozinha", como ele chamava. Seu irmão, sua irmã, várias tias e tios, vários colegas da universidade, alguns do observatório em Londres, um ou dois amigos do bar; sua caligrafia aracnídea construía uma teia de amigos e familiares. Uma rede de segurança que se tecia ao seu redor.

Minha página estava em branco.

Então escrevi um nome, apenas um. Escrever aquilo em tinta preta era como abrir meu peito e deixar Humphrey olhar dentro do meu coração.

Eu não tinha o endereço correto, disso eu tinha certeza, por isso escrevi para o último que conhecia.

E coloquei meu único envelope branco na bolsa com os outros convites e prendi a respiração.

Nenhuma resposta chegou, é claro. As tias, os tios e os colegas de Humphrey enviaram as confirmações de presença e preferências alimentares. Verifiquei o fundo da bolsa para garantir que meu único convite tivesse sido enviado e o imaginei em algum lugar de Londres, vulnerável sobre o capacho áspero de estranhos, recebendo olhares e palavras de desconfiança e, por fim, jogado na lixeira sobre cascas de ovos e saquinhos de chá ainda quentes.

Notei que Humphrey se sentia mal por mim, queria me animar, então fomos de carro até Coventry. Na loja de departamentos, nós nos separamos; ele foi comprar seu primeiro fraque e eu, meu segundo vestido de noiva.

A seção feminina estava vazia e não tinha nenhuma janela. A impressão era que eu tinha entrado em uma noite suavemente iluminada, acompanhada apenas de prateleiras e araras de roupas silenciosas. Uma vendedora me viu olhando e se aproximou. Com a sensação súbita de que ela suspeitava que eu estivesse roubando, tentei agir com normalidade.

— Posso ajudar? — Ela sorriu.

— Eu vou a um casamento — afirmei. Não sei por que respondi daquele jeito.

— Ah, que adorável — ela disse. — Quando vai ser?

— No próximo fim de semana.

Ela fez cara de surpresa. Claramente, era tarde demais para comprar um vestido para um acontecimento tão próximo. Considerei ter tomado a decisão certa ao não dizer que o casamento em questão era o meu.

— Bem, vejamos — ela disse, olhando-me dos pés à cabeça. — Tem alguma cor de preferência?

— Não quero nada branco — respondi.

E ela riu como se eu tivesse acabado de dizer algo muito óbvio.

— Ah, mas é claro! — ela disse, levando a mão à cabeça diante da mera sugestão de que eu, uma convidada do casamento, pudesse usar branco. — Posso? — ela perguntou.

— Sim, claro — respondi, sem saber o que estava consentindo. Mas ficou claro quando ela começou a pegar vestidos de várias araras. Em questão de minutos, ela estava segurando pelo menos dez cabides com vestidos vermelhos, verdes, azuis. Minhas mãos estavam vazias.

— Vamos? — ela perguntou, e eu a acompanhei até o provador.

Tive a impressão de que eu podia ser a primeira pessoa com quem ela falava naquele dia.

Os primeiros vestidos que experimentei eram horríveis – um era vermelho gritante e apertava todos os lugares errados, outro era um tubinho de cetim verde. Eu não me sentia confortável com o fato de que, agora que havíamos começado aquela jornada de vestimenta juntas, a vendedora se recusava a sair do meu lado. Ela ficava batendo na cortina, dizendo "toc-toc!" e pedindo para ver. O quarto, talvez quinto vestido foi o único que senti que poderia mostrar a ela. Era azul-marinho com mangas três-quartos e descia um pouco mais solto até os joelhos. Quando eu me movia, ele esvoaçava.

A vendedora gentilmente pegou um casquete azul para eu usar na cabeça e um cardigã com o mesmo comprimento de manga do vestido.

— Perfeito — ela disse quando me olhei no espelho. Quis agradecer por ela ter me ajudado a encontrar meu vestido de casamento, mas não podia mudar a narrativa, então apenas agradeci normalmente enquanto ela colocava o vestido em uma sacola para mim.

Eu disse a ela:

— A noiva vai amar.

Encontrei Humphrey na cafeteria do centro comercial tomando uma xícara de chá e olhando para cima para ver o céu azul e frio através do telhado alto de vidro.

— E então? — ele perguntou.

— Foi um sucesso! — respondi, apontando para a sacola.

— Hum — ele disse, engolindo o chá. — Da minha parte também. Se não for muito tabu contar, decidi pelo azul.

Na noite anterior ao casamento, Humphrey dormiu na casa de seu amigo Al.

— Que suspense! — ele disse, fingindo um drama enquanto nos despedíamos na porta. — Vejo você no altar! — ele gritou ao entrar no carro de Al, segurando a sacola com o terno.

Na manhã de meu segundo casamento, preparei para mim uma torrada com geleia e uma xícara de chá. A casa parecia curiosamente calma sem Humphrey andando de um lado para o outro, mudando coisas de lugar, fazendo uma bagunça geral. Enrolei o cabelo e me maquiei com cuidado. Peguei o batom rosa-claro que um dia esteve sobre uma pilha de livros em um quarto e sala em Londres e, felizmente, ele ainda estava bom.

Caminhei sozinha até a igreja, e o vigário apertou minha mão e sorriu. Ele me convidou para esperar em uma salinha lateral. Perguntou se chegaria mais alguém que gostaria de aguardar comigo. Tentei não ficar triste quando lhe disse que não, era apenas eu.

Eu esperei. Tinha chegado cedo demais, e tudo que havia na salinha para me fazer companhia eram alguns bancos e Bíblias.

Então a porta se abriu, e lá estava ela.

Tentei respirar e engolir em seco ao mesmo tempo e comecei a engasgar. Eu estava usando as luvas de renda branca que minha mãe havia feito para meu primeiro casamento. Não queria tossir sobre elas, então tentei tirá-las, mas estavam muito justas. Meena se aproximou e me entregou o folheto da cerimônia bem a tempo de eu tossir uma bola de muco verde bem onde estava escrito *Matrimônio de Margot Macrae e Humphrey James*.

Eu estava me desculpando enquanto ela ria.

Retomei o fôlego e a recebi de maneira apropriada. Seus cabelos, ainda loiros e ondulados, estavam presos na altura da nuca. O rosto estava praticamente igual a como eu me lembrava, embora um pouco mais cheio. E o vestido vermelho ia até pouco abaixo do joelho, cobrindo sem esforço sua considerável barriga.

Pelo que pareceu tempo suficiente para colocar tal ideia em prática, me ocorreu que eu poderia pegá-la pela mão e podíamos fugir – partir para uma vida em algum lugar bem distante, onde ela pudesse ser minha.

Então ela sorriu, e o pensamento se desfez e foi substituído pela imagem da mão de Humphrey sobre a minha quando nos deitávamos na cama e observávamos as estrelas.

Apesar de há muitos anos ter idade suficiente para ser mãe, ela parecia uma adolescente em apuros. Sorriu para mim e deu de ombros, e me lembrei de como olhar em seus olhos fazia meu estômago revirar.

Respirei bem fundo, como se estivesse prestes a submergir, e então me lancei sobre ela. Abracei-a com força e fiquei imaginando se seria aquela a sensação de reencontrar os mortos. Eu havia passado tanto tempo me lembrando dela, pensando nela, imaginando-a, que esqueci que era um ser humano real, e agora lá estava ela.

— Parabéns — ela me disse.

— Parabéns — eu disse a ela.

Um som a vários quilômetros de distância ecoou em meus ouvidos, e levei algum tempo para me dar conta de que era o órgão, tocando a música que viria antes de minha entrada. Originalmente, tínhamos escolhido piano; mas o padre ofereceu a organista da paróquia, e não fui capaz de lhe dizer que a música da doce e encurvada senhora chamada Elspeth me fazia torcer o nariz.

No peitoril da janela que dava para o estacionamento da igreja havia um buquê de flores secas amarradas com um laço em uma garrafa de leite que fazia as vezes de vaso. O botão cor-de-rosa bem no centro havia sido um cravo. Puxei os caules do vaso e, por mais cuidadosa que tenha sido, várias folhas secas se desintegraram no chão.

— Aqui está — eu disse, entregando o ramalhete a Meena. — Seja minha madrinha.

Tomando uma xícara de chá, passei tempo suficiente com ela para saber dos detalhes. Ela me contou com todo o cuidado possível, mas pedaços de mim ainda assim se quebraram e foram parar no chão.

O nome dele (do pai da criança) não importava, porque ele não se envolveria, ela disse. Era um colega, que virara amigo, depois amante, pai, e então nada mais. Eu sabia, é claro, que era o

Professor. Ele (o bebê) teria o sobrenome dela – Star –, que ela disse que havia finalmente oficializado vários anos antes.

— Se eu puder ajudar... Se *nós* pudermos ajudar... — comecei a dizer, mas ela balançou a cabeça.

A bola de canhão que havia dentro dela começou a rolar, e ela pegou minha mão e a pressionou sobre a linha onde as coxas encontravam a barriga.

E tive a ciência, como às vezes tenho, da Terra se movendo. De que a Terra estava em rotação e nos puxando para a frente, e milhões de milissegundos passavam voando, e que aquele momento era precioso. Mais precioso do que meu tempo com Humphrey, que era ilimitado e tinha muito menos valor. O tempo com Meena sempre passava mais rápido do que deveria, e era sempre mais fugaz.

Quando nos olhamos nos olhos, ela se levantou, apoiando a mão no encosto da cadeira.

— Você poderia ficar — eu disse, sabendo que ela não ficaria.

Ela me deu um beijo no rosto. E então foi embora.

Algumas semanas depois, um envelope endereçado à "sra. James" foi deixado sobre o capacho. E, dentro do envelope, havia a fotografia de um bebê. Atrás da foto, uma caligrafia arredondada e familiar me dizia que o nome daquele bebê era "Jeremy Davey Star, três quilos".

Lenni e o primeiro adeus

Conheci um padre um tempo atrás. Um velho com uma capela vazia. Apertei sua mão, e nos tornamos amigos por acaso. Ele não me ensinou nada sobre Jesus. Na verdade, acho que eu o deixei mais confuso em relação a Deus. Mas isso não é muito importante.

Aquele mesmo padre saiu hoje de sua sala pronto para celebrar sua última cerimônia dominical. Esperando sua audiência média de duas pessoas, ele mal levantou a cabeça até chegar ao altar. Foi quando viu. E seus olhos já vermelhos se arregalaram diante do mar de rostos sorridentes sentados à sua frente. Duas turmas da aula de artes de Pippa somavam cerca de quarenta pessoas. Alguns de nós de pijama, outros com trajes especiais de domingo. Todos esperando para ouvir a última missa de Arthur. Eu estava na primeira fila com Margot, Else e Walter.

— Minha nossa! — ele exclamou, colocando os óculos de leitura. Sua voz falhou quando disse: — Bem-vindos!

Acenei, e ele sorriu para mim, fazendo um sinal positivo com a cabeça. Todos estavam segurando os programas que eu havia feito. Ninguém sabia dizer ao certo se missas precisavam de programas, mas tínhamos que ter *alguma coisa* para mostrar aos nossos netos. A última grande performance do padre Arthur.

— Que maravilha que todos vocês vieram — disse o padre Arthur. — Como alguns devem saber, esta será minha última cerimônia na capela do hospital.

— Nós sabemos — Else respondeu. Ela estava toda vestida de preto e usava um chapéu preto de paetê. Não faço ideia da ala em que ela está, mas imagino que tenha muito espaço para guardar coisas ao lado de sua cama hospitalar – acho que nunca a vi repetindo roupa.

— Então, por favor, me perdoem se eu ficar emotivo — ele continuou. — No entanto, devo acrescentar que... — Ele espirrou, desculpou-se, depois riu e prosseguiu: — Eu estou gripado.

O padre Arthur foi para trás do altar e tirou um instante para se recompor. Os rosas, vermelhos e roxos do vitral davam uma tonalidade rosada a sua túnica branca. Respirei aquele aroma familiar e gravei uma imagem mental do momento. De Arthur na capela de que fazia parte. Depois de um ou dois minutos, todos ficamos em silêncio, e ele levantou os braços.

— Pois Deus é o rei de toda a terra; cantem louvores com harmonia e arte...

Não conheço esse salmo. Mas conheço a palavra arte. É uma inclusão necessária, acredito. Todos devemos ser artistas. Principalmente se Deus está apreciando arte no céu. Devemos seguir seu exemplo.

— Nossas vidas são repletas de bênçãos. Às vezes, paramos para considerá-las, às vezes não. Tendo trabalhado aqui por muitos anos, sempre reflito se fiz alguma diferença no hospital, afinal, a única certeza que tenho é que o hospital fez diferença para mim. Considero-me abençoado por ter passado meus dias aqui, trabalhado aqui e orado aqui. E estarei para sempre mudado pelas pessoas que conheci, por sua valentia, sua coragem e sua luz. — Ele olhou para mim e respirou fundo. — E, com isso em mente, vamos agradecer a Deus...

Dessa vez, ninguém pegou no sono e ninguém sentiu vontade de rir. Eu queria parar o relógio. Queria que Arthur ficasse. E estava preocupada – o que aconteceria com ele? Será que tinha aposentadoria? Será que a sra. Hill ainda prepararia aqueles sanduíches de ovos e agrião para ele quando não fosse mais padre? E o que ele ficaria fazendo o dia todo?

Cedo demais, a cerimônia terminou.

— Fiquem em paz para amar e servir ao Senhor — ele disse. E, sem me dar conta, eu estava aplaudindo. Da outra ponta do banco, Margot se juntou a mim, e os aplausos cresceram, até que surgiu uma onda de aplausos dos vários artistas da Sala Rosa.

Arthur ficou corado e acenou com a cabeça.

— Obrigado.

Enquanto íamos lentamente para a porta, Arthur perguntou a Pippa:

— Posso falar com a Lenni? É só um minuto.

Pippa concordou e saiu com os outros.

— Sabe... — Margot disse a Else conforme caminhavam para a porta. — O padre Arthur me parece muito familiar, mas não consigo identificar ao certo. Acha que ele já apareceu na televisão?

— Bem, foi uma missa *muito* diferente. — Ouvi Else dizer no corredor. — Meu primeiro marido era anglicano, o segundo era metodista e o terceiro era católico, e me pareceu uma mistura das três coisas.

Não consegui ouvir se alguém concordou com ela, porque as pesadas portas se fecharam quando eles passaram.

Voltei até o altar e encontrei o padre Arthur com um sorriso triste.

— Obrigado — ele disse.

— Pelo quê?

— Vou sentir a sua falta, Lenni.

Estiquei os braços e o abracei. Sua túnica cheirava a amaciante, um perfume extremamente doméstico para vestes sagradas.

— Obrigada por tudo, padre Arthur — eu disse no ombro dele.

Ele se afastou.

— Posso vir te visitar? — ele perguntou.

— Se não vier, nunca vou te perdoar — eu disse. Estiquei a mão para me apoiar no banco ao meu lado, porque tudo doía. Eu tinha (sob ameaça de morte) obrigado Pippa a deixar "minha" cadeira de rodas do lado de fora da capela.

— Prometo que venho — ele disse e depois parou. — Você me pediu, Lenni, para te dizer uma verdade logo que nos conhecemos. Lembra?

— Lembro.

— Bem, esta é minha maior verdade: se eu tivesse uma neta, gostaria que fosse exatamente como você.

E, como ele estava prestes a chorar, estendi minha mão direita. Ele pareceu confuso.

— Começou com um aperto de mão. — Eu sorri.

Compreendendo, ele pegou na minha mão.

— Até a próxima, Lenni — ele disse, apertando minha mão.

Recolhi a mão.

— Cuide-se — ele falou com tanta força que era como se achasse que, quanto mais ênfase pusesse nas palavras, maior seria a probabilidade de acontecerem. Que, se eu simplesmente pudesse *me cuidar*, talvez não morresse.

Eu estava me esforçando muito para não chorar, então o deixei na capela e consegui chegar à cadeira de rodas sem tropeçar. Com cuidado, como ele esperava.

E então acabou. Pippa gentilmente empurrou minha cadeira, e nós, ocupantes da Sala Rosa, voltamos para nossos materiais artísticos.

— Obrigada — eu disse a todos e, quando me responderam que era não necessário agradecer, precisei olhar para as luzes claras do teto do corredor para não chorar.

Sessenta

A Enfermeira Nova me levou de cadeira de rodas até a Sala Rosa para comemorar nossas últimas conquistas. Tínhamos esquecido de celebrar os cinquenta anos, meio século, então os sessenta teriam que bastar.

— Não estou sabendo onde armazenar tudo isso — Pippa disse a ninguém em particular enquanto tirava as pinturas maiores de uma das prateleiras que ficavam em cima da pia e as colocava na mesa. Ela as dispôs com cuidado ao redor da sala, parecendo ter uma ordem de preferência. O que mais me impressionou foram as cores. Um céu noturno sobre um chalé em Henley-in-Arden, um frango sem a maioria das penas, minha terrível representação de minha festa de aniversário de dez anos quase vazia.

— Este é um dos seus, Lenni? — A Enfermeira Nova perguntou, apontando para a pintura que Margot havia feito do parque onde ficara sentada esperando o Professor ir embora de seu apartamento.

— Ah, agora você está sendo cruel.

— O quê?

— É claro que não é minha!

Eu me levantei da cadeira de rodas e esperei a Enfermeira Nova tentar me impedir. Quando ela não o fez, eu quis abusar da sorte, tentar correr, saltitar ou me sentar em cima de uma das mesas e balançar as pernas. Parei ao lado da pintura de minha mãe e o táxi que a esperava vistos bem do alto.

— É incrível — a Enfermeira Nova disse.

— O quê?

— Tudo isso — ela respondeu com um olhar sério obscurecendo o rosto. — Você fez algo extraordinário aqui. E Margot também, é claro.

— Foi tudo ideia da Lenni — Margot disse.

— Ela é uma garota muito esperta. — Pippa sorriu.

Eu então me dei conta de que, se não fossem pelas sessenta pinturas, alguns materiais artísticos e o fato de meu coração ainda estar batendo, elas poderiam estar em meu velório, falando sobre mim, discutindo minhas conquistas com um exagero sentimental de minhas boas qualidades, segurando pratos com sanduíches secos, imaginando o que eu poderia ter feito da vida se estivesse viva.

Só conseguia pensar nisso. Não em *ei, pintamos sessenta quadros*, mas em *é isso. Essa é forma maternal e melancólica como falarão sobre mim quando eu estiver... onde quer que eu vá parar.* Eu queria que houvesse mais. Queria que houvesse muito mais. Mas talvez seja o que todos desejam.

Eu queria que elas pudessem dizer: *Lenni Pettersson? Sim, eu me lembro da Lenni. Aquela que se curou milagrosamente e entrou para o circo?*

Recostei na cadeira de rodas. É quase impossível tentar se libertar usando uma cadeira de rodas manual quando se tem a força de um mosquito na parte superior do corpo, então seria impossível fugir sem as três notarem. Mas elas me deixaram passar pela porta sem me impedir.

Na metade do corredor, ouvi o rangido familiar de tênis de lona brancos atrás de mim.

— Len — ela disse, e fiquei impressionada por não ter segurado a cadeira de rodas e me empurrado, deixando-me prosseguir.

— Eu só estou indo a um lugar.

— Ah, está? — Ela parecia preocupada.

— Estou.

— Algum lugar específico?

— Só quero ir para longe daqui.

— Ver o padre Arthur?

Continuei avançando pelo corredor.

— Não, ele não está mais aqui, lembra?

— Bem, então está indo para onde?

— Só quero ficar longe daquilo.

— Das pinturas?

— Do pequeno velório que estão fazendo para mim lá dentro.

Ela não disse nada quando cheguei ao fim do corredor e dobrei a esquina. Cheguei a uma dupla de portas. A Enfermeira Nova as segurou para mim e me deixou passar.

Rodei por vários corredores, tentando me perder. Porque, se eu me perdesse de verdade, poderia ficar longe da Ala May pelo tempo que levasse para me encontrarem. Passando pelo laboratório, avistei Walter e Else. Lado a lado com seus roupões, caminhando bem lentamente. Ele estava com um andador que eu não tinha visto antes e me perguntei se ele havia feito a cirurgia no joelho. Ele disse algo a Else que a fez rir. Ela riu tanto que colocou a mão no braço dele. Ela ficava diferente quando estava rindo. Como se pudesse não ser uma mulher tão composta quanto parecia. Como se pudesse não ser a editora chique de uma revista francesa, mas alguma outra coisa. Uma mecânica, talvez? Ou algo mais desregrado.

Eles viraram em outro corredor sem me notar. Walter dava passos curtos e cuidadosos.

E eu agradeci ao hospital por me deixar vê-los.

Margot e o sol

Margot estava usando um pulôver roxo e, quando entrei na Sala Rosa, ela me envolveu em um grande abraço. Exatamente o que eu esperava que ela fizesse. Ela abriu um espaço em nossa mesa e começou a pintar. Usando aquarela com cores bem diluídas, ela sobrepôs laranja, vermelho e amarelo em uma taça de coquetel até ficarem quase parecidos com uma bebida.

Maiorca, agosto de 1980
Margot James tem quarenta e nove anos de idade

Eu nunca havia tido férias de verdade, nem Humphrey. Evitamos a ideia de sair de lua de mel até sua irmã recomendar um hotel em Maiorca, dizendo que era hora de pegarmos um pouco de sol.

Éramos peixes fora d'água. As pessoas que estavam na piscina sabiam o que estavam fazendo – já estavam com suas toalhas sobre as espreguiçadeiras antes mesmo de chegarmos ao restaurante para tomar café da manhã. Sabiam pedir três bebidas de uma vez para aproveitar melhor o sistema *all-inclusive*. Sabiam quando arrastar as espreguiçadeiras para o outro lado da piscina para pegar o sol da tarde.

Observar Humphrey tentar lidar com o desafio cognitivo de não ser nem um pouco desafiado cognitivamente – apenas com um romance de espionagem que eu havia comprado para ele de segunda mão e horas de relaxamento pela frente – era divertido demais. Enquanto eu me deitava ao sol, sentindo que algo que havia se tornado concreto dentro de mim começava a amolecer, ele se esforçava para se sentir confortável, para se manter entretido.

Humphrey perguntou a um completo estranho o que ele achava do Observatório de Wellington enquanto estávamos na fila para nosso primeiro jantar.

— Sei lá, cara — o homem respondeu. — Não sou muito observador.

Na primeira noite, resolvemos conhecer o bar do hotel. O calor do dia havia se dissipado com a brisa noturna e, se a área externa do bar não estivesse tão cheia de gente e uma versão trêmula de "Don't Cry for Me Argentina" não estivesse sendo apresentada em um palco muito iluminado, teria dado para ouvir os gafanhotos e o barulho do mar.

Um educado casal perguntou se os dois assentos vazios em nossa mesa estavam livres. Não lembro mais o nome deles, mas vamos chamá-los de Tom e Sue. Humphrey indicou que não estávamos usando as cadeiras, mas, em vez de levá-las embora, eles se sentaram conosco. Para o horror de todos.

— Vocês têm filhos? — Sue perguntou, depois de vários minutos de conversa fiada para quebrar o gelo enquanto um hóspede queimado de sol vociferava "Born to Be Alive" admiravelmente.

Abri a boca para contar a Sue a versão editada para estranhos do motivo de eu e Humphrey não termos filhos, mas ele foi mais rápido.

— Ah, sim — Humphrey disse. Fiquei boquiaberta. — Meninas — ele acrescentou. — Temos duas meninas. — E Tom e Sue reagiram com "ohs" e "ahs" como seria o esperado.

Tomei um gole de minha bebida para que não esperassem que eu me manifestasse.

— Como elas se chamam?

— Bette e Marilyn — Humphrey respondeu, e eu quase derrubei o coquetel de cores chamativas que havia pedido por acidente ao tentar pedir um suco de laranja em espanhol.

— Que nomes diferentes — Sue disse.

— Nós gostamos muito de filmes — Humphrey disse, levantando as mãos como se tivesse sido surpreendido no meio de um crime.

Embora eu estivesse tentando ao máximo passar a ele o sentimento que dizia *pare de fingir que nossas galinhas são nossas filhas*, Humphrey colocou a mão em meu joelho e sorriu quando Tom perguntou quantos anos nossas filhas Bette e Marilyn tinham.

— As duas têm oito — ele respondeu.

— Então são gêmeas? — Sue perguntou, empolgada.

— Bem, elas chegaram juntas! — Humphrey riu.

— Adoro gêmeos — ela disse. — Minha avó teve gêmeos. Dizem que pulam uma geração, então, se tivéssemos filhos, poderiam ter sido gêmeos. — Sue olhou para Tom com tanta esperança que quase doeu testemunhar.

— Deve ter sido um trabalhão — Tom disse, virando o restante de sua cerveja aguada.

— Bem, tivemos muita sorte com elas — Humphrey afirmou. Ele estava com um brilho nos olhos que só aparecia quando ele estava realmente se divertindo. — Tendo água e comida, elas ficam felizes.

Tomei outro gole grande de bebida.

— Mas são meninas, de qualquer modo. Muito cor-de-rosa — Tom disse.

— Lá em casa, não. Marilyn e Bette gostam muito de ficar no quintal — Humphrey disse. — Mas às vezes são incorrigíveis... Nunca fecham o bico, não é, Margot?

O álcool frutado explodiu de minha boca e foi parar em cima da mesa, formando pequenas poças nas ranhuras do tampo de plástico. Tom pareceu chocado enquanto eu me desculpava, e Sue secava as poças de meu coquetel regurgitado com seu guardanapo de papel.

— Desceu meio errado, não é? — Humphrey perguntou, com brilho nos olhos.

— Está com dor, Lenni?

Os olhos de Derek entregavam seu medo de uma resposta sincera. Mas, para a sorte dele, eu não seria sincera.

— Não — respondi, e fiz o possível para não fazer cara de dor ao me sentar.

— Eu estava conversando com uma mulher outro dia — ele disse — que perdeu a filha para...

Ele estava com dificuldade para escolher as palavras e acabou optando por gesticular na minha direção com a mão aberta. A Coisa da Lenni. Seja o que for o que tenho. Gostei de ele não ter querido dizer o nome na minha frente.

— Ela disse que a filha dela estava com muita dor por causa da... — Derek gesticulou novamente e então deixou a mão cair sobre as pernas, produzindo um triste som de tapa. Até *ele* tinha se dado conta de que me usar como representação da ideia de morte não devia ser a coisa mais reconfortante que me havia acontecido aquele dia.

— Bem — ele disse com animação como se todas as coisas já estivessem perdoadas —, isso me fez pensar em você, e eu quis perguntar. Arthur não gosta de falar sobre dor, mas eu sim. Acho que é importante as pessoas serem sinceras quanto aos sintomas.

— Você tem formação em Medicina?

— Bem... não.

Seu rosto ficou corado, e eu me lembrei do que o padre Arthur havia dito quando soube que eu visitaria Derek na capela: *seja legal*.

Era mais fácil falar do que fazer.

Derek passou as mãos pelo queixo completamente liso.

— Talvez pudéssemos fazer uma sessão de orações.

— Quer dizer que ainda não está orando por mim?

— Eu...

— Porque isso me parece um pouco cruel, Derek.

— Pedi para não me chamar assim. Prefiro que me chame de "Pastor Woods".

— Mas não combina.

— O que não combina?

Suspirei e olhei para a janela de vitral. *Dê-me forças, belo vidro roxo.*

— "Padre Arthur" pelo menos combina.

Derek claramente não sabia o que fazer com aquela informação, e eu tive a impressão de que não apenas ele havia ensaiado a conversa em sua cabeça, mas agora eu havia desviado tanto do roteiro que ele não tinha ideia de como nos resgatar.

— Já quis ter outra profissão? — perguntei.

— Como o quê? — Derek tentou disfarçar a frustração em sua voz.

— Médico — respondi. — Ou enfermeiro. Sabe, para poder fazer algo prático em relação à dor das pessoas.

— Lenni, o que está querendo dizer?

— Estou querendo dizer que colocar uma igreja dentro de um hospital é como olhar para uma pintura a óleo para saber como está o tempo.

Ele ficou tenso, abriu a boca para falar, parou e respirou fundo.

— A capelania hospitalar fornece apoio àqueles que precisam. Às vezes, é só o que fornecemos; outras, também espalhamos o amor de Jesus Cristo. Respeitamos todas as culturas e religiões e, se me permite, posso sugerir que respeito é algo que está faltando em você.

— Como manteiga?

— O quê?

— Você disse que espalha o amor de Jesus. Quando as pessoas dizem isso, penso nelas espalhando o amor de Jesus como espalham manteiga no pão.

— Lenni, não é *manteiga*...

— Geleia, então.

— *O amor de Jesus não é geleia.*

— Por que não? Ele pode ser pão, e uvas, e uma ovelha, e um leão, e um espírito, mas não pode ser geleia?

Derek suspirou alto e deixou seu lugar no banco a meu lado, passou por minha cadeira de rodas vazia e desapareceu na salinha da capela. Interpretei como um sinal de rendição, mas ele reapareceu momentos depois com um livro.

Voltou e agachou ao meu lado, posição não condizente com alguém tão rígido. Derek pertence apenas ao eixo vertical.

— Aqui está — ele disse, entregando-o a mim. O livro se chamava *Perguntas sobre Jesus*. Na capa, havia três amigos de etnias diferentes, todos sorrindo ao redor de uma cópia da Bíblia. — Obviamente, algo chama sua atenção na igreja — ele disse. — Por qual outro motivo ficaria voltando aqui? — Ele sorriu mostrando os dentes. — Acredito que o que a faça voltar sempre não é gostar de desafiar as pessoas nem seu afeto pelo padre Arthur, mas estar à procura de algo em que acreditar.

Ele se levantou, e ouvi seus joelhos estalarem.

— Agora — ele disse — vou encerrar essa conversa.

— Não vai me dar nenhuma resposta?

— Tenho uma visita agendada à Ala Scovell.

— Mas você não pode ir. Tenho *Perguntas sobre Jesus*!

Lenni e Margot em apuros

Acordei à noite sem conseguir respirar. Tinha a sensação de ter engolido cola e de estar com a garganta grudada. Não importa quanto tentasse puxar o ar, não conseguia perfurar a cola para abrir um espaço. Consegui tossir um pouco, mas não o bastante para eliminá-la, então fiquei paralisada, sem conseguir puxar ar suficiente para respirar e sem conseguir tossir o bastante para me livrar da cola. Eu me levantei e abri a cortina. Todos estavam com as cortinas fechadas na ala. Estava escuro, mas a luz que entrava pela porta que dava para o corredor criava um grande quadrado iluminado no chão. Se eu pelo menos conseguisse chamar atenção de alguém. Meu peito estava queimando e meus olhos lacrimejavam. *Agora não*, pensei, *agora não. Ainda não terminamos. Ainda tenho histórias para contar.*

Devo ter caído, porque, quando me dei conta, estava com as duas mãos no chão liso da Ala May.

— Merda! — Jacky correu em minha direção. — O que foi?

Balancei a cabeça e tentei respirar. Ela ouviu que minha respiração estava muito curta.

— Você precisa se acalmar — ela disse.

Tentei respirar novamente, e o ar não passou. Eu estava em apuros, sabia disso.

— Lenni, você precisa se acalmar! — ela repetiu.

Senti uma lágrima escorrer por meu rosto e só consegui pensar no fato de que não me lembrava de quantos minutos sem oxigênio uma pessoa pode ficar antes de morrer. Eram dois e meio? Eu tinha certeza de que estava para entrar no segundo minuto.

Jacky, a carrasca da Ala May, ajoelhou ao meu lado.

— Você engoliu alguma coisa?

Neguei com a cabeça.

Ela colocou os dois braços em meus ombros.

— Olhe para mim — ela disse. Tentei outra respiração frustrada, que ficou presa. — Você vai ficar bem — ela disse. — Só precisa limpar suas vias aéreas. Tente tossir.

Tentei, mas não consegui perfurar a cola e fiquei com ânsia de vômito, inclinando o corpo para a frente.

Jacky levantou e desapareceu por um instante.

— Aqui está. — Ela colocou um copo de plástico na minha mão. Enchi a boca de água, fechei os olhos e engoli. O líquido desceu, e a cola se deslocou. Consegui respirar. Puxei o ar, mas a cola voltou para o lugar. — De novo — ela disse. Engoli mais água; a cola cedeu e pude voltar a respirar.

— Agora, respire devagar — ela disse.

Obedeci – uma lufada de ar, e mais uma, e outra. A cola ainda estava presa em minha garganta. Respirei novamente, pensando em meus neurônios. Eles morrem sem oxigênio. Talvez eu tivesse matado várias dezenas deles.

— Muito bem — Jacky disse, sentando-se no chão comigo. Ela colocou a mão no meu joelho trêmulo. — Quando estiver pronta, precisa tossir com força — ela disse. — Precisa expelir o muco.

Eu estava gostando demais de respirar para fazer aquilo.

— Lenni, você precisa tossir agora — ela disse. Eu a odiei por dizer aquilo, mas tossi o mais forte que consegui. A princípio, minha garganta ficou bloqueada de novo, e minha respiração foi interrompida, tremendo na margem fechada de minha laringe.

— Engula novamente — ela disse. E eu obedeci.

Tossi com força, e parte da cola subiu para minha boca. Cuspi.

Jacky limpou muco e sangue de minha mão quente.

Tomei outro gole de água e senti um gosto metálico.

Droga.

Pelo crime de tossir sangue, Lenni Pettersson foi sentenciada a ficar de repouso a fim de que sua importuna laringe não tente se fechar novamente. Ela estava proibida de ir à Sala Rosa, à capela ou a qualquer outro lugar que pudesse lhe trazer felicidade. E só o que podia fazer era dormir.

Enquanto tentava dormir, pensou em todas as outras pessoas do mundo que estavam, naquele mesmo instante, naquela mesma noite, tentando dormir. Pessoas em salas de espera, diante de portões de embarque, com o corpo todo torto em um trem noturno. Segurando recém-nascidos. Todas tentando escorregar para o nada.

— Lenni? — alguém sussurrou.

As cortinas que cercavam minha cama abriram-se apenas um pouco, e na fresta eu vi o rosto de Margot. Fiz sinal para que ela se aproximasse, e ela entrou pela abertura e fechou a cortina. Estava usando um roupão acolchoado lilás e um par de chinelos roxos. Eu nunca tinha notado como os pés de Margot eram pequenos. Uma criança poderia usar aqueles chinelos. E aquilo a deixava ainda mais preciosa.

— Você está bem, Lenni? — Margot sussurrou. Respondi que sim. Ela chegou mais perto e deu um beijo no alto de minha cabeça. Depois se afastou e me lançou um olhar travesso. — Lenni — ela perguntou —, o que acha de nos metermos em apuros?

Como os mais vulneráveis e menos ostensivos dos bandidos, fugimos da Ala May, deixando para trás minha cadeira de rodas, pois Margot ainda acredita.

Margot não me disse aonde estávamos indo, mas gostei do mistério. *Talvez ela esteja me sequestrando*, pensei, enquanto percorríamos os corredores do hospital. No entanto, seria praticamente um sequestro voluntário, pois não havia como ela conseguir me dominar. Para começar, ela bate no meu ombro. Fiquei imaginando que imagem usariam no noticiário. "Adolescente sueca com doença terminal é sequestrada por mulher escocesa mais velha, também com doença terminal." Provavelmente não conseguiriam uma foto de nós duas juntas. "No lugar, usaremos uma fotografia de arquivo de alguns gansos em um lago. É provável que ambas morram antes de serem encontradas."

— Precisamos tirar uma foto — eu disse, conforme caminhávamos.

— Agora?

— Não, mas logo. Uma foto de nós duas juntas.

Ela me levou até o átrio principal, com suas muitas luzes e teto de vidro. Estava quase vazio, mas havia um faxineiro com uma enceradeira grande e redonda.

Margot me pegou pela mão, e passamos pela primeira porta automática, depois pela segunda, e então saímos para o ar fresco da noite.

Eu nunca tinha fugido antes. Bem, tinha fugido pelo hospital, mas nunca tinha realmente passado pelas portas principais e saído do hospital. Achei que seria mais difícil. Margot, eu então me dei conta, estava usando aquele roupão e os chinelos por um motivo.

Estava frio, e as luzes claras que iluminavam a frente do hospital brilhavam. Vi todos eles, as outras pessoas de pijama: um com uma bolsa de colostomia, uma em uma cadeira de rodas, o restante em pé, recurvados pelo frio, e vi sua fumaça rodopiando na direção do céu escuro. Eram como estátuas, frias estátuas de mármore, tendo como único movimento o tirar e pôr do cigarro na boca.

— Não me trouxe aqui para fumar, não é, Margot?

— Lenni! — Ela cutucou minhas costelas com o cotovelo e aquilo me fez rir.

Um homem que fumava encostado em um poste olhou para mim, e, por um instante, me perguntei o que parecíamos. Uma garota e sua avó em uma festa do pijama itinerante pelo hospital. Ele abaixou os olhos e imaginei ter visto um leve sorriso. *Não tenho tempo para me importar com o que você acha*, pensei.

Margot me puxou mais adiante, passando pelos fumantes, na direção do estacionamento.

— Você está bem, Lenni? — ela perguntou. — Não está com muito frio?

— Estou bem — respondi. Embora estivesse congelando, era um frio bom, como quando alguém sai de um país quente e volta para casa, para o frio, e sente que finalmente pode recuperar o fôlego.

— Precisamos sair de perto da luz — ela disse e me levou para a esquerda, passando por um prédio sinalizado como laboratório de hematologia e por outra entrada, até chegarmos a uma porta de saída de emergência onde não havia ninguém. Ali, éramos invisíveis. O poste de luz acima de nossas cabeças estava quebrado, então havia um bom trecho de escuridão.

Após vários minutos ali parada, uma sensação de decepção começou a crescer dentro de mim. O que Margot achava que aconteceria? Ficamos de mãos dadas naquele lugar escuro.

— Margot? — perguntei lentamente. — Eu...

— Olhe para cima, Lenni — ela disse.

Obedeci. E então vi as estrelas. Recordando as palavras que um astrônomo excêntrico disse a uma mulher em uma estrada escura em Warwickshire em 1971, soube que eu podia enxergar por muitos milhões de quilômetros.

Não me lembrava da última vez que eu tinha visto as estrelas. Se estivéssemos naquela estrada escura em Warwickshire, poderíamos ver mais, mas aquelas que avistávamos eram como toda a galáxia para mim. Faziam o mundo parecer grande novamente. Havia sido apenas o hospital por tanto tempo...

Tive a sensação de que era a primeira vez que eu respirava em anos, o ar frio e revigorante e maravilhoso. Dava para senti-lo nos pulmões. Diferente do ar morno e medicinal do hospital, aquele era fresco, real e novo. E, quando expirei, minha respiração subiu dançando até as estrelas.

— A noite está bem clara — ela disse. — Deve ser a noite de melhor visibilidade em semanas.

Olhei para ela.

— Há quanto tempo está planejando isso?
Ela não disse nada e manteve os olhos nas estrelas.
— *Se em trevas deitará minh'alma, à luz ascenderá em fulgor. Pois as estrelas tanto amei que a noite enfrento sem temor* — eu disse.
— Você se lembrou. — Ela sorriu.
E ficamos ali, observando as estrelas.
— Sinto tanta paz fazendo isso — Margot me disse depois de um tempo.
— Eu também.
— Sabia — ela falou devagar — que as estrelas que vemos com maior nitidez já estão mortas?
— Bem, isso é deprimente. — Soltei da mão dela.
— Não — ela disse com delicadeza, entrelaçando o braço no meu. — Não é deprimente, é bonito. Elas já se foram sabe-se lá há quanto tempo, mas ainda podemos vê-las. Elas continuam vivendo.
Elas continuam vivendo.

Verboten

— Você ainda não está apta.
— Não estou apta?
— Não está bem o bastante. — A Enfermeira Nova abaixou os olhos.
— Eu estou bem — eu disse a ela.
— Isso não está dando certo.
— O quê?
— Fingir que está bem.
— Eu *estou* bem.
— Você está...
— O quê?

Observei a Enfermeira Nova de canto de olho enquanto ela fingia verificar um dos prontuários sobre minha cabeça.

Ela não disse nada por um bom tempo.

— O que foi? — perguntei.
— Lenni, sua temperatura está alta, você não está respondendo bem ao novo medicamento, e sei que não está dormindo.
— Como você sabe?
— A Linda me contou.
— Que traíra. É obvio que não dá para confiar na *Linda*.
— Lenni, ela é a enfermeira do turno da noite. É função dela...
— Ela está mentindo. Eu durmo de olhos abertos.
— Não dorme.
— Como o monstro de Frankenstein.
— O quê?
— Ou um morcego.
— Morcegos são cegos.
— É, então por que se importariam em fechar os olhos?
— Lenni, isso é sério.

— É mesmo. Você está me impedindo de ir à Sala Rosa só porque eu durmo de olhos abertos.

— Isso é...

— Além da versão dos acontecimentos contada pela *Linda*, que outros motivos você tem para acreditar que não estou dormindo?

— Estes. — Ela apontou.

— Meus olhos?

— Não, as bolsas embaixo deles.

— Não sabe que não é educado fazer comentários sobre a aparência das pessoas?

— Eu não quis ser grosseira. Estava simplesmente dizendo que você está...

— Com bolsas embaixo dos olhos, eu sei.

— Lenni, pode se acalmar um pouco? Não consigo pensar. Só estou dizendo que esta semana talvez você devesse tirar um tempo para descansar. Seu corpo precisa de uma pausa...

— Meu corpo não precisa de pausa nenhuma. É minha mente que precisa de uma pausa.

Ela me olhou por um momento como uma garotinha prestes a chorar, e eu me senti como pais lhe dizendo que o verão tinha acabado, que seu urso de pelúcia preferido tinha sido deixado no hotel e que as aulas começariam de manhã bem cedo.

— Lenni, por favor.

— Tudo bem! — gritei mais alto do que o necessário e cruzei os braços, porque agora estava comprometida a parecer furiosa.

Ela se aproximou um pouco mais e sussurrou:

— Esta é a primeira vez que me deixam tomar uma decisão assim.

— Tudo bem — repeti e descruzei os braços, porque talvez a camareira do hotel encontrasse seu ursinho de pelúcia e o enviasse pelo correio.

Então ela saiu.

E não veio ninguém.

Nem o padre Arthur, nem Margot, nem Pippa.

Nem mesmo um sorriso amigável de Paul da Manutenção. Até um olhar duro de Jacky ajudaria. Mas não veio ninguém. E, por fim, eu dormi. Dormi por dias.

Quando os planetas se alinharem

— Olá, querida. — Margot espiou pela cortina da minha cama. Tentei sorrir para ela, mas não sei se funcionou.

Ela entrou e deu um beijo no alto de minha cabeça.

— Se Lenni não pode ir até a Sala Rosa... — ela disse. — A Sala Rosa vem até Lenni.

Em minha mesa de cabeceira, ela colocou um copo plástico cheio de canetinhas coloridas, uma bandejinha com carvão e um estojo com lápis. Colocou uma tela em branco em meu colo e, ao se sentar na cadeira de visitantes, apoiou sua própria tela nos joelhos.

Usando um lápis preto, ela desenhou algo muito simples – uma fileira de planetas em um céu estrelado.

West Midlands, 16 de agosto de 1987

Margot James tem cinquenta e seis anos de idade

Estava marcado no calendário havia três anos: 16 de agosto de 1987. Era o equivalente ao Natal para Humphrey. A todos os natais e aniversários. Convergência harmônica. O dia em que o Sol, a Lua e seis planetas de nosso sistema solar se alinhariam perfeitamente.

É claro, ele não caiu na conversa de que aquele dia desencadearia uma era de iluminação (uma ideia que estava gerando celebrações no mundo todo), mas queria desfrutar do "evento astral único". Eu disse que já tínhamos visto um daqueles, e ele respondeu arqueando as sobrancelhas.

Eu estava muito mais interessada nos dois planetas que não se alinhariam. Gostava da ideia de que estavam se recusando a fazer o que todos os outros estavam fazendo. Estavam sendo atraídos por uma outra força – governados por uma outra lei.

Como aqueles dois planetas errantes, eu tinha sido convidada para a festa, mas havia recusado o convite. A festa tinha sido organizada por alguns amigos de Humphrey no observatório de Londres. Incluiria sete horas de observação do céu e o registro do que havia sido observado, e depois uma festa com comida, bebida e dança. A equipe do observatório sabia celebrar um evento astral como ninguém.

Não soube dizer a ele o motivo de eu não querer ir, só sabia que não queria. Então me ofereci para tomar conta das meninas em vez de ter que mandá-las para a fazenda de um amigo dele. Depois que Bette e Marilyn foram viver no grande galinheiro que fica no céu, abrigamos duas moças mais velhas – Doris e Audrey. Elas iam fazer onze anos. "Uma bela conquista para uma galinha", como Humphrey havia dito.

Então Doris, Audrey e eu ficamos e observamos Humphrey empacotar seu melhor telescópio, vestir suas "roupas de festa" e seguir seu caminho.

O banheiro era o cômodo mais frio da casa de Humphrey, então só era possível tomar banho de banheira no verão. Aproveitando o clima quente, tomei um banho de banheira, li sete capítulos de meu livro e depilei as pernas. Então saí, com a ideia de assistir a um filme em nosso recém-adquirido videocassete.

Mas havia algo no capacho. Aquilo não estava ali quando Humphrey saiu. Estava endereçado à sra. James. Quase sempre eu demorava um tempo para lembrar que aquela era eu. E sabia que era dela.

Ela sempre me chamava de "sra. James". Era sua forma de me lembrar da permanência de minhas decisões, de me lembrar que ela nunca mudaria de nome por um homem. Mas eu tinha adotado o nome de Humphrey inconscientemente. Quase por acidente.

Peguei o envelope e o coloquei em cima da almofada do sofá. Eu me sentei ao lado dele. Podia conter algo bom ou algo ruim, mas tinha sido mandado por ela, então provavelmente seria as duas coisas.

Levei uma ou duas horas até conseguir abrir. Àquela altura, imaginei, Humphrey já estaria quase saindo da estrada e chegando ao observatório. E provavelmente já tinha derramado um pouco de café da garrafa térmica que levava no carro em suas roupas de festa. O sol já havia atravessado todo o carpete e agora restava uma lasca de luz aquecendo meus pés. Doris entrou na cozinha, ciscando nas fendas entre os ladrilhos de pedra na esperança de encontrar um pouco de milho.

Eu já devia saber quando puxei a aba triangular e o envelope se abriu facilmente, com a parte adesiva ainda pegajosa.

Olhando para mim de dentro do envelope estavam Meena e Jeremy. O oitavo aniversário dele estava se aproximando, mas na fotografia ele ainda era pequeno, levantando os bracinhos, apenas de fralda e uma camiseta listrada. Meena o segurava pelo meio do corpo e ria.

A última vez que a vi, ela estava exatamente como na foto.

Meena e o pequeno Jeremy estavam morando em Acton, em uma casa compartilhada com um casal mais velho, ambos músicos de uma orquestra de Londres. Jeremy tinha entre um e dois anos. Era meados de julho, e o sol estava implacável havia duas semanas. Conforme as placas para Londres iam aparecendo na estrada, minhas mãos começavam a suar. Eu tive a sensação de que estava não no carro, mas em um dos muitos sonhos que tinha em que tentava visitar Meena e acabava perdida, ou meu carro quebrava, ou ela não estava no local para onde eu ia. Eu tinha a sensação de estar vendo meu carro rodar pela estrada cheia, não de estar no controle dele. Fiquei me perguntando se morreria a caminho de vê-la e, depois, me aborreci pensando por que aceitaria morrer em um acidente de carro contanto que estivesse a caminho de vê-la.

Quando parei em frente à casa de porta verde, tentei desligar o motor sem desengatar a marcha, e depois não consegui me lembrar como puxar o freio de mão.

Estava suando. Não apenas nos locais de costume, mas no corpo todo – na raiz do cabelo, nas coxas, nas nádegas. Minhas mãos tinham deixado um par de impressões digitais úmidas no volante. Havia manchas escuras sob as axilas de meu vestido listrado. Abri o porta-luvas. Lenços de papel, lencinhos umedecidos, até um mapa teria servido para eu me secar. Tudo que havia no porta-luvas era uma colher de sobremesa. Eu me xinguei por ter emprestado o carro a Humphrey.

Tinha passado muito tempo pensando no que vestir para conhecer Jeremy e conhecer Meena como mãe. Tinha arrumado os cabelos – mas suei tanto na estrada que já estava irreconhecível. Eu me xinguei por querer estar bonita para ela.

Sentada no calor escaldante do carro, a coisa só piorava. Tirei a chave da ignição e saí. A rua estava calma, as casas cozinhavam alegremente sob o sol quente.

Notei uma mãozinha no vidro da porta da frente antes mesmo de eu aparecer na entrada. Ela desapareceu e depois voltou. Ele era real. E estava acenando para mim.

Então ela abriu a porta.

— Olá, sra. James. — Levei um tempo para assimilá-la. Ela tinha cortado o cabelo, que agora ficava acima dos ombros. Estava usando um vestido salopete e, apoiado no quadril, carregava seu filho. Embora tivesse no mínimo quarenta e dois anos na época, ela parecia muito mais nova. E a criança. Ele era etéreo, como sua mãe. Tinha cabelos loiros com cachinhos e os olhos azuis dela. Ele esticou os braços em minha direção, destemido, querendo que eu o segurasse. Meena o passou para mim. Fiquei surpresa com seu peso apoiado em meu quadril enquanto ele tentava agarrar meus brincos com as mãozinhas.

Eu a acompanhei até uma cozinha azul com pé-direito alto. As paredes estavam cobertas de partituras. Havia um violoncelo no canto e um estojo de violino vazio, porém aberto, em cima da mesa.

Meena tirou pratos e papéis de um canto da mesa e se sentou. Eu me sentei ao lado dela e coloquei Jeremy no colo. Ele estava se esforçando muito para pegar meu brinco. Aquela coisinha que se contorcia tinha o nome de dois garotos perdidos, mas era bem real. Bochechas rosadas e cabelo de anjo. Abri a boca para dizer algo, embora não soubesse ao certo o que seria, e no mesmo instante ela se levantou.

— Quer limonada?

— Você fez limonada?

— É claro que não. Geoff fez. É a única coisa que se salva nele. Tem também bolo de limão.

Aceitei ambos e, conforme a via se movimentar pela cozinha, senti meu coração se partir por todo o tempo que havia passado. Eu estivera ausente quando Meena se transformou em apenas mais uma pessoa comum. Uma pessoa com pratos e responsabilidades. Tudo bem que ela tinha colocado o nome de um frango no filho, mas ele era *dela*. Filho *dela*. As pinturas dele com os dedos tinham virado uma colagem na parede. Ele tinha um cadeirão; tinha uma casa. E ela tinha um emprego agora, trabalhava na bilheteria de um teatro. Não era mais a versão de si mesma que eu tinha preservado na memória. Não era mais selvagem.

Balancei Jeremy no joelho. Seu peso era surpreendente. Não por ser particularmente pesado, mas por ser humano. Criado do nada.

Ela se sentou e me entregou um prato de bolo de limão. Havia um fio de cabelo preto no canto da massa. Puxei para fora. Era grosso. Imaginei que fosse de Geoff. Os copos de limonada ficaram no balcão da cozinha, esquecidos, mas minha boca estava seca. Meena apoiou o próprio prato no colo e partiu um pedaço de bolo. Ofereceu para Jeremy, e ele comeu.

— Eu não...

— O quê?

— Não posso acreditar que você fez um humano — eu disse.

Ela ficou radiante.

— Eu sei. É estranho, não é? — Ela o puxou para o seu colo e usou a beirada da blusa para limpar a baba dos lábios dele. — Você não é nada mal, não é? — ela perguntou a ele. — Não é? — Ela o levantou bem no alto, quase derrubando o prato no chão, e Jeremy gritou de alegria.

E eu quis entrar em um buraco que se abria no chão para mim.

No silêncio da sala de estar de Humphrey, passei a mão pela foto. Ainda dava para ouvir os gritos de pura alegria de Jeremy. Ele já estava mais velho agora, mais sábio, mais cuidadoso. Fiquei imaginando se ainda tinha cabelos loiros, se tinha ficado com orelhas de elfo como as de Meena. Não tinha mais nada dentro do envelope, mas havia algo escrito atrás da fotografia.

Em sua caligrafia instável, estava escrito *Vamos nos mudar!* e um endereço. O alfabeto era o nosso, mas as letras estavam marcadas com acentos e formas que eu não reconhecia.

O efeito era familiar e não familiar ao mesmo tempo.

Meena e Jeremy Star
32 Nguyê n H 'u Huân
Lý Thái Tô, Hoàn Kiêm,
Hà Nôi, Vietnã

Ela estava se mudando para o Vietnã. É claro que sim. Precisava de uma aventura. Não era selvagem havia muito tempo.

Quando fui pregar a fotografia no quadro de cortiça na cozinha, peguei o envelope para jogar no lixo, e a ausência se fez presente. A falta de cor onde deveria haver. A omissão da realeza. O envelope sem soberano. Um republicano. Aquilo me fez perder o fôlego, já curto. Não lembro, mas devo ter soltado o envelope e a fotografia e, enrolada na toalha, com os cabelos ainda molhados sobre o ombro, saí correndo de casa.

A casa de Humphrey ficava no meio de um campo. A estrada que levava a ela era um caminho de cascalho que se transformava em gramado ao se aproximar da casa. E todo o campo separava-se da estrada por uma fileira de árvores altas.

Havia marcas de pneu que não chegavam até o local onde Humphrey costumava estacionar o carro. Estavam viradas para a esquerda.

Ela havia estado ali.

Em algum momento entre a partida de Humphrey e eu ter saído do banho, a mão de Meena havia entregado aquele envelope. Fiquei parada no sol de agosto, com água escorrendo pelos ombros e achando que ia vomitar. No silêncio, eu quis gritar.

Corri para os fundos da casa, caso ela e Jeremy tivessem ido ver as galinhas.

Audrey estava sozinha na grama com os olhos fechados, tomando sol, as penas recolhidas sob o corpo.

Meena tinha ido embora. Eu a havia perdido. Havia sido seu truque mais cruel.

Sobre nós, no céu infinito, os planetas estavam se alinhando, mas nós nunca poderíamos nos alinhar, Meena e eu.

Peguei a fotografia do chão da cozinha. Não queria que ela ficasse no quadro de cortiça zombando de mim, então a coloquei entre as páginas de um dos enormes livros de Humphrey, *Quinto congresso anual de astronomia, Calgary, 1972*. A foto escorregou facilmente entre as finas páginas brancas. Tão facilmente que nem dava para saber que estava lá.

Ela poderia permanecer ali, entre as estrelas.

Celebremos o feliz acidente de seu nascimento

— É só uma picadinha — a enfermeira disse. Mas eu sabia que não era uma picada: era uma agulha que entraria em minha pele. Senti como se fosse um raio.

— Muito bem, agora fique bem parada — a médica disse.

Senti algumas lágrimas sorrateiras escorrerem por meu rosto.

— Eu costumava ser forte — falei a ninguém em particular.

Margot colocou a mão sobre a minha.

— Olhe para mim, Lenni — Margot disse.

— Outra picadinha — a enfermeira repetiu.

— Lenni, quer ir a um lugar? — Margot perguntou.

Respondi que sim com a cabeça.

— Vocês não podem sair... — a médica começou a dizer, mas logo Margot começou a contar sua história e me levou embora. Para uma casa de fazenda em alguma parte das Midlands, onde eu já havia estado antes. E que às vezes visito em meus sonhos.

West Midlands, março de 1997

Margot James tem sessenta e seis anos de idade

Havia um bilhete no travesseiro onde a cabeça de Humphrey deveria estar. Na página borrada de tinta, estavam escritas as palavras: *Celebremos o feliz acidente de seu nascimento.*

Li várias vezes. Seria alguma citação? Era possível. Ele sempre estava tentando me convencer, embora eu soubesse que ficaria decepcionado se eu cedesse, a tentar gostar de Shakespeare.

Era uma manhã clara de março. Havia uma leve camada de gelo no canto da janela que cintilava ao sol. O barulho de metais batendo na cozinha me fez sorrir. Ele estava lá embaixo consertando alguma coisa.

Saí de baixo da colcha e vesti meu roupão e um de meus muitos pares de chinelos – o chão de pedra estava sempre muito gelado. Pisar na fenda entre os pedaços de carpete que cobriam a sala era como tomar um tiro de gelo na ponta dos dedos.

Senti o cheiro de bacon e bolo lá de cima.

Parei no fim da escada e observei Humphrey na cozinha. O *timer* estava tocando, e ele tirava o bolo do forno. Enquanto o abanava com um pano de prato, ele jogou algo em uma panela. Independentemente do que fosse, estava criando muito vapor. O rádio tocava jazz ao fundo, e então ele derrubou uma colher e praguejou. Era para aquilo ser agradável. Mas estava virando alguma outra coisa.

Em cima da mesa, havia três balões, um presente embrulhado com pouca destreza com papel cor-de-rosa e um cartão com meu nome.

Entrei na cozinha em silêncio.

— Humphrey?

— Ah — ele disse, virando-se com um sorriso. — A homenageada do dia!

Olhei para o rosto dele para ver se descobria alguma coisa, mas não adiantou nada.

— O que é tudo isso?

— Não é todo dia que minha esposa completa sessenta e seis anos! — Ele riu como se aquilo fosse extremamente engraçado. Começou a assobiar junto com o rádio.

— Você sabe quando é meu aniversário, não sabe? — perguntei com delicadeza.

— É claro que sim — ele disse, encostando no meu nariz.

— E quando é?

— Dia dezoito de janeiro. — Ele abriu um sorriso constrangido, como se eu estivesse me comportando de forma estranha.

Fiquei sem palavras.

— Fiz bolo de passas ao rum — ele disse, batendo com a luva de cozinha no bolo que descansava sobre o balcão.

O conteúdo da panela parecia ser uma geleia em seus estágios iniciais. Ele pressionou as framboesas com a colher de pau.

— Mas nós já comemoramos meu aniversário — eu disse, desligando o forno para ele. — Fomos ao jardim botânico. E almoçamos com a sua irmã. Em janeiro.

— É mesmo?

Comecei a chorar.

Havia uma mancha na calça de veludo cotelê do médico, logo acima do joelho, e estava me distraindo. Era amarela sobre o tecido verde. Molho curry, talvez? Ou gelatina de limão.

Ele movia as mãos enquanto explicava algo. Tirei os olhos de sua calça e tentei me concentrar.

— Eu só fiquei confuso — Humphrey disse. — Pode acontecer com qualquer um. — Ele havia dito isso várias vezes, todos os dias, desde a festa de aniversário. O presente era um lenço de seda macia com estampa de borboletas. — Não é preciso fazer alvoroço, estou mesmo bem.

O médico fez um sinal positivo com a cabeça, mas não acho que concordou.

— Essas coisas podem acontecer — o médico disse e olhou rapidamente para mim. — No entanto, com base no que sua esposa me contou, acho que é melhor fazermos alguns exames só por garantia.

Humphrey assentiu. Ele parecia pequeno. E velho. E assustado.

— Vai ser só um exame de sangue, a princípio — o médico explicou, enquanto minha atenção voltava para a mancha. Fiquei pensando se um pouco de vinho branco não serviria para tirá-la. — Depois alguns testes de memória simples. — Talvez bicarbonato funcionasse. Eu poderia usar uma escova de dentes seca e tirar aquela mancha. — E então seguiremos daí. — O médico estava estendendo a mão a Humphrey, que a apertou. Depois estendeu a mão a mim. Quando nos levantamos, ele passou as mãos rapidamente sobre a calça de veludo cotelê verde, e tive que desviar o olhar.

— Estou mesmo bem — Humphrey disse no corredor. — Só fiquei velho por acidente.

Traça

— As traças voltaram.

Achei que tinha caído da cama. Senti uma queda repentina e um chão iminente pronto para me atingir.

Eu me sentei, ofegante.

— Desculpe, não me dei conta. Pensei que...

Demorei um pouco para ver o homem parado à minha frente. Ele vestia jeans e uma camisa por baixo de um elegante pulôver azul.

— Padre Arthur? — sussurrei.

— Olá, Lenni — ele sussurrou porque eu estava sussurrando.

— Você está usando jeans.

— Pois é.

— Está tão...

Ele sorriu.

— O quê?

— Diferente. Como um cachorro andando sobre as pernas traseiras.

Ele riu.

— É bom te ver, Lenni. — Ele se sentou ao lado da minha cama e tentou não interferir no novo aparelho ao qual eu estava ligada.

— Quanto tempo faz? — perguntei.

— Algumas semanas. — Ele parecia constrangido. — Estive em uma convenção. Eu, hum, falei de você a alguns colegas. Espero que esteja tudo bem.

— O que eles disseram?

— Ficaram muito interessados. Contei sobre suas cem pinturas. Eles acharam que era um esforço muito significativo.

— Então agora sou famosa?

— Entre um grupo de padres recém-aposentados, sim.

— Esse sempre foi meu sonho.

Ele riu.

— Sabe, terminei minha décima sétima pintura.
— É mesmo?
— Sim.
— E o que pintou para comemorar seu décimo sétimo ano?
— Acho que talvez seja a melhor de todas. Pintei cem corações sobre uma tela branca. Oitenta e três em roxo e dezessete em rosa.
— Para representar você e Margot?
— Exatamente.
— É bom te ver, Lenni — ele repetiu.

Parei para tossir. Padre Arthur colocou um pouco de água no copo e o entregou a mim. O primeiro gole desceu facilmente, mas depois engasguei, tossi mais e tive que recolher a água que escorria da minha boca com o copo.

Arthur estava fazendo um péssimo trabalho ao não olhar para mim como se eu o assustasse.

— Eu pareço doente?
— É, hum...
— É um sim, então.
— Há muito tempo, me ensinaram que nunca se deve tecer comentários sobre a aparência de uma dama. — Ele sorriu, mas era um sorriso triste.
— E as traças? — perguntei depois de engolir um pouco da cola aguada.
— Ah, sim. Eu estava tirando o pó do banheiro e...
— Tirando o pó?
— Como?
— É que... Quanto pó se acumula em um banheiro?
— Bem, no meu nunca tem pó. Porque eu tiro o pó dele.

Quando eu ri, ele recostou na cadeira de plástico como se fosse uma poltrona acolchoada – confortável, acolhedora. Quase fiquei esperando que ela o acolhesse em suas dobras. Ou que criasse algumas dobras e depois o acolhesse.

— Posso contar a história? — ele perguntou.

Assenti, e ele começou, olhando feio para que eu não o interrompesse.

— Eu estava tirando o pó do banheiro.

Eu não disse nada e ele continuou.

— Prometi à sra. Hill que, como ela estava proibida de usar água sanitária no chão, eu assumiria toda a responsabilidade pela limpeza do banheiro. Ela não parava de dizer que "não era saudável ficar com um banheiro repleto de germes". Perguntei como ela podia ter certeza de que os germes estavam lá, e ela disse que simplesmente sabia. Eu afirmei que estava preocupado com o que a água sanitária poderia fazer com as traças. Ela perguntou como eu sabia que elas estavam lá, e eu respondi que simplesmente sabia. Ela riu e me deixou em paz.

"Então, eu estava tirando o pó do banheiro, tomando cuidado para não mexer na parte do rodapé onde as traças gostavam de entrar, e vi uma delas – embaixo da pia, acredita? A pia fica bem longe da porta, principalmente para algo do tamanho de uma traça. Eu a vi deslizar para baixo da lixeira para se proteger e me afastei, sussurrando que não pretendia lhe fazer mal, apagando a luz, fechando a porta e esperando que ela conseguisse voltar para casa para contar às amigas que eu vinha em paz."

Eu sorri.

— Não estou ficando louco — ele disse.

— É claro que não.

— Só sinto que devo protegê-las.

Assenti. Ele suspirou.

— Quer saber a verdade? — ele perguntou.

— Sempre.

Ele se inclinou para a frente na cadeira, apoiando os cotovelos nos joelhos da calça jeans.

— Não sei muito bem o que fazer comigo desde que me aposentei. Eu me sinto meio... — Ele fez uma pausa. — Perdido.

— Gostava de trabalhar aqui? — perguntei.

— Eu amava.

— Então volte.

— Não posso. Minha vaga foi para Derek, que é um bom jovem, não seria certo. E estou velho demais, de qualquer forma. Ah, Lenni, por favor, perdoe-me por ser tão egocêntrico quando a paciente aqui é você, e eu sou apenas o visitante.

— Volte — repeti.

— Não posso.

— Pode. Talvez não como *padre-chefe*, mas como outra coisa: poderia ser voluntário, ler para as pessoas, ajudar Pippa na sala de artes.

— Talvez.

— *Talvez*, não. Para valer.

— Você acha mesmo?

— É como se você fosse a minha traça.

— Como?

— Estou tirando o pó do banheiro, e você está embaixo da pia! Deveria voltar para o rodapé perto da porta, voltar para o seu lugar.

As estrelas tanto amei

West Midlands, fevereiro de 1998
Margot James tem sessenta e sete anos de idade

Fizemos um acordo, Humphrey e eu, logo depois que ele foi diagnosticado com doença de Alzheimer. E o acordo foi o seguinte: caso Humphrey esquecesse quem eu era, eu deveria lhe desejar boa-noite com um enorme beijo e nunca mais voltar. A princípio, resisti. Disse que nunca o deixaria e que ficaria até o fim, independentemente de virarmos estranhos.

Mas ele insistiu e me fez assinar um contrato. Ele mesmo o redigiu, então é claro que mal dava para ler.

— Significaria muito para mim, Margot — ele disse. — Saber que você não vai passar meses, ou anos, tendo trabalho comigo quando eu já estiver com a cabeça nas estrelas.

E eu chorei. E ele chorou. E eu assinei.

No fim, tivemos sorte: foram onze bons meses em que lembranças e certas coisas o escapavam, mas eu não. Apenas no fim desses bons meses que ele começou a escorregar. Às vezes, ele era Humphrey, às vezes não.

O contrato também estipulava em que ponto ele seria levado a uma casa de repouso. E esse dia chegou rápido demais. Não permitiram que eu fosse com ele quando se mudou. Eu deveria ajudá-los a empacotar as coisas dele e deixá-lo ir na frente. Fiquei em casa, cercada por ele, mas sem ele, e não sabia o que fazer comigo mesma, então fui até o sótão e fiquei olhando para o céu com seu maior telescópio – que a casa de repouso havia dito que era grande demais para seu novo quarto individual.

Ele já estava lá havia três dias quando me deixaram visitá-lo.

— Minha janela dá para o pátio — ele disse quando cheguei ao centro. Ele estava sentado em uma cadeira com a bengala na mão, parecendo deslocado.

Assinei o livro de visitantes e fui até ele. Estava esperando receber um abraço, mas não recebi.

— Para o *pátio*! — ele repetiu, como se eu não tivesse escutado.

— Vamos nos sentar em algum lugar? — perguntei, e ele me conduziu por um longo corredor. Havíamos visitado o lugar juntos quando estávamos decidindo em qual casa de repouso ele ficaria, mas, na época, parecera completamente diferente, como se tivéssemos entrado escondidos na escola depois do horário de fechamento... Como se nenhum de nós dois devesse estar lá.

— Este é o melhor cômodo daqui — ele disse, levando-me para uma pequena sala chamada "O Campo". — A sala principal fede — explicou. — Não sei por que as pessoas fingem que não. Tem cheiro de repolho podre... é cheia de peidos e xícaras de chá esquecidas. Não importa aonde se vá neste maldito lugar, não dá para escapar do cheiro de torta de carne, mesmo que a torta de carne *ainda* — Ele se sentou em uma poltrona de encosto alto — não tenha sido *servida*.

Não consegui conter o riso. Sabia, ou pelo menos esperava, que ele se sentisse deslocado aqui.

— Todos são tão velhos — ele disse.

— Nós somos velhos!

— Não somos *tão* velhos assim. Nunca vamos ser *tão* velhos assim. Nunca vamos desistir — ele disse. — Essa é a diferença.

Estávamos sozinhos n'O Campo – havia seis ou sete poltronas e algumas mesinhas espalhadas. Tudo era amarelo ou verde – as paredes, as cadeiras, o carpete. E havia uma janela grande que, diferentemente das outras janelas, dava para o campo que ficava ao lado da casa de repouso – amplo e contornado por uma longa fileira de árvores.

— Então é por isso que você gosta desta sala — afirmei. — Já viu algo bom?

— Ainda não — ele disse. — Para conseguir passar com meu telescópio pelo corredor sem ser levado de volta para a cama como um adolescente, vou precisar estudar as mudanças de turno dos funcionários da noite.

— Sabe, você poderia simplesmente perguntar se eles permitem que use o telescópio.

— E obrigá-los a preencher um formulário de risco de saúde e segurança? De jeito nenhum.

— Conheceu alguém legal? — perguntei.

— É claro que não.

— Sei que não é verdade. — Apertei de leve o joelho dele.

Ele olhou nos meus olhos e houve um momento que não consegui identificar ou definir, mas sei que a sensação não foi boa. Sua barba estava mais bem cuidada do que quando ele saiu. Quis perguntar se eles tinham feito sua barba, mas sabia que, se tivessem feito, seria a última coisa sobre a qual ele gostaria de conversar.

— Então — eu disse —, seu quarto tem vista para o pátio?

— Ele é iluminado por dois refletores das seis da tarde às seis da manhã. Não dá para ver nada.

— Não é possível mudar de quarto?

— Já pedi. Disseram que não posso mudar durante três meses. Três meses sem ver as estrelas. Vou enlouquecer.

— Então volte para casa — falei, antes de ter tempo de pensar se seria uma boa ideia. Era daquela forma, pensei, que os pais que mandam os filhos para colégios internos deviam se sentir durante as visitas. Culpados e tristes, e como se, cada vez que vissem seus filhos, eles tivessem se tornado outra pessoa e fossem se transformar em outra completamente diferente na visita seguinte.

Esperei uma resposta, mas ele não disse nada.

— Está tudo bem. Vamos jogar dominó? — ele perguntou. Senti vontade de chorar.

* * *

— E se... — eu disse quando ele parou de se gabar por ter vencido o jogo. — Eu observasse as estrelas por você?

— Hum.

Continuei, independentemente de sua reação.

— O telescópio maior ainda está montado. Você me diz o que devo procurar, eu olho e depois...

— Você me telefona — ele disse. — E descreve o que está vendo.

— Vamos tentar?

— Sim. Vou ficar como um alcoólatra recebendo ligações de seu *sommelier*.

Então toda noite eu telefonava para o quarto de Humphrey e relatava com o máximo de precisão e cuidado tudo que via no céu. Ele me fazia perguntas, dizia para eu mover o telescópio um grau aqui ou ali, ou lembrá-lo se algo estava no mesmo lugar em que estava em uma de nossas últimas ligações. Sempre dava para ouvir o barulho do lápis sobre o papel. Mesmo depois que ele mudou para um quarto com uma visão muito melhor do céu, eu telefonava às sete e meia da noite em ponto para dizer o que estava vendo, e ele me dizia se estava vendo também. Estávamos conectados, porque estávamos olhando para o mesmo ponto localizado a milhões de quilômetros de distância.

Então, em uma terça-feira de fevereiro, liguei e ele não atendeu. Liguei novamente.

— Alô? — Uma jovem atendeu.

— Olá, estou tentando falar com Humphrey. Humphrey James?

— Ah, com quem estou falando?

— Margot... sou esposa dele.

— Margot, sra. James, estava prestes a entrar em contato. Humphrey sofreu uma queda quando estava saindo do banho. Ele está com o médico; daremos notícias assim que possível.

— Posso ir visitá-lo? Precisam que eu vá até aí?

— Sinto muito, sra. James. O horário de visitas de hoje já terminou, mas, se o médico relatar algo sério, abriremos uma exceção. Por favor, aguarde até termos mais notícias.

Na manhã seguinte, fui até a casa de repouso. "Apenas escoriações" foi o veredicto. Mas eu me senti traída. Ele tinha me prometido que nunca ficaríamos tão velhos assim. E agora ele precisava de ajuda para tomar banho, precisava de uma banheira com porta.

A enfermeira, que parecia nova demais para ser enfermeira e usava um cardigã coberto de insígnias de várias instituições de caridade, me acompanhou até O Campo.

— Este é o espaço preferido dele — ela disse.

— Eu sei. — Tentei sorrir, mas parecia que meu rosto estava tentando fazer algo que nunca fizera.

— Só para alertá-la, ele está com a perna enfaixada e a estamos mantendo elevada para diminuir o inchaço, mas fora isso ele está ótimo. — Ela sorriu e segurou a porta para eu passar.

Ele estava olhando pela janela. A perna, como previsto, estava apoiada sobre três almofadas, com a canela enfaixada.

Eu me sentei ao lado dele.

— Querido. Como você está? Eles me contaram sobre a queda — eu disse.

Ele se virou para mim.

— Todo mundo viu meu pênis!

E então ele caiu na gargalhada, e eu ri também.

Depois de três rodadas de dominó, nas quais ele quase certamente estava trapaceando, senti a necessidade de me aproximar e dar um beijo em seu rosto. A bochecha tinha perdido um pouco da maciez, mas ainda era ele.

— Você não vai esquecer, vai? — ele perguntou. — De nossa promessa?

Puxei a cadeira para mais perto e coloquei a mão sobre a dele.

— Não vou.

— Estou falando sério, Margot. Não quero você aqui quando eu já tiver ido. Por que você deveria ficar se eu não estiver mais aqui?

— Eu sei. Eu lembro.

— E você promete?

— Assinei o contrato, não assinei?

— Estou falando sério.

— Eu prometo.

— Você sabe que eu te amo — ele disse. — Você é minha estrela, Margot.

— Eu também te amo.

Ele recostou, esticando os dedos dos pés cobertos pelas meias que eu havia lhe dado de presente no Natal anterior.

— Você teve notícias dela?

— De quem?

— Da sua amiga de Londres, mãe do Jeremy. Como é o nome dela?

— Ah, Meena?

— Sim, sim. Teve notícias da Meena?

— A última vez que soube dela foi no Natal. Ela me mandou uma carta. O aniversário de dezoito anos do Jeremy foi um sucesso. Ele começou a frequentar as aulas em uma universidade internacional.

— E ela está bem?

— Acho que sim.

— Você deveria escrever para ela — ele disse.

Por mais que eu tente, não tenho lembranças do que fizemos no restante do dia nem de me despedir, porque elas se fundiram com todas as minhas outras visitas e todas as outras despedidas. Às vezes, tento me fazer lembrar, observar o dia casualmente de fora, tentando fazer com que se desenrole e revele o que fizemos ou dissemos quando a visita acabou. Mas não consigo.

Naquela noite, eu tinha visto uma estrela cadente e precisava contar a ele pessoalmente.

Como agrado, fiz um bolo de cenoura. Eu raramente o visitava dois dias seguidos, então esperava fazer uma surpresa.

A enfermeira usava o mesmo cardigã do dia anterior.

— Você nunca vai adivinhar onde ele está — ela disse, sorrindo.

— O Campo?

Ele estava sentado no mesmo lugar do dia anterior, com um novo par de meias e a perna ainda elevada sobre almofadas. O dia estava silencioso e calmo e o sol aquecia o carpete. Ele estava olhando pela janela, observando o campo.

Eu me sentei ao seu lado.

— Olá — eu disse.

Ele se assustou.

— Olá! — ele disse calorosamente.

— Desculpe se te assustei.

— Não assustou.

— Achei que pudesse querer um pedaço de bolo de cenoura. — Tirei a caixa com o bolo da sacola.

— Obrigado — ele disse. — Bolo de cenoura é um dos meus preferidos.

— Eu sei.

— Como sabe?

— Você me contou.

— Contei? — Ele franziu a testa.

— Aqui está. — Cortei um pedaço e o coloquei em um prato de papel que havia levado. Estava tentando ganhar tempo.

Ele pegou o bolo e ficou me questionando com o olhar.
— Como está sua perna?
Ele olhou para ela como nunca tivesse visto aquela atadura.
— Sabe, não faço a mínima ideia!
— Eu...
— E, se não se importar com a pergunta, não estou conseguindo me lembrar quem é você.

Desabei mil metros. Mas, de alguma forma, permaneci sentada.
— Eu sou a Margot — eu disse.
— Margot. — Ele brincou com meu nome na boca, sem sinal de que o reconhecesse. — É um belo nome.
— Obrigada — respondi. Meu coração estava tão acelerado que meu peito tremia.
— De onde eu te conheço, Margot? — ele perguntou.
— Ah, somos velhos amigos.
— Somos? Sinto muitíssimo — ele disse. — Que grosseria da minha parte não lembrar!
— Não faz mal — eu disse. — Nós nos conhecemos há muito tempo. — Aquela parte, pelo menos, era verdade. — Mas está tudo bem, eu estava procurando outra pessoa.
— Alguém especial?
— Minha cara-metade — eu disse.

Senti as lágrimas se formando em meus olhos, então coloquei o bolo de cenoura em cima da mesa e fiquei bem de frente para ele. Segurei suas bochechas amadas entre as mãos e olhei em seus olhos.
— Eu te fiz uma promessa — eu disse a ele.

Ele sorriu gentilmente, embora houvesse um quê de confusão ali. E guardei na memória aqueles olhos brilhantes e a sensação de seu rosto quente entre minhas mãos. E eu o beijei, nos lábios, por um bom tempo. Para minha surpresa, senti que o beijo estava sendo correspondido. Mesmo perdido, ele ainda era o tipo de homem que aproveitava uma oportunidade quando ela se apresentava. Então eu disse:

— Adeus, Humphrey James. Foi maravilhoso te conhecer.

E ele abriu um sorriso desconcertado.

— Ah — ele disse quando cheguei à porta —, quem você estava procurando?

— Meu amor — eu disse, tentando secar as lágrimas do rosto para que ele não percebesse que eu estava chorando.

— Bem — ele disse. — Tenho certeza de que você vai encontrar ele... ou ela.

— Obrigada.

— Fique de olho no céu hoje — ele disse. — Vai acontecer um evento astral único.

Tive que sair imediatamente ou não iria nunca mais e acabaria quebrando a última promessa que tinha feito a ele.

— Preciso ir — eu disse, quase sussurrando.

— Bem, adeus, então, Margot — ele disse. — E obrigado pelo beijo. — Ele deu uma piscadinha.

Meses depois, Humphrey James faleceu tranquilamente enquanto dormia, sentado ao lado de seu telescópio, em uma poltrona perto da janela.

Manhã

West Midlands, maio de 1998

Margot James ainda tem sessenta e sete anos de idade

roxo é a cor do alvorecer
do momento
em que a esfera taciturna dá a volta
e há uma mudança
de preto para índigo

luz,
    aurora,
        dia.

o espaço da luz do sol
que prevemos durar alguns minutos a mais do que o
                              anterior

e chamaremos de quarta-feira
mas não é quarta-feira, não é mais um dia,
é novo,
um intervalo de luz entre
a escuridão

e quem pode ter certeza
de que chegará de novo?

sob essa luz, levam o caixão
nessa quarta-feira, dizemos adeus
nossa tristeza é um intervalo de escuridão entre
                              a luz

e um sacerdote com vestes violeta e brancas
nos informa,
"roxo é a cor do sofrer"

Muita gente compareceu ao velório de Humphrey – todos os funcionários do observatório e vários do exterior; o lado dele da família veio em massa, conduzidos pela irmã, que ficou comigo durante a semana anterior para ajudar com os preparativos. Até a enfermeira do cardigã, da casa de repouso, foi se despedir.

Durante o velório, li o poema da Sarah Williams que ele tinha me mandado depois de nosso primeiro encontro, porque minhas próprias palavras não seriam suficientes. Escrevi um poema para ele na noite que precedeu o velório, quando o sono foi embora e só o que consegui fazer para me acalmar foi olhar para as estrelas.

E logo tudo terminou. A irmã dele teve que voltar para casa, e eu me vi sozinha. Lavando louça.

Liguei o rádio para me distrair e não pensar nele – no fato assombroso de que seu corpo estava ali, dentro de uma caixa, na igreja onde todos estávamos sentados. De que ele estava deitado dentro daquela caixa, frio, como se estivesse dormindo. O rádio tocava uma música pop. E eu cantei. Cantei uma música cuja letra eu nem sabia que conhecia. E, quando a imagem de seu caixão sendo colocado embaixo da terra surgiu em minha visão, cantei mais alto. Quando a imagem de sua irmã chorando e jogando um punhado de terra na cova aberta surgiu em minha mente, cantei mais alto ainda. E então não estava mais no velório, mas na casa de repouso, n'O Campo. Com o rosto dele entre as mãos. E ele olhava para mim.

Eu o beijei.

E ele disse...

Um prato que eu tinha equilibrado sobre uma panela no escorredor de louça escorregou e se espatifou no chão.

E eu me vi no chão ao lado do prato, porque naquele momento soube, bem lá no fundo, que a última vez em que vi Humphrey ele não tinha se esquecido de mim. Estava fingindo.

O beijo tinha sido correspondido. Ele havia sorrido. "É um evento astral único", havia dito. Um evento astral único.

E mais do que isso: ao me dizer que encontrasse o meu amor, ele me disse para "encontrar ele... ou ela", quando justo no dia anterior tinha me perguntado sobre Meena, embora não falássemos dela havia anos.

Aquele homem terrível e maravilhoso havia fingido não me conhecer para poder se despedir enquanto ainda sabia quem eu era. Havia me poupado daquelas visitas e, à sua própria maneira, me libertado. E, sem dúvidas, ele pôde confirmar se eu realmente manteria minha promessa.

Ri por cerca de vinte minutos, porque a ideia de Humphrey fingir não me conhecer era tão irritante, e boba, e tão a cara dele. Depois, chorei.

Luz... Aurora... Dia...

Meu pai está parado na ponta da minha cama.
Ou não está.
(Não ando muito bem.)
Ele parece menor do que me lembro.
Tento falar e tomo ciência de uma máscara em meu rosto. Minhas palavras ecoam de volta para mim. Tiro a máscara e lembro de uma conversa que tive com uma enfermeira. É para me ajudar a dormir ou para me manter acordada. Para me ajudar a viver ou para me ajudar a morrer. Uma dessas coisas.
Ele diz alguma coisa em sueco. Os verbos não concordam, e nem eu.
— Oi, docinho — ele diz, segurando na minha mão e passando o polegar sobre a cânula que a perfura. Para a frente e para trás, seguindo um ritmo. Dói, mas não consigo me lembrar das palavras em nenhuma das duas línguas para pedir para ele parar.
É de imaginar que, depois de todo esse tempo, haveria muito a ser dito, que eu estaria cheia de histórias sobre minhas aventuras e ele também. Mas ninguém diz nada. Talvez seja um sonho, afinal, e meu cérebro esteja com dificuldades para gerar a voz dele. Como era mesmo? Aguda? Grave?
— Lenni — eu digo a ele, e imediatamente me pergunto o porquê, mas agora já havia dito e tenho que ver seu rosto se franzir, confuso. Meu pai segura no braço de um borrão que passa e me pede para repetir o que eu disse, mas não me lembro.
— É sobre minha mãe? Ela tem oitenta e três. Temos quase cem.
— A anestesia pode causar um pouco de confusão mental — o borrão diz a ele, que se senta.
— Você foi para a Polônia? — acho que pergunto.
Ele confirma e me mostra uma imagem em preto e cinza de um feijão, eu acho.

— Eu tinha que contar assim que tivesse certeza — ele diz. — Você vai virar irmã mais velha.

— É o Arthur — digo.

— O quê?

Balanço a cabeça e me pergunto sobre o que exatamente cada um de nós acha que está falando.

— É o *padre* Arthur.

Meu pai se vira para Agnieszka e diz, em pânico:

— Ela não está me reconhecendo.

— Ela usa roxo por causa do Humphrey — digo, finalmente conectando os pensamentos. — Porque ela está triste. E é a cor do alvorecer. Por isso ela sempre veste roxo.

— Lenni?

E então Agnieszka está na ponta da cama, mas está diferente. Não é só o cabelo que está diferente, mas seu rosto. Ela estava parada ali esse tempo todo? Sempre teve aquela aparência? Está desaparecendo, desaparecendo, desaparecendo...

— Lenni? — ele pergunta.

Balanço a cabeça porque é mais fácil que falar.

— Lenni, a enfermeira ligou — meu pai diz. E eu sorrio.

— Você cumpriu sua promessa.

Margot e a caixa

— Não quero te decepcionar, Lenni.

Só então notei que ela estava lá. Abri os olhos. Precisei piscar para colocá-la em foco. A princípio, vi duas Margot sentadas na cadeira de visitante, aproximando-se de mim.

— Me decepcionar?

— Você terminou sua metade dos cem.

— Meus dezessete por cento.

— Sua *metade*. E eu não terminei a minha — ela disse em voz baixa.

Ela balançou a cabeça. Parecia que ia dizer alguma coisa, mas não disse.

— Todos estão ajudando — ela finalmente disse. — Else, Walter, Pippa, os outros alunos da Sala Rosa. Eles se dividiram em grupos para assumir as pinturas. Eu faço o esboço, indico as cores e depois superviciono.

— Uau.

— Só que, enquanto trabalho com eles e fico dando ordens, não tenho para quem contar as histórias — ela disse.

— Então veio aqui?

— Então vim aqui. Para te contar a próxima história, se você quiser.

— Sempre.

West Midlands, primavera de 1999

Margot James tem sessenta e oito anos de idade

Quando ele morreu, fiquei nauseada. Era como se o mundo estivesse inclinado em um ângulo estranho e nada parecesse certo. O que devia ser plano estava torto, e eu me vi segurando em corrimões e tropeçando em degraus como nunca havia acontecido antes. A dor de perdê-lo não havia diminuído, como disseram que aconteceria.

A irmã de Humphrey tinha pedido alguns dos livros dele para doar à universidade onde ambos haviam estudado e onde ele havia começado a explorar os céus. Ela me deu uma lista dos que gostaria de doar, e eu os estava separando em algumas caixas que o verdureiro tinha me dado. As estantes de livros ocupavam os dois lados da sala. A maioria não tinha sido tocada desde que o conheci, mas todos eram, ele insistia, essenciais. Estavam ali havia tanto tempo que pareciam parte das paredes, e não objetos para uso, como vigas adicionais segurando a estrutura de pedras desgastadas de seu pequeno chalé. A cada livro que eu tirava de uma prateleira, sentia que estava removendo um tijolo das paredes da casa. Sem ele e seus livros, ela certamente ruiria.

Estava fazendo o possível para não dar atenção à sensação de que estava me desfazendo de algo que precisava muito manter. Afinal, quando os leria? Que utilidade teriam mofando no canto da casa de uma velha viúva?

O *Quinto congresso anual de astronomia, Calgary, 1972*, um livro branco e grosso que encaixava perfeitamente em uma caixa de bananas brasileiras, era o último da lista. Ele deixou seu segredo cair no chão de maneira tão silenciosa que nem notei.

Foi só quando levei as caixas para o carro que a vi. Sorrindo, prestes a dizer alguma coisa, com o angelical bebê Jeremy nos braços, no chão de pedras frias, olhando para mim.

Eu a peguei e segurei nas mãos. E senti que ela estava tão distante que aquilo seria o mais perto que eu chegaria de tocá-la novamente. Não tinha notícias de Meena desde o Natal anterior. Jeremy já estaria com dezenove anos. Fiquei imaginando se ele tinha ficado parecido com o pai – o professor engomadinho que eu detestara anos atrás. Quando eles partiram, nutri no coração a esperança de que ela não se adaptasse e voltasse, mas eles haviam se mudado para o sul e se estabelecido em uma cidade com o nome do presidente Ho Chi Minh. Um homem que, muito tempo atrás, tinha me dado um excelente conselho.

Inspecionei a sala de estar silenciosa.
Às vezes, dava como certo o amor de Humphrey, algo que só se pode fazer quando se está muito seguro da afeição de alguém. Mas sei que ele era feliz, e sei que eu também era.
Você vai encontrar ele... ou ela, Humphrey tinha dito em nosso último encontro.
Então sentei e escrevi uma carta a ela, que coloquei no correio antes de ter a chance de mudar de ideia.

uma floresta cresceu entre nós
nos primeiros silêncios, pequenas folhas e brotos nasceram, ainda tão pequenos que podíamos esmagá-los se quiséssemos, mas permanecemos em silêncio, nunca percorrendo o espaço que havia entre nós, nunca pisando nos botões e na grama que crescia ali
a cada mês que se passava, nossa distância não percorrida tornava-se espinhosa com o crescimento de uma árvore que bloqueava meu caminho, e não tive coragem de percorrer aquele espaço entre nós. ficava cansada de pensar em arranhar os joelhos no matagal alto
quando as estações mudaram e mudaram e mudaram e as plantas e os arbustos ficaram mais densos, caminhar até você seria pegar uma motosserra e abrir caminho pelo que o tempo tinha feito com o espaço entre nós
até que, um dia, o espaço entre nós, tão cheio de vida em seu interior, tão repleto de troncos largos e folhas, tão verde e denso e escuro, fechou-se como uma parede, e não pude mais ver você do outro lado
percorrer a distância entre nós agora seria arriscar minha vida
e, se eu abrisse caminho, me esforçasse para atravessar aquela floresta, e descobrisse do outro lado
que você não está lá?
m x

Velha amiga

— Margot?
— Sim?
— Seria estranho se eu dissesse que te amo?
— Nem um pouco.
— É que... acho que você precisa saber. Eu te amo.
— Eu também te amo, Lenni.
— Como foi no Vietnã?
— Incrível. Quente, agitado e cheio de vida. Eu mal podia acreditar que toda aquela vida estava acontecendo enquanto eu estava morando sozinha na velha casa de fazenda de Humphrey. E, é claro, Meena estava lá.
— Você a encontrou?
— Encontrei.
— E?
— Nós queimamos a floresta.

Acompanhei Margot ao aeroporto em algum momento de 1999. Depois de um longo voo com duas escalas, aterrissamos no aeroporto de Tân So'n Nhât. Não foi tanto o calor, mas a umidade que nos atingiu enquanto íamos do avião ao calmo terminal do aeroporto. Era noite e o nosso voo era o último daquele dia. Eu não tinha bagagem nenhuma, então caminhava livremente, acompanhando Margot, que equilibrava papéis, livretos de frases e seu passaporte. Ela estava nervosa. Tinha reservado o voo e feito a mala antes de ter tempo para se preparar. O que era ao mesmo tempo uma bênção e uma maldição. O tempo a teria acalmado, mas também poderia tê-la impedido.

No entanto, nem precisava ter se preocupado. O semidesconhecido a meio mundo de distância em que havia depositado toda a sua confiança estava esperando por ela. Ele era parecido com Meena; tinha o mesmo formato de rosto e os mesmos olhos que ela. Mas era alto, e ainda não tinha se desenvolvido completamente. Estava segurando uma placa feita à mão com o nome de Margot, e ela, aliviada em vê-lo, saiu correndo e lhe deu um grande abraço.

Acompanhei os dois, ouvindo sua conversa, ouvindo Margot explicar que o havia conhecido quando ainda era um anjinho, e ele contando a Margot que a reconhecera de primeira porque, em todos os lugares em que viveram, sua mãe havia pendurado uma fotografia com moldura dourada: uma fotografia fora de foco de Meena e Margot em uma festa. Margot estava de vestido verde e elas estavam dançando, girando de braços dados. A foto ia com eles para todos os cantos, ele disse.

Quando chegaram à lambreta dele no estacionamento e ele falou "pode subir!", Margot riu e depois *gargalhou*. Ele entregou um capacete a ela, que, por ser uma mulher incrível, subiu na garupa da lambreta. Ele saiu pelo trânsito movimentado, uma veia pulsante da cidade composta de motos e táxis, de pessoas para quem aquela era apenas mais uma noite comum e não algo completamente extraordinário.

E, quando chegaram à viela estreita e íngreme onde Meena e Jeremy compartilhavam um apartamento, fiquei ao lado de Jeremy e vi Meena correr até Margot, chocar-se com ela com tanta força a ponto de quase caírem no chão, abraçá-la e gritar, relaxada e livre:

— *Tao yêu mày!*

Aniversário

Pensei que era meu aniversário quando vi a vela. Tive que me sentar antes de entender qual era a maneira certa de ver as coisas. Devia estar dormindo, porque não me lembrava de ninguém ter apagado as luzes.

Eles se aproximavam lentamente. Lentamente com uma vela. Margot, Pippa, Walter e Else (de mãos dadas), padre Arthur, a Enfermeira Nova, Paul da Manutenção. Estavam todos sorrindo e, por um instante, me perguntei se estava morta. A vela tremeluzia e iluminava o rosto deles, estava em cima de um bolo que Margot carregava muito lenta e cuidadosamente até minha cama.

Ela o colocou com cuidado na minha mesa e a puxou para mais perto para eu conseguir ver. Com glacê preto estava escrito: *Feliz 100º aniversário, Lenni e Margot.*

— Chegamos a cem? — perguntei. — Conseguimos?

Pippa levantou uma pintura que eu ainda não tinha visto. A melhor de todas. Era Margot e eu, lado a lado, de pijama. Eu estava rindo, e o céu sobre nós estava repleto de estrelas.

No canto inferior, a inscrição: *Hospital Glasgow Princess Royal, Margot Macrae tem oitenta e três anos de idade.*

— Nós somos seu último ano? — perguntei, sem acreditar que Margot tinha mesmo me pintado. Eu parecia tão real.

Margot sorriu e acariciou minha mão.

— É claro — ela disse.

A Enfermeira Nova arrumou cadeiras para todos, e eles se sentaram à minha volta. Como peregrinos.

A coisa brilhante sobre o bolo não era uma vela de verdade – era uma vela de Natal de plástico com cera falsa escorrendo pela lateral e uma lâmpada de LED que piscava. Estava cumprindo bem sua função.

— Nada de chama de verdade — a Enfermeira Nova disse, justificando. Depois levantou o bolo e o segurou na nossa frente. — Faça um desejo — disse a Enfermeira Nova. Margot e eu sopramos e, por mágica ou bruxaria, a vela plástica de LED apagou.

Pippa distribuiu pratos de papel e cortou fatias grossas de bolo. Eu não me lembrava da última vez que havia comido bolo. Estava delicioso. Uma escolha perfeita. E agora eu podia dizer com sinceridade que havia experimentado o bolo de meu centésimo aniversário.

— Nunca pensei que chegaria ao meu centésimo aniversário — afirmei.

— Muitas felicidades — Else disse com um leve sorriso.

— Foi muito merecido — acrescentou o padre Arthur.

— É uma conquista e tanto — Pippa disse. — E agora parece um bom momento para dizer que estive falando com a dona de uma galeria no centro e ela quer mostrar as pinturas de vocês em uma exposição. Se vocês estiverem interessadas, é claro.

— O que você acha? — Margot perguntou, olhando para mim. Concordei.

— Cem anos de idade. Qual é a sensação? — Arthur perguntou.

— É estranho — eu disse. — Parece que ontem mesmo eu tinha dezessete.

— Me disseram que não aparento ter um dia a mais que oitenta e três. — Margot piscou para mim.

Então comemos bolo, conversamos e rimos, e, juntas, Margot e eu comemoramos nossos cem anos na terra. Foi uma vida longa e foi uma vida curta.

A luz que eles trouxeram permaneceu até bem depois que foram embora.

Margot

Estávamos com cem anos e um dia de idade, e um rosto pequeno apareceu na janela da minha ala. A princípio, pensei que fosse Lenni.

Dizem que as pessoas não notam quando começam a desacelerar. Dizem que começa cedo – por volta dos cinquenta – uma desaceleração gradual em que é preciso tomar cuidado nas escadas e para entrar e sair da banheira, em que não se corre, mas se trota, e depois não se trota, mas se anda. Mas sei que não é verdade. Fui mais rápida do que jamais havia sido em meses – anos, até. Corri. Deve ter sido algo surpreendente, mas os corredores estavam silenciosos. Ainda nem tinha amanhecido.

Arthur já estava segurando na mão dela, sentado ao seu lado. A enfermeira de Lenni, que tinha corrido comigo, explicou com palavras que eu ouvi, mas não ouvi.

O rosto de Lenni estava coberto com uma máscara e havia um chiado quando ela respirava. Era irregular. Eu me sentei do outro lado e peguei em sua mão. Estava fria e pesada. Mas não soltei.

— Acho que chegou a hora de dizer adeus — a enfermeira disse, sem conseguir conter as muitas lágrimas que corriam por seu rosto. Ela ajeitou o cabelo cor de cereja atrás da orelha e passou a mão nos olhos. Depois aproximou-se de Lenni e deu um beijo em sua testa.

— Lenni? — a enfermeira disse. — Margot está aqui.

As pálpebras de Lenni tremeram, abrindo um pouco. Ela me viu.

— Olá, querida. Estou aqui — falei, forçando um sorriso.

Ela mexeu a cabeça, tentando acenar. Tive que piscar para clarear a vista.

— Eu te amo, Lenni. Sempre vou amar — eu disse a ela.

Lenni apertou minha mão e, atrás da máscara, balbuciou sua resposta.

— Você vai ser muito feliz — eu disse a ela. — Vai se casar com um homem alto, e ele vai ter cabelo escuro e olhos claros, e vai cantar. Vai cantar para você o tempo todo. E vocês vão morar juntos em um apartamento pequeno, e depois em uma casa, e você vai me mandar cartões-postais, e depois vai ter um filho, talvez dois, e vai dar o nome de Arthur para um deles e Star para o outro, e vai ter um jardim com caracóis, mas não vai se importar com eles. E vai ser tão feliz, e vai se lembrar de nós aqui e pensar em como tudo parece engraçado agora. Eu vou te visitar e você vai colocar uma colcha florida na cama. — Eu não conseguia parar de falar, mas ela não parecia se importar.

Depois ela se virou para o padre Arthur, puxou a máscara de oxigênio até ela sair e, com a voz fraca, perguntou:

— Acha que eu vou entrar no céu?

Arthur fechou os olhos diante da dor daquele momento, mas logo olhou fixamente para ela com total convicção.

— É claro que sim, Lenni — afirmou. — É claro que sim.

Ele acariciou a mão dela, e ela fechou os olhos.

— E, Lenni, quando chegar ao céu... — ele disse. Ela abriu os olhos. — Infernize todo mundo.

Foi a primeira vez que ela sorriu no dia todo.

Margot de novo

Pensei que eu iria primeiro.

Como ela conseguiu escapulir tão suavemente? Achei que ela iria como fogos de artifício, com luzes brilhantes piscando, e alarmes tocando, e desfibriladores chegando às pressas. O tipo de coisa que ela teria amado. Caos e comoção, seus dois companheiros mais próximos durante a vida, abandonaram-na nos momentos finais. Sua morte foi serena e calma, e ficamos ao seu lado pelo tempo que nos foi permitido.

E então a levaram. Ela podia estar dormindo, não fosse pelo fato de terem desconectado os tubos e fios que a estavam mantendo viva e os enrolado de maneira organizada junto à sua mão. Não eram mais necessários.

E sobrou apenas uma ala. E um lugar onde uma cama e uma menina costumavam ficar. E não éramos mais o padre Arthur e Margot, éramos apenas um padre e uma velha. Pais substitutos sem sua filha verdadeira.

Comecei a entrar em pânico, e Arthur me abraçou forte enquanto eu chorava.

Quando me recompus, ele me acompanhou até minha ala, nós nos sentamos em minha cama e choramos juntos.

Um bocadinho

Minha mãe tinha duas palavras que sempre usava quando estava ficando sem paciência, ou quando estava cansada, ou quando estava com medo. Ela se virava para mim e dizia algo como: "Não sei, Margot, mas resta um bocadinho de tempo no dia", ou "Podemos fazer apenas um bocadinho", ou "Sobrou só um bocadinho na despensa".

Eu ficava imaginando como seria Um Bocadinho. Talvez fosse um objeto pequenininho, um berloque de vidro, azul e cintilante. Algo que devia ser segurado com cuidado na palma da mão. Que necessitaria ser embrulhado em papel de seda se fosse transportado para outro lugar, mas que eu sempre quis guardar no bolso. Imaginava minha mãe e eu com seis anos de idade, sentadas lado a lado à mesa da cozinha com Um Bocadinho entre nós, deliberando como deveríamos reparti-lo para fazer uma refeição.

Sinto que há só um bocadinho agora. Não sei o que fazer comigo mesma. Só me resta terminar minha história.

Cidade de Ho Chi Minh, janeiro de 2000
Margot Macrae tem sessenta e nove anos de idade

No aeroporto, Meena e eu estávamos agarradas uma à outra e eu me sentia minúscula – como se fôssemos duas partículas que haviam colidido acidentalmente em uma nuvem de poeira. E agradeci a todos os deuses por permitirem que colidíssemos. Não fizemos juras ou promessas de nos vermos novamente. A um ano de completar setenta, eu sabia que seria melhor não prometer voltar àquele lugar úmido, intenso e distante. A cidade tinha sido nossa, mesmo que apenas por alguns meses. Tínhamos entrado em um novo milênio juntas e me pareceu bastante coisa.

— Adeus, meu amor — ela disse junto ao meu cabelo enquanto me abraçava.

E senti paz.

Porque finalmente havíamos resolvido a questão do espaço entre nossas camas.

Glasgow, dezembro de 2003
Margot Macrae tem setenta e dois anos de idade

Fomos visitar Davey logo depois do velório, Johnny e eu. Levei flores amarradas com um laço azul e, quando as coloquei sobre o túmulo, olhei para o meu marido, ele olhou para mim e tive uma intensa sensação de que estávamos submersos, tão longe da superfície que não podíamos mais ver o sol. Incapazes de ouvir as palavras um do outro, pois, quando gritávamos, nossas bocas se enchiam de água.

Cinquenta anos depois, eu estava no mesmo lugar, levando um ramalhete de flores amarradas com um laço amarelo.

O tempo havia girado aquele pequeno espaço em um cemitério de Glasgow ao redor do Sol cinquenta vezes, e ainda assim estava praticamente igual. Cinquenta invernos tinham congelado a lápide que levava o nome de meu filho. Cinquenta verões tinham iluminado o local onde ele dormia. E, embora meus pés tivessem viajado muito, eu não tinha chegado nem perto de onde estava naquele momento.

O cemitério estava silencioso. A grama estava congelada devido ao frio da noite anterior. Fiquei imaginando se lá embaixo estaria frio, nas profundezas da terra. Meu ramalhete de flores parecia uma desculpa deplorável. Eu ainda podia imaginar Davey nitidamente, sua testa franzida, os olhos arregalados explorando todas as coisas novas. As mãos tão pequenas que me deixavam impressionada com sua própria existência.

Ajoelhei na grama fria e o orvalho começou a penetrar no tecido de minha calça.

— Olá — sussurrei. Um pouco mais além, duas mulheres vestidas de azul-marinho atravessavam o cemitério, uma delas carregando uma sacola retornável com tulipas brancas saindo pela abertura. — Desculpe ter demorado tanto — eu disse a ele. — Espero que possa me perdoar.

Eu tinha voltado do Vietnã porque precisava ver meu Davey uma última vez. Não poderia morrer sem me despedir. Então, quando cheguei de viagem, vendi a propriedade de Humphrey e retornei para casa, para Glasgow.

Coloquei as flores diante dele. O celofane que as envolvia farfalhou.

— Eu tinha tanto medo de você. De quanto sentia sua falta, de quanto o amava e de quanto falhei com você.

Respirei fundo. Alguns dos pensamentos eram muito altos.

— Se seu pai estivesse aqui, ele me diria que nenhum de nós poderia ser responsabilizado por um problema cardíaco. Mas ele não está aqui. Na verdade, não sei onde ele está. Mas talvez *você* saiba.

Ao lado das flores que eu havia colocado sobre a grama fria, havia uma pequena vela branca em um suporte de vidro. Eu a peguei. Na lateral do suporte, estava escrito *Descanse em paz*. Ele estava relativamente limpo e era relativamente novo. A vela tinha sido acesa, mas queimara por pouco tempo. A cera quase não estava gasta.

Nenhum dos vizinhos adormecidos de Davey tinha uma vela daquela, então não havia sido um presente da igreja. Eu não conseguia pensar em muitos motivos para um estranho deixar uma vela no túmulo de um bebê falecido mais de meio século antes. Senti um calafrio e me levantei. O frio do tecido molhado em meus joelhos havia penetrado em meus ossos.

Pensei no poder do que segurava na mão. Eram tão poucas as pessoas que podiam se lembrar de Davey.

É claro que eu havia pensado em Johnny no decorrer dos

anos, mas, quando Meena jogou seu relatório de pessoa desaparecida no lixo, ela jogou fora uma parte de mim que sentia ter a obrigação de encontrá-lo, independentemente de ele querer ou não ser encontrado.

Dezembro parecia combinar com o cemitério. Parecia que o céu era feito do mesmo cinza das lápides.

Coloquei a vela de volta e beijei a lápide que carregava o nome de meu Davey. Por mantê-lo tão nítido durante todos aqueles invernos, durante todas aquelas voltas da terra.

Glasgow, julho de 2006
Margot Macrae tem setenta e cinco anos

— Boa tarde. Posso?
— Por favor.

Abri espaço no banco, e o vigário se sentou. Ao se sentar, ele soltou um suspiro. Senti o cheiro de amaciante em suas roupas. Perguntei-me se ele não estaria com calor. Calça e camisa pretas em um dia quente e ensolarado como aquele deviam esquentar.

— Já vi você por aqui antes? — ele perguntou.
— Estou vindo com muita frequência ultimamente — respondi.
— Visitando alguém? — ele perguntou.
— Mais ou menos.
— Está um dia lindo para isso.

Imaginei o que "isso" seria. Lamentar uma perda? Esperar que quem quer que tivesse deixado a vela voltasse? E seria mesmo um dia maravilhoso para isso? De qualquer modo, concordei com ele. Ele tirou seu almoço da bolsa – um sanduíche envolto em plástico e cortado em quatro. Ele me ofereceu um dos quadradinhos e acabei aceitando.

O vigário deu uma mordida grande no sanduíche.

— Esta parte do cemitério da igreja fica com uma luz linda à tarde — ele disse.

— É verdade.

Ficamos em silêncio por um tempo. Eu o vi mastigando o sanduíche e fiquei imaginando como alguém tão gentil tinha virado padre de uma igreja tão solitária.

— Certo — ele disse, levantando-se. — Acho que preciso ir. Se eu não voltar para dentro logo, acho que vou derreter. Os tocadores de sinos vão chegar às três horas com um pedido para acrescentar uma música do Snow Patrol em seu repertório.

— Minha nossa! — exclamei.

— Foi exatamente o que pensei — ele disse. — Com certeza, nos veremos de novo, não é?

Mas nunca mais o vi. Parei de esperar por quem havia levado a vela ao túmulo de Davey. Tive a sensação de que aquela pessoa nunca voltaria.

O vigário atravessou o cemitério, limpando migalhas da calça preta.

Quando ele desapareceu dentro da igreja, dei uma mordida no sanduíche. Era de ovos com agrião.

Casa de repouso Moorlands, setembro de 2011
Margot Macrae tem oitenta anos de idade

Fiquei velho por acidente. Foram as palavras de Humphrey daquela primeira vez que o levei ao médico, quando sua memória começou a falhar. Só quando entrei na casa de repouso particular, fui examinada por uma enfermeira e caminhei devagar até a sala onde estava sendo servido o café da manhã, entendi completamente o que ele quis dizer. O lugar era impecável – os funcionários eram eficientes e gentis – mas havia uma infeliz inevitabilidade ali. Tomadas onde eles precisariam ligar respiradores quando eu perdesse a capacidade de respirar sozinha, alarmes de pânico para quando eu entrasse em pânico e precisasse alarmar alguém. Polias no teto para sistemas de içamento para quando chegasse a hora de eu precisar de ajuda para me levantar da cama.

Um almoço especial tinha sido preparado para um residente que estava completando setenta anos. Comeríamos lasanha. E eu me peguei em frente ao espelho do meu quarto, um pouco nervosa. Estava passando batom. Um tom claro de vermelho terroso da Marks & Spencer que, eu esperava, iluminaria meu rosto. Olhei para os meus olhos, meus próprios olhos, a única coisa em meu rosto que não tinha mudado com o tempo, e imaginei o que Meena estaria fazendo naquele momento. Quando lhe enviei meu novo endereço, deixei de fora as palavras "casa de repouso" para que ela não soubesse.

A lasanha não tinha o gosto que eu lembrava; tinha um quê estranho de plástico. Mas comecei a conversar com duas residentes antigas, Elaine e Georgina ("Por favor, me chame de George"). Elas estavam me contando sobre a infância passada na mesma cidade litorânea perto de Plymouth, e sobre nunca terem se conhecido, mesmo tendo muitos amigos em comum. Estávamos falando sobre o tamanho do mundo, e lá estava ele. A algumas mesas de distância, comendo sozinho. Ainda magro, mas com certa barriguinha da idade. Não estava careca por completo, e o que restava era branco e macio. Ele estava olhando pela janela como se pudesse simplesmente atravessá-la e continuar adiante. Sem parar.

Johnny.

Meus braços ficaram arrepiados e não consegui mais prestar atenção em George contando a Elaine sobre o ponto de tricô de suas pantufas novas. Porque lá estava ele.

Ele afundou a colher na lasanha e comeu como se estivesse sonhando.

Considerei duvidar de mim mesma. Já tinha visto o rosto dele em muitas pessoas – estranhos em ruas de Londres, usuários da biblioteca de Redditch, até mesmo em um homem magro em Hôi An –, mas aquele era ele. Eu sabia. Sentia nos ossos.

Lembrei da data, em 1970, em que submeti à justiça uma solicitação para encerrar meu casamento com um homem que não conseguia encontrar – indícios que mostrassem que havíamos procurado por ele, o último endereço conhecido, as cartas não respondidas pela família, a prova de que vivíamos separados havia mais de vinte anos –, com Humphrey sempre pacientemente ao meu lado. Fiquei imaginando se Johnny tinha ficado sabendo que eu havia me divorciado dele.

Hesitei, refletindo se estaria desrespeitando a memória de Humphrey. Ele me disse para encontrar meu amor, e eu havia encontrado. Johnny não era meu amor. Não agora, e talvez nem antes. O que Humphrey acharia? Será que eu deveria ir falar com Johnny, tendo uma aliança de casamento na mão esquerda? Não uma aliança emprestada, mas minha de verdade. Fiz essas perguntas a mim mesma, mas sabia que, se Humphrey estivesse comigo, ele já estaria lá, apertando a mão de Johnny e perguntando o que ele achava de Netuno.

Meu coração pertencia, e ainda pertence, àquele homem engraçado e brilhante que pegou pedaços de uma vida e me ajudou a torná-la inteira. E à mulher que me ensinou a me libertar. Mas meu passado pertencia, e ainda pertence, àquele garoto alto e desengonçado que se ajoelhou diante de mim logo depois de meu aniversário de vinte anos. Não perguntar seria imperdoável. Uma negação total ao mistério de tudo aquilo – e Humphrey gostava muito de um mistério.

Com o coração disparado, eu me levantei.

Fui até sua cadeira, deixei meus olhos recaírem sobre ele e senti uma familiaridade tão antiga que era como ouvir música. Olhei bem para ele. Então ele levantou a cabeça e nossos olhos se encontraram.

Sorri, perguntando-me como meu eu de oitenta anos se comparava com meu eu de vinte e cinco anos. Quantas vidas eu tinha vivido desde a última vez que o vira? Quantos momentos? Quantos dias? Se eu soubesse que terminaria ali, com ele, teria feito tudo igual?

— Johnny? — perguntei.

Ele estreitou os olhos e ficou levemente boquiaberto.

— Margot — ele disse, não em forma de pergunta, mas de resposta. — Como...?

Lentamente, tudo foi se encaixando e, devo admitir, a sensação foi como a de uma queda.

O irmão de Johnny não conseguia tirar os olhos de mim.

Balancei a cabeça, lágrimas começaram a se formar, o ar foi se esvaindo de meus pulmões.

Depois de um instante de um vazio branco e quente, voltei a mim. Thomas me olhava.

— Desculpe — ele disse, como se fosse sua culpa ser tão parecido com seu irmão mais velho. O mesmo havia acontecido quando ele tinha quinze anos, pernas finas cheias de hematomas, e ficou parado na frente da casa da minha mãe, fingindo ser Johnny.

— Ora. — Ele sorriu. — Não pensei que a veria de novo!

Sempre imaginei que ele se casaria cedo e se mudaria para os Estados Unidos, entraria para a Força Aérea, aprenderia a pilotar. Mas seu sotaque me contava outra história, ainda carregado com o charme de Glasgow. A última vez que o vi deve ter sido no velório de Davey. Ou em um jantar de família pouco depois. Tentei lembrar como ele era, mas havia várias lembranças misturadas e nenhuma delas parecia certa.

— Foi você, então?

— O quê?

— A vela. Você visitou o túmulo de Davey?

Ele confirmou.

— Faz um tempo. Foi algo que Johnny me pediu antes de ir, que eu ficasse de olho, sabe?

— Bem, obrigada — eu disse. — Não o visitei tanto quanto deveria.

Thomas fez um sinal com a mão. Ele não estava interessado em me julgar, nem naquele momento, nem quando mal era adulto.

— Como... — Thomas hesitou. — Por onde posso começar? — ele perguntou, e então riu de si mesmo. — Margot, meu Deus. Como foi isso?

E eu imaginei, embora pudesse estar errada, que ele estava perguntando como tinha sido a vida. Como os últimos cinquenta anos te trataram? A vida foi como pensou que seria? Você vive feliz, livre, bem? Mas a pergunta era tão ampla, astronômica, e eu não sabia bem se havia entendido corretamente.

Então resolvi responder:

— Estou bem. Como você está?

Ele gesticulou para seu entorno.

— Velho! — E riu, e eu lembrei por que gostava de Thomas. Ele era tão mais leve que Johnny, tão mais feliz.

— Quando Johnny morreu?

O sorriso desapareceu de seu rosto.

— Mais ou menos uns dois anos atrás — ele disse. — Sinto muito que esteja sabendo por mim. Ele caiu da escada, quebrou a perna. Acabou virando uma pneumonia. Foi rápido.

— Você estava lá?

— Não — ele respondeu. — Mas ele não estava sozinho.

Fiz um sinal positivo com a cabeça.

— E você? — perguntei. — O que aconteceu com o pequeno Thomas Docherty?

— Depois que o Johnny foi embora, assumi o lugar dele na Dutton. Depois de um tempo, eu e um amigo estávamos dirigindo a fábrica.

— Então nada de aviões?

— Aviões?

— Você amava aviões. Lembro que tinha um vermelho, de brinquedo, com um propulsor que girava.

Ele sorriu.

— Não acredito que se lembra disso. É engraçado como o tempo passa rápido.
— E você se casou?
— Sim. Minha esposa faleceu três anos atrás. Tivemos uma menina, April. Ela está grávida do terceiro filho.

Ficamos em silêncio por um momento. Vê-lo era tão surreal que eu não conseguia parar de pensar que estava em um sonho. Ou que eu havia rasgado as barreiras do tempo e espiado um mundo que eu não devia conhecer. Estava ouvindo respostas para perguntas que havia carregado comigo por tanto tempo que pensava que nunca seriam respondidas.

— Eu procurei o Johnny — eu disse. — Fui atrás dele em Londres alguns anos depois que ele foi embora.
— Procurou?
— Mas não encontrei. E teria sido um erro, de qualquer modo. Nem sabia se ele tinha ido mesmo para Londres. Foi apenas um palpite.
— Você estava certa — ele afirmou.
— Sempre quis saber o que aconteceu com ele.
— Ele foi mesmo para Londres, ficou um ou dois meses, mas não deu certo e acabou se mudando para Bristol, foi trabalhar em um estaleiro.
— Ele foi feliz?
— Foi.
— Teve uma boa vida?

Thomas se inclinou para a frente e colocou sua velha mão sobre minha velha mão.

— Sim — respondeu.

Respirei fundo. Era tudo o que eu precisava saber.

— Ele passou a maior parte da vida em Bristol. Voltou para cá há uns dez anos. Dizem que o chamado de volta para casa é forte, não dizem? No fim?
— E cá estamos — afirmei.
— Cá estamos. — Ele sorriu.

Hospital Glasgow Princess Royal, fevereiro de 2014
Margot Macrae tem oitenta e três anos de idade

Acordei em meu pequeno quarto na casa de repouso Moorlands com muita dor no peito. Achei que estava com indigestão, mas o que aconteceu em seguida provou o contrário.

O botão de pânico que havia profetizado tão intuitivamente que um dia eu precisaria dele estava certo. Eu precisaria dele. E entrei em pânico, esperando que alguém soubesse, ou se importasse, ou fosse até meu quarto entrar em pânico comigo.

E então um rosto que eu não consegui identificar, mas sabia que conhecia, apareceu. O que aconteceu depois disso é só um borrão. Lembro-me de alguém tirando minha blusa no pronto-socorro para colar os eletrodos para o eletrocardiograma, e lembro-me de desejar muito estar usando sutiã.

Quando vi, já estava de manhã. E eu estava me recuperando de uma cirurgia exploratória que deixou algumas questões em aberto. A médica, que sob o estetoscópio usava um vestido estampado com flores brancas, disse que eu provavelmente levaria semanas para ficar forte o suficiente para o próximo estágio da cirurgia. A mulher elegantíssima da cama ao lado demonstrou em voz alta sua reprovação.

— Semanas! — ela disse.

Notei que seu roupão vermelho tinha as iniciais W. S. bordadas e me perguntei que vida uma pessoa precisava levar para ter a necessidade de diferenciar seu roupão de outros com tanta regularidade a ponto de um bordado com suas iniciais ser uma boa escolha.

A médica puxou as cortinas em volta de minha cama e se aproximou. Seu perfume era doce como baunilha.

— Não se preocupe — ela disse. — Apenas descanse. Logo vai estar forte de novo.

Vivi meus dias alegremente naquela pequena área limitada por cortinas. Mais ou menos uma semana depois de minha chegada, a senhora do monograma me emprestou um livro e me deu duas peras de sua fruteira pessoal, que ficava na mesa de cabeceira. Ela me disse que foi cirurgiã ginecológica durante trinta anos e, em suas próprias palavras, "odiava o que havia se tornado". Seu ex-marido estava cuidando de seus bens até ela receber alta, mas havia semanas que pulava de uma infecção a outra e passava por vários tratamentos. Se ela fosse sua própria médica, estaria zangada consigo mesma por ocupar um leito por tanto tempo.

— Experimente uma pera — ela disse. — Está docinha.

Alguns dias depois, chegou uma carta para mim.
Talvez não fosse nada incrível por si só.
Mas era incrível para mim.
Como era possível um papel ainda viajar pelo mundo na era dos e-mails e das mensagens de texto?

Ela foi parar em minha caixa de correio na casa de repouso Moorlands. Depois foi entregue a Emily, uma das assistentes da casa de repouso que me traria uma mala com mais pijamas e itens essenciais.

— Isso chegou para você — ela disse, colocando a mala sob a minha cama.

O envelope tinha um selo com um homem que eu não reconheci. E o endereço do remetente ficava na Cidade de Ho Chi Minh.

Eu mal conseguia ouvir o que a doce Emily dizia, porque só queria abrir a carta. Mas ela queria me contar sobre o irmão de Johnny, Thomas. Sua filha April o havia convidado para viver com sua família, bem a tempo do nascimento do terceiro neto. Emily ficou e conversamos por um tempo, depois a enfermeira apareceu para me dar uma injeção de anticoagulante e chegou o jantar.

Acordei muito surpresa. Principalmente porque não tinha ideia de que havia adormecido. A bandeja com o jantar tinha sido levada, assim como o jornal do dia anterior. E mais alguma coisa. O que era?

Eu me levantei da cama como um raio. Puxei a mala que estava debaixo da cama. Procurei entre pijamas e cardigãs, o tempo todo sabendo que não estaria lá. Puxei as cobertas da cama e levantei todos os travesseiros. Calcei os chinelos, abri a cortina e fui falar com a senhora do monograma.

— Já recolheram o lixo?

— Como? — Ela tirou os óculos e estreitou os olhos.

— O faxineiro. Alguém tirou o lixo?

— Sim.

— Quando?

— Eu diria... — Eu quis chacoalhá-la para que se apressasse. — Mais ou menos... faz um bom tempo, com certeza.

Nem sei se agradeci. Era minha primeira caminhada sem supervisão pelo hospital. Eu me senti uma fugitiva. Uma fugitiva bem lenta. Tentei pensar como um funcionário da manutenção. Me lembrei dele; era um rapaz com uma série de tatuagens que, se fossem em mim, seriam fonte constante de irritação por estarem tão tortas.

Saí da ala dos idosos e segui na direção da maternidade, mas havia uma câmera de vídeo na porta, então dei meia-volta. Continuei por um logo corredor levemente inclinado que fez eu me sentir como Alice no País das Maravilhas, encolhendo para passar por um buraco de fechadura. Tentei imaginar o envelope – a escrita em preto, vários carimbos da alfândega e do correio. O selo, com um homem sobre fundo verde. Encontrei diversos cruzamentos e escolhi qual caminho seguir com base apenas na sensação de que, se eu fosse um rapaz da manutenção tatuado, seguiria por ali. O contêiner grande era um daqueles com rodinhas e quatro lixeiras – hospitalar, reciclável, alimentos e resíduos gerais. Com sorte, minha carta estaria no reciclável.

E lá estava o contêiner. Aguardando paciente, completamente desacompanhado. Fui me aproximando. Fiquei na ponta dos pés para ver se minha carta estava no meio do lixo, mas não dava para enxergar. O rapaz das tatuagens feias estava fechado na sala das enfermeiras, então subi na lateral do carrinho. Enfiei a mão lá dentro e tentei desviar dos lenços de papel. Vi uma ponta. Ela estava lá. Só um pouco além do meu alcance...

Ouvi um barulho atrás de mim e me virei. Do outro lado do corredor, uma menina de dezesseis ou dezessete anos, loira, de pijama rosa, estava me observando. Então a porta da sala das enfermeiras se abriu e eu fiquei paralisada. Certamente seria descoberta, mas a menina começou a falar. O rapaz tatuado e a enfermeira ranzinza ocuparam-se com ela.

Embaixo de um monte de lenços brancos estava minha carta. Debrucei-me mais uma vez e enfiei a mão. Meus dedos tocaram na carta e enfim consegui recuperá-la.

Já esperando me virar e encontrar o rapaz da manutenção e a enfermeira ranzinza me encarando, vi que tinham ido embora – estavam indo para a Ala May. Apenas a menina de pijama rosa ainda estava lá. Ela sorriu.

Agarrando a carta que eu tinha recebido de Meena, voltei para a cama.

Quando respondi, disse a ela que *coloquei a mão em uma lixeira de hospital para encontrar sua carta. Isso é amor.*

E a resposta à pergunta que ela tinha me feito foi, é claro, "sim".

O padre Arthur apareceu para me ver ontem. Ele me visita muito. Na maior parte do tempo, falamos sobre você, Lenni. Acho que isso te deixaria feliz.

Mostrei a ele a carta de Meena e contei como você me ajudou a salvá-la do lixo. E mostrei seu nome – escrito com caneta permanente no pequeno quadro branco que ficava na parede sobre sua cama. Resgatado por sua enfermeira e agora pendurado ao lado do meu.

Depois respirei fundo e perguntei ao padre Arthur o que ele achava da ideia de eu, meus ossos cansados e meu coração danificado voarmos para o Vietnã, para responder a uma pergunta que uma alma gêmea minha havia feito com um enfático "sim". Deixá-la colocar um anel feito à mão no quarto dedo de minha mão esquerda. Embora, tendo sido feito por Meena, eu tivesse quase certeza de que seria de cobre e deixaria meu dedo verde.

Ele sorriu com tristeza, procurou um papel em algum lugar e, então, tirou um recibo do bolso e escreveu: *Eclesiastes 9:9*.

Então pegou seu cachecol, acenou para mim e foi para casa.

Pedi para a enfermeira me trazer uma Bíblia – elas estão por toda parte em hospitais, portanto não seria difícil. Uma americana da ala que ficava do outro lado do corredor me emprestou a dela.

Enquanto eu virava com cuidado as páginas finíssimas, preparei-me para o que poderia ler.

Algo sobre apedrejamentos e punição eterna, imaginei. O horror de meu amor por ela. Algo tão maldito que Arthur não se sentiu capaz de me dizer pessoalmente. Imaginei que aquela seria uma das partes mais difíceis na vida de um sacerdote. Os momentos de lembrar os pecadores de seu destino.

Virei a página e li Eclesiastes 9:9.

Desfruta da vida com a mulher que amas, durante todos os dias da fugitiva e vã existência que Deus te concede debaixo do sol.

Hospital Glasgow Princess Royal, março de 2014

Eu tinha acabado de acordar de uma soneca quando uma mulher apareceu na ponta de minha cama. Ela vestia um pulôver de lã grossa coberto de pelos de cachorro e tinha manchas de tinta verde na barra do vestido de bolinhas. Ela me disse que havia uma nova sala de arteterapia para pacientes de todas as idades e me convidou para participar de uma aula. Entregou-me um folheto e sorriu.

Ela sorriu novamente quando apareci na aula designada a pacientes acima de oitenta anos. Sentei-me perto da janela e fiquei imaginando se, em algum momento, poderíamos pintar as estrelas. A aula era mesmo sobre estrelas, ou alguma outra coisa, não consigo lembrar agora porque a memória foi substituída por minha lembrança de Lenni. Em uma sala cheia de octogenários, ela entrou com a autoconfiança de uma pessoa bem mais velha. Era impetuosa, magra, com aquele tom de cabelo claro das crianças nórdicas. Tinha um rosto travesso e vestia pijama rosa.

Ela foi até minha mesa, apresentou-se e passou a mudar minha vida, de maneira imensurável, para melhor.

O boa-noite de Margot

É tão injusto, Lenni. Que eu possa ficar velha e você não. Que eu continue a ser velha, e a envelhecer, quando você nem está mais aqui.

Se eu pudesse pegar meus anos e dar a você, eu daria.

Ninguém sabe me dizer como você fez para ser enterrada exatamente no mesmo cemitério em que dorme meu Davey.

Vou sentir falta de sua verdade e de sua risada, mas o que mais vai me fazer falta é sua magia.

Há cem pinturas em uma sala de artes por sua causa. Em breve, elas serão expostas em uma grande galeria branca no centro da cidade para arrecadar dinheiro para a Sala Rosa. Talvez eu vá à exposição sozinha ou talvez você vá comigo em espírito – para caminharmos de mãos dadas em meio aos nossos cem anos.

Minha grande cirurgia vai acontecer na segunda-feira de manhã. Quando sua adorável enfermeira foi à minha ala com Benni, o porco de pelúcia, e me disse que você queria que eu o levasse para o centro cirúrgico para não ficar com medo, foi impossível não chorar. Achei que pudesse querer que ele estivesse com você lá embaixo, na terra fria, como companhia, mas logo me dei conta de que você não está lá embaixo, está em algum outro lugar agora. Lindo, sem dor e livre. Prometo cuidar muito bem dele. Tenho encostado seu focinho em meu nariz para cumprimentá-lo enquanto nos conhecemos melhor e vou mantê-lo comigo até o fim de meus dias.

Fiz uma mala, Lenni. E acho que você aprovaria. Está embaixo da minha cama, aguardando. Também tenho uma outra coisa. É um pedaço de papel. O que não me parece suficiente para constituir um cartão de embarque, mas aparentemente é. O padre Arthur imprimiu para mim em seu computador. Se a cirurgia for bem-sucedida, vou pegar um avião. Para ver Meena mais uma vez. Ver se o anel que ela fez para mim serve. E finalmente dizer "sim".

Se eu não acordar, vou pegar um avião para me encontrar com você. Qualquer um dos dois seria uma grande aventura.

Vi que você escreveu alguma coisa na última página deste livro. Já que você deixou suas últimas palavras, não quero deixar nenhuma. Apenas vou lhe desejar boa-noite.

Lenni, onde quer que você esteja. Em qualquer mundo maravilhoso em que se encontre agora. Onde quer que seu coração ardente esteja, sua sagacidade, seu charme irresistível. Saiba que eu te amo. Pelo pouquíssimo tempo de vida em que nos conhecemos, eu te amei como se fosse minha própria filha.

Você considerou uma mulher velha digna de sua imensa amizade, e por isso tenho uma dívida eterna com você.

Então tenho que agradecer.

Obrigada, doce Lenni. Você tornou a espera pela morte muito mais divertida do que deveria ser.

A última página de Lenni

Quando as pessoas dizem "terminal", penso em aeroporto.

Fiz o meu check-in hoje. Com certeza.

Ainda estou com minha bagagem de mão, mas o volume maior – a mala grande – já foi despachado.

Vou sentir muita saudade de Margot, mas ela ainda não está pronta para sair do terminal. Ainda tem coisas para fazer. Comprar um Toblerone gigante, terminar de contar nossa história, viver mais cem anos, tudo isso.

É silencioso aqui, e o sol está refletindo no piso encerado de modo que todo o espaço está vivo, iluminado. Estou entre outros passageiros no saguão de embarque, olhando para o avião pela janela grande de vidro e pensando: *é isso? É disso que tive medo todo esse tempo?*

E está tudo bem.

De perto, não parece tão grande.

Agradecimentos

Lenni me visitou em uma noite de janeiro de 2014. Eu precisava fazer um trabalho para o mestrado, mas estava um pouco distraída. Então, como toda boa aluna, abandonei imediatamente meu trabalho e comecei a escrever. E, pelos últimos sete anos, o mundo de Lenni e Margot foi meu lar. Estou muito empolgada por enfim colocar a história delas no mundo.

O maior de todos os buquês, cheio de rosas amarelas, em agradecimento à minha agente, Sue Armstrong, da C&W. Desde o momento em que Lenni e Margot chegaram em sua caixa de entrada, ela me apoiou e orientou. Lenni e Margot não estariam onde estão hoje sem ela. Também sou grata à incrível equipe da C&W – em especial, a Alexander, Jake, Kate, Matilda e Meredith – por defenderem meu livro no mundo inteiro com tanta energia e entusiasmo.

Um enorme obrigada a Jane Lawson, minha editora na Transworld, que compartilhou comigo sua sabedoria, seu humor e sua paciência e que me apoiou durante o processo de edição. Sabia que Lenni e Margot estavam nas mãos certas no instante em que nos conhecemos. E obrigada à toda a equipe da Transworld por acreditarem em Lenni e Margot e trabalharem tão duro para compartilhar a história delas.

Sou grata a todos da minha família, que me encorajaram, aguentaram minhas divagações sobre contagem de palavras e leram os primeiros rascunhos, e só tinham coisas boas a dizer. E a todos os amigos que fiz em vários lugares: nos desconcertantes e assustadores dias que passei na escola católica, na universidade, nas horas que passei rindo no teatro de improviso e em todos os outros lugares. O entusiasmo que compartilhamos nessa jornada foi divertido demais. E, para ser sincera, essas pessoas inspiraram alguns dos temas deste livro: amigos que faziam festinhas adolescentes em lugares esquisitos comigo; meus queridos falecidos avós, que se conheceram em um trem; um amigo que apertou minha mão quando era hora de se despedir.

Sou muito grata por ter casado com alguém que adorou Lenni e Margot desde o princípio. Alguém que leu os e-mails de rejeição à minha proposta quando eu estava com muito medo de abri-los, que chegou em casa chorando depois de ler o final do livro e me apelidou de "bruxa das palavras", que saiu pulando comigo pela cozinha quando o contrato do meu primeiro livro chegou. Obrigada por acreditar, Goose.

Mas, acima de tudo, sou grata a Lenni por me visitar naquela noite de janeiro. Ela já chegou com uma voz totalmente madura em minha cabeça, e essa história pertence a ela. Foi minha companheira quando me senti sozinha, refletiu meus medos quando descobri problemas no meu coração e a expressão "morte súbita cardíaca" era mencionada com uma regularidade alarmante. Ela me ensinou a ser paciente e persistente. Ela trouxe toda essa magia para a minha vida.

Uma entrevista com Marianne Cronin

Para começar: onde e quando você escreve?

Levei pouco mais de seis anos para escrever *Os cem anos de Lenni e Margot* – o que parece muito tempo agora. As primeiras palavras de Lenni que escrevi (que estão mais ou menos intactas nos parágrafos de abertura) foram escritas na escrivaninha do meu quarto em janeiro de 2014. Sou totalmente notívaga. Estou sempre tentando mudar isso, porque não é muito conveniente em um mundo feito para os madrugadores, mas amo escrever à noite. Parece que há menos distrações. Tudo é mais silencioso. Normalmente, escrevo em casa e, em geral, quando estou sozinha. Fico muito constrangida se alguém espia enquanto escrevo. É como deixar alguém olhar dentro da minha cabeça.

O primeiro manuscrito não levou muito tempo para ficar pronto – uns três ou quatro meses – e o escrevi quase inteiro à noite. E então veio a tarefa de moldá-lo em algo que fizesse sentido. Essa foi a parte que demorou – na época, eu trabalhava em tempo integral em minha pesquisa e dava aulas, então o editei nas horas vagas à noite e nos fins de semana. Mas é claro que houve dias que passei no escritório trabalhando em Lenni e Margot, e não na minha tese.

Qual é seu livro – ou seus livros – favoritos e por quê?

Um de meus livros favoritos (e o que mais recomendo a outras pessoas) é *O caminho de casa*, de Yaa Gyasi. As camadas nesse livro são incríveis, há muito a se aprender com ele, e não lembro de ter chorado tanto lendo nenhum outro. Também adorei *Precisamos de novos nomes*, de NoViolet Bulawayo – o atrevimento na voz de

Darling realmente me marcou. A *terra inteira e o céu infinito*, de Ruth Ozeki, é outro livro que me marcou muito. Adorei sua originalidade.

Quando escrevia Os *cem anos de Lenni e Margot*, O *ancião que saiu pela janela e desapareceu*, de Jonas Jonasson, e A *improvável jornada de Harold Fry*, de Rachel Joyce, foram desde o começo uma fonte de inspiração. A ideia de uma pessoa comum tentando fazer algo extraordinário me cativou de verdade. À sua própria maneira, ambos perguntam "do que é feita a vida?", e é nisso que eu pensava enquanto trabalhava no meu livro.

Para terminar, sempre serei grata por ter lido *Uma canção de ninar*, de Sarah Dessen, aos catorze anos. A mãe da protagonista é uma escritora que deixa anotações sobre personagens e histórias por todos os lados. Eu achava que todo mundo fazia isso. Quando li aquilo, foi o momento em que pensei: *talvez eu esteja anotando ideias por todos os lados porque o lugar delas é em uma história*. O resultado foi uma história de amor fantasma para jovens adultos que mora em uma caixa debaixo da minha cama. Mas, por mais que torça o nariz para ela agora, assim que escrevi algo do tamanho de um livro, soube que poderia fazer de novo. Dizem que a primeira panqueca é sempre um teste.

Qual é seu filme e/ou série de TV favorita?

Fico um pouco constrangida em admitir que meu filme favorito é um filme infantil. É a adaptação animada de *Lost and Found* [Achados e perdidos], de Oliver Jeffers. É simples, mas lindo. Em última análise, é uma história sobre amizade e como amizades podem salvar. Acho que nunca assisti sem chorar! Também adoro TV. Não é algo muito erudito de se dizer, mas adoro! Todos os meus programas de TV favoritos influenciaram meu jeito de escrever diálogos, principalmente *30 Rock, Unbreakable Kimmy Schmidt, Archer, Green Wing, Peep Show, Fresh Meat, Friday Night Dinner* e *Grace and Frankie*. Acho que, só por prestar atenção ao ritmo e à estrutura dos diálogos, escrevê-los ficou muito mais fácil para mim.

Qual foi o último livro que fez você chorar?

Há muitos ótimos livros que me fizeram chorar. O mais recente foi *Expectation* [Expectativa], de Anna Hope, que explora as amizades femininas e as esperanças que mulheres nutrem em diferentes pontos de suas vidas adultas. Não quero dar nenhum *spoiler*, mas tem uma cena perto do final que me pegou de surpresa e me fez chorar.

Qual foi o último livro que fez você rir?

A *poderosa chefona*, de Tina Fey, ficou na minha lista de leitura por anos, e, quando finalmente consegui lê-lo, adorei. Há tantos trechos ótimos nele – toda hora eu parava para ler um trecho em voz alta para quem quer que estivesse por perto no momento. Não me lembro de ter rido tanto com um único livro – com exceção de um que escrevi quando tinha cinco anos e que minha mãe recentemente achou no sótão. O nome dele é *Torrão tristonho*, e é a história de um torrão de açúcar consciente que usa um chapéu feito de flores e tem muito azar. Ele toma chuva pela janela aberta do ônibus, o que parece que, para minha cabeça de cinco anos, seria uma das piores coisas que poderia acontecer a um torrão de açúcar consciente.

O que faz uma boa história? O que você acha que é um ingrediente essencial na sua escrita?

Acho que todas as boas histórias carregam uma verdade, mesmo que sejam ficcionais. Para mim, escrever *Os cem anos de Lenni e Margot* começou com o meu próprio medo da morte. Houve duas coisas que me fizeram pensar seriamente na morte. (Que divertido!)

A primeira foi uma consulta de rotina em que a médica descobriu (para sua surpresa) que meu coração em repouso batia por volta de duzentas vezes por minuto. Fiz tomografias e exames (inclusive um em que tive que correr em uma esteira só de sutiã conectada a uma máquina de eletrocardiograma – não foi meu melhor momento), e, enquanto estava no hospital para essas consultas, eu me peguei pensando em como tinha medo de morrer. Mais ou menos na mesma época, uma colega faleceu. Não a conhecia bem, mas ela tinha passado anos enfrentando a morte, e sua coragem foi outra coisa que me fez pensar em como seria saber que você vai morrer.

Na minha escrita, sou atraída por personagens que sentem falta de alguma coisa, e, em especial, pela solidão. Quando conhecemos Lenni, ela é muito solitária – não só está sem os pais, mas também não tem nenhum amigo de verdade. E não é necessariamente um reflexo de quem ela é, as coisas só aconteceram assim. Acho que a jornada de Lenni para sair da solidão mostra quem ela é como pessoa – ela monta uma "família encontrada" com Margot, Arthur e a Enfermeira Nova. Quando ela morre, está cercada de amor, e é um amor que ela encontrou sozinha.

Lenni e Margot resistem às convenções de todas as formas possíveis. De onde veio a inspiração para essas maravilhosas personalidades?

Adoro pessoas fora do convencional. Muitos dos livros, filmes e programas de TV que amo têm personagens incomuns, peculiares, e na vida real eu decididamente gravito em torno de pessoas que são excêntricas de um jeito ou de outro. Foi só quando comecei a falar sobre Lenni e Margot durante o processo de edição que percebi quantos dos meus personagens têm pequenas idiossincrasias ou traços de personalidade que observei em outras pessoas ou em mim mesma.

Quando comecei a escrever, senti de verdade como se Lenni tivesse vindo me visitar em minha mente. Sinto que deveria estar enrolada em echarpes e segurando uma caveira de cristal ao dizer isso. Mas, para ser sincera, a voz dela era muito clara na minha cabeça. Eu sabia como ela reagiria às coisas, como irritaria as pessoas, como responderia à gentileza e à indiferença. Mencionei antes que as primeiras palavras que escrevi estão mais ou menos intactas no capítulo em que Lenni é apresentada. Ao longo do processo de edição, muito do livro mudou, mas aquela primeira cena com Lenni permaneceu igual. Fico feliz por saber que o primeiro encontro do leitor com Lenni foi também o meu primeiro encontro com Lenni.

Meena é uma personagem fascinante. De onde ela veio? Você conhece alguém como ela na vida real?

Nos estágios iniciais, Meena foi inspirada por uma pessoa que conheci por um curto período na vida real. O que era mágico nessa pessoa era que ela simplesmente não se importava com o que pensavam a seu respeito. Ela era muito livre. Eu sou o contrário. Sou muito envergonhada e quero que todo mundo goste de mim. Se um estranho é rude comigo, fico pensando nisso por dias. Daquele ponto inicial, Meena evoluiu para uma personalidade própria, mas aquele espírito espontâneo e aquela energia são o ponto de que parti. Também não quis que Meena fosse idealizada demais – ela pode ser egoísta e indigna de confiança, mas Margot enxerga essas coisas nela e a ama mesmo assim. Uma das minhas partes favoritas do livro é quando Meena finalmente consegue dizer a Margot como se sente (em vietnamita, é claro, porque Meena nunca fez as coisas de forma convencional). Se Lenni tivesse tido a chance de crescer, acho que seria um pouco como Meena quando adulta – muito livre, atrevida.

Você é uma escritora bastante visual, há muitas cores e imagens espalhadas pelo livro. Você tem conhecimento em artes visuais ou se interessa por elas?

Quem quer que tenha notado meu "portfólio" de artes do ensino médio diria que não é minha praia ser artista, mas amo cores e arte.

Há muitas pessoas na minha vida, no passado e no presente, que associo a certas cores, itens ou imagens. Acredito que é como vejo as pessoas. Apesar de não ser boa desenhando ou pintando, acho muito relaxante, então tento assim mesmo de vez em quando. Quando concebi a ideia da amizade de Lenni e Margot crescendo a partir de uma sessão de arteterapia, fui a algumas aulas de pintura regadas a vinho e tive a sensação de como seria estar em uma aula de arte. (A frustração de Lenni por não conseguir pintar o que enxergava em sua mente veio dos meus próprios sentimentos!) Também colecionei imagens de arte amadora na internet para ter uma noção do tipo de coisas que Lenni e Margot poderiam ter criado.

Quanto a ser uma escritora visual, imagino que seja diferente para cada um, mas para mim, quando escrevo, consigo enxergar as coisas que tento descrever. É como se assistisse a um filme na minha cabeça e fizesse o meu melhor para anotar tudo antes que desaparecesse.

Você entra na mente de duas personagens que estão em extremos opostos do espectro da idade. Você tem interesse por amizades intergeracionais? O que chama sua atenção para o potencial de uma relação assim?

Adoro a ideia de duas pessoas fazendo amizade apesar de estarem em pontos completamente diferentes da vida. Acho que amizades intergeracionais oferecem muita oportunidade para compartilhar. Não é só Lenni que aprende com Margot; Margot também aprende com Lenni. Lembro que, anos atrás, alguém disse para mim que se sentia aos quarenta anos igual a como era aos dezoito – o corpo envelhecia, mas sua essência como pessoa permanecia a mesma. Achei isso muito interessante. Embora Lenni e Margot tenham sessenta e seis anos de diferença entre elas, o núcleo de quem elas são é imutável, e suas personalidades são inerentemente compatíveis. O mesmo acontece entre Arthur e Lenni. Existe uma grande diferença de idade entre eles e suas visões de mundo são completamente díspares, mas eles ficam amigos sem nenhum esforço. É uma reação natural.

Seu livro é repleto de um humor delicioso. Seus amigos a consideram engraçada ou você reserva isso para quando escreve?

Nossa, acho que tem que perguntar a eles! Uma das coisas que me surpreendeu quando *Os cem anos de Lenni e Margot* foi lido por pessoas fora da minha família próxima foi que sempre mencionavam que era engraçado. Não decidi escrever um livro engraçado intencionalmente. Às vezes, Lenni soltava alguma coisa que me fazia sorrir (em geral, conversando com Arthur), mas descobrir que as pessoas achavam que era engraçado foi uma surpresa bastante agradável.

Sou afortunada por estar cercada de amigos e familiares divertidos, e tenho sorte por passar um tempo ao lado de pessoas engraçadas no teatro de improviso nas West Midlands. Fazer teatro de improviso é como escrever uma história em um pedaço de papel que já está pegando fogo. Assim que chega ao fim, a coisa toda já desaparece para sempre e você nunca pode voltar para vê-la como um todo. Isso pareceu perigoso de início, mas me ensinou a mergulhar de cabeça nas coisas.

Marianne Cronin nasceu em 1990 e cresceu em Warwickshire. Estudou Inglês e Escrita Criativa na Universidade de Lancaster e especializou-se em Linguística Aplicada, concluindo mestrado e doutorado na Universidade de Birmingham. *Os cem anos de Lenni e Margot* é seu romance de estreia.

**Acreditamos
nos livros**

Este livro foi composto em FreightText Pro e
Montserrat impresso pela Geográfica para a
Editora Planeta do Brasil em março de 2022.